dtv
premium

JESSICA BARRY

NACHT FLUCHT

HINTER DIR DER TOD

THRILLER

Deutsch von
Susanne Goga-Klinkenberg

dtv

**Ausführliche Informationen über
unsere Autorinnen und Autoren und ihre Bücher
finden Sie unter www.dtv.de**

Von Jessica Barry
ist bei dtv außerdem erschienen:
Freefall – Die Wahrheit ist dein Tod (21937)

MIX
Papier aus verantwortungsvollen Quellen
FSC® C083411

Deutsche Erstausgabe 2021
dtv Verlagsgesellschaft mbH & Co. KG, München

Titel der englischen Originalausgabe:
›Don't Turn Around‹ (Harvill Secker, London 2020)

Umschlaggestaltung: ZERO Werbeagentur GmbH unter Verwendung
von Motiven von Mark Owen/plainpicture und shutterstock.com
Satz: Uhl + Massopust, Aalen
Gesetzt aus der Sabon pro 10,7˙
Druck und Bindung: CPI books GmbH, Leck
Printed in Germany · ISBN 978-3-423-26282-8

Zuerst ist da nur Geruch: nach verbranntem Gummi und Benzin. Dann setzt der Schmerz ein. Das Blut dröhnt in ihren Ohren, ihr Atem gurgelt gepresst.

Sie blinzelt durch die geborstene Windschutzscheibe. Für den Bruchteil einer Sekunde weiß sie nicht, wo sie ist. Als es ihr einfällt, schlägt die Angst wie eine schwarze, erstickende Welle über ihr zusammen.

Und dann hört sie es: ein lang gezogenes Schrammen von Metall auf Metall.

Sie sieht ein Gesicht am Fenster.

Ihn.

Er ist draußen und will herein.

Lubbock, Texas
483 Kilometer bis Albuquerque

Cait ließ den Motor laufen.

Sie hatte den Jeep im Sommer vor ihrem Studium gebraucht gekauft, nachdem sie Hunderte Stunden in der Richland Mall gejobbt hatte, und manchmal spielte er verrückt. Normalerweise störte sie das nicht weiter. Es machte ihr Spaß, unter die Motorhaube zu schauen, und sie wusste auch ziemlich oft, wie sich das Problem lösen ließ. Ihr Vater hatte sie schon als Sechsjährige mit in die Autowerkstatt genommen. Doch gerade jetzt wollte sie auf keinen Fall riskieren, dass der Motor nicht wieder ansprang.

Reif glitzerte auf dem Rasen. Ein so elegantes Haus hatte sie nicht erwartet. Meist waren sie heruntergekommen, Mehrfamilienhäuser aus Betonblöcken oder Bungalows mit löchrigem Putz, beengte Wohnverhältnisse in Gegenden, in denen sie sich nach Einbruch der Dämmerung lieber nicht auf der Straße aufhalten wollte.

Vor etwa einem Monat musste sie an den Stadtrand von Abilene, gleich hinter den Bahnschienen an der Route 20. Zuerst war sie glatt an dem Haus vorbeigefahren, obwohl die Nummer 22 deutlich sichtbar auf den Briefkasten gemalt war. Unmöglich, dass hier jemand wohnte, hatte sie gedacht – es war kaum mehr als ein Schuppen und wirkte verlassen, die

Fenster waren vernagelt, davor stand ein rostiger Pick-up ohne Räder. Sie war der Straße noch einige hundert Meter gefolgt und hatte nach dem richtigen Haus gesucht, aber nur Ackerland gefunden. Also hatte sie die Adresse noch einmal überprüft, und es war tatsächlich der Schuppen. Eigentlich hätte sie sich das denken können, die Zentrale machte in dieser Hinsicht keine Fehler. Sie hatte gewendet, gehalten, und dann war ein Mädchen, kaum älter als achtzehn, hinter dem Haus hervorgerannt und schweigend in den Jeep gestiegen. Cait erinnerte sich an ihr nervöses Lächeln, den langen, geflochtenen Zopf, der ihr schimmernd über den Rücken fiel, die schmutzigen Halbmonde unter ihren Fingernägeln.

Hier aber war es ganz anders: ein Pseudo-Herrenhaus mitsamt Doppelgarage und beleuchtetem Rentier auf dem Rasen. Das Rentier war eines dieser geschmackvollen Objekte aus Draht und winzigen weißen Lichtern, nicht zum Aufblasen wie die schlaffen Rentiere, die einen aufgeblähten Weihnachtsmann über das Dach zogen, wie früher daheim bei ihren Eltern in Waco. Das Haus war aus rotem Backstein und hatte kleine Giebel, ein gepflasterter Weg schlängelte sich zur imposanten Eingangstür. Immobilien waren hier zwar billiger als in Austin – fast überall war es günstiger als in Austin –, aber der Besitzer dieses Hauses musste definitiv Kohle haben.

Das Haus brachte sie ein bisschen aus der Fassung.

Sie hielt Ausschau, ob sich auf der Straße etwas tat. Die Fenster waren dunkel, das einzige Licht kam von den hübschen Straßenlaternen, die den Gehweg säumten. In einer Einfahrt lag ein rotes Dreirad, vergessen bis zum nächsten Morgen. Sie stellte sich ein pausbäckiges kleines Mädchen vor, das auf dem Gehweg auf und ab strampelte, die kleinen Finger fest um den Lenker gelegt. Wie es immer schneller fuhr und im Fahrtwind vor Freude und Angst quietschte.

Der Verkehr war schnell ausgedünnt, nachdem sie das Stadtgebiet von Austin verlassen hatte, nur wenige Autos rollten über die endlos scheinende Straße. Die Aussicht war immer gleich, eine kahle Ebene, die sich ins Unendliche erstreckte, nur hin und wieder unterbrochen vom Grün bewässerter Rasenflächen und von Häusern mit säuberlich markierten Grundstücken, die eine Stadt ankündigten.

Acht Stunden später saß sie nun hier und wartete. Sie rutschte auf dem Sitz herum, kratzte sich, unterdrückte ein Gähnen. Sie musste sich unterwegs einen Kaffee besorgen. Aber erst, wenn die Stadt hinter ihnen lag.

Sie schaute auf die Uhr am Armaturenbrett. 00:10 Uhr. Mitternacht war vereinbart gewesen, aber sie war vorsichtshalber ein paar Minuten früher gekommen. Jetzt wartete sie schon eine ganze Weile. Das kam gelegentlich vor. Manche wurden nervös, überlegten es sich anders. Eigentlich sollten sie ihr dann ein Zeichen geben: dreimal rasch das Licht an- und ausschalten, damit sie wusste, dass sie nicht kommen würden. Zweimal galt als Notruf, dann verständigte sie die Polizei.

Bisher hatte sie kein Lichtsignal wahrgenommen.

Cait machte sich keine Sorgen, jedenfalls noch nicht. Sie suchte wieder die Straße ab. Alles ruhig im Vorstadtidyll. Alle Autos sicher in der Garage, alle Bewohner sicher im Bett.

Plötzlich bemerkte sie etwas aus den Augenwinkeln. Sie umklammerte mit einer Hand das Lenkrad, mit der anderen den Schaltknauf. Ihr Herz hämmerte. Was war das? Dann sah sie das Opossum, das unter einer dichten Hecke verschwand, und erschauerte. Sie war mit Opossums aufgewachsen, mochte sie aber trotzdem nicht. Als Jungtiere waren sie ganz niedlich, doch ausgewachsen ziemlich biestig. Egal, ein Opossum war keine Herausforderung.

Blick zurück zum Haus. Immer noch dunkel, immer noch

still. Mittlerweile war es 00:15 Uhr. Sie würde noch fünf Minuten warten. Länger sollten sie sich nicht aufhalten, um keine Aufmerksamkeit zu erregen. Falls ein Nachbar aufstand, um auf die Toilette zu gehen, und einen ramponierten alten Jeep auf der Straße entdeckte, würde er in einer Gegend wie dieser umgehend die Bullen rufen. Und die ließ man lieber außen vor. Man wusste nie, auf wessen Seite sie standen.

Ein Vorhang oben im Haus bewegte sich, kurz darauf ging unten das Licht an. Es war so weit: jetzt oder nie. Sie setzte sich aufrecht hin und wischte sich die verschmierte Wimperntusche unter den Augen weg.

Mach dich bereit. Sowie sie einsteigt, fährst du los.

Kurz darauf tauchte eine blonde Frau in einer gebügelten weißen Bluse zu khakifarbener Hose auf, mit einer teuer wirkenden Tasche über der Schulter. Sie sah überhaupt teuer aus – blitzsauber, auf Hochglanz poliert, einfach tipptopp. Cait sah zu, wie die Frau die Haustür abschloss, zögerte und sich noch einmal vergewisserte, dass sie wirklich abgeschlossen war.

Schweiß kribbelte auf ihrem Rücken. *Machschonmachschonmachschon.*

Die Frau warf einen Blick auf die Nachbarhäuser und ging schnell den Weg entlang.

Cait lehnte sich über den Beifahrersitz und stieß die Tür auf. Das Gesicht der Frau erschien in der Öffnung.

»Hi, Rebecca?« Cait lächelte, als sie den Namen aussprach. Es war wichtig, ihnen so schnell wie möglich die Nervosität zu nehmen. Die Frau nickte und stieg ein. Ihr Geruch erfüllte den Wagen: Baumwolle, Vanille und Sandelholz. »Ich bin Caitlyn«, sagte sie, obwohl die Frau das sicher schon wusste. »Aber Sie können mich Cait nennen.« Die Frau nickte erneut und drückte ihre Tasche an sich. »Der Gurt ist rechts«, sagte sie. Die Frau griff hinter sich und ließ den Gurt einrasten. Dabei schaute sie unverwandt auf die verlassene Vorortstraße.

Cait fuhr los. »Haben Sie ein Telefon dabei?«

Die Frau schloss die Augen.

»Ein Mobiltelefon.« Manchmal wurden sie nervös und erstarrten. Sie hatte gelernt, ihnen Informationen zu entlocken. »Falls ja, schalten Sie es bitte aus.«

Die Frau riss die Augen auf. »Wieso?«

»GPS.«

Sie runzelte die Stirn. »Ist das wirklich …«

»Ja, ist es. Tut mir leid. Es mag ein bisschen extrem wirken, aber …« Sie sprach den Satz nicht zu Ende. Beide wussten, dass dies extreme Umstände waren.

Die Frau wühlte in ihrer Tasche und holte das Handy heraus. Cait vergewisserte sich mit einem Seitenblick, dass sie es ausschaltete.

»Wie lange brauchen wir?«

»Etwa sechs Stunden. Vielleicht ein bisschen weniger. Auf dem Rücksitz sind Wasserflaschen. Bedienen Sie sich.«

Rebecca drückte ihre Tasche noch fester an die Brust. »Danke, es geht schon.«

Im Rückspiegel sah Cait, wie in einem Nachbarhaus das Licht anging und ein Gesicht am Fenster erschien.

Ganz ruhig. Einfach normal fahren, denk dir nichts dabei.

»Haben Sie engen Kontakt zu Ihren Nachbarn?«, fragte sie beiläufig.

Rebecca schaute sie überrascht an. »Eigentlich nicht.«

Cait hielt die Augen auf den Rückspiegel geheftet. Der Vorhang fiel wieder vors Fenster, das Licht ging aus. Sie seufzte. »Scheint eine Gegend zu sein, in der man freundschaftlichen Umgang pflegt. Straßenfeste und so. Gibt es eine Nachbarschaftswache?«

»Ich glaube nicht.«

»Gut.« Mit denen hatte sie schon Schwierigkeiten gehabt. Wenn man jemandem ein Abzeichen und ein bisschen Autorität gab, konnten die Dinge schnell aus dem Ruder laufen. In den übrigen Häusern blieb es dunkel. Kein Auto auf der Straße. Sie hatten das Wohngebiet fast hinter sich gelassen. Auf den Hauptstraßen würde es einfacher werden. »Darf ich das Radio einschalten? Nur damit ich wach bleibe.«

Die Frau nickte. Cait drückte den Wählknopf. Das Geschwafel eines Talkmasters erfüllte den Jeep – die große Geißel von Texas. Sie schaltete durch die Sender, bis sie bei der Magic Station landete. Billy Joel schnulzte seinen »Piano Man« aus den Lautsprechern. Sie ließ es an. Billy Joel war nie verkehrt.

Rebecca wohnte im Südosten von Lubbock, sodass sie quer durch die Innenstadt fahren mussten, um zum Highway 60 zu gelangen. Cait bog auf den Broadway ein und fuhr an einer Anwaltskanzlei vorbei. »Willkommen in der City! Sie zahlen nur, wenn wir gewinnen!« An jeder zweiten Kreuzung gab es eine Ampel, und jede sprang auf Rot, sobald sie sich näherten, als hätten sie sich gegen die beiden verschworen, damit sie die Stadt nicht verließen.

»Na los, komm schon«, murmelte Cait und klopfte aufs Lenkrad. Dass so wenig los war, gefiel ihr nicht. Das war das Schwierigste an den nächtlichen Touren: die leeren Straßen. Wenn Betrieb herrschte, fiel man nicht so leicht auf.

Ein Mann mit einer Weihnachtsmannmütze kam auf sie zu, in einer Hand ein schmutziges Tuch, in der anderen ein Schild: »Hunger, bitte helft mir.« Er klopfte ans Fenster, als sie vor der roten Ampel warteten. Cait wollte ihn verscheuchen, doch er beschrieb eine Geste mit seinem Tuch und fing an, die Windschutzscheibe abzuwischen, wobei er schmierige Streifen hinterließ. Rebecca saß zusammengekauert auf dem Beifahrersitz und umklammerte den Riemen ihrer Tasche. Ihre Fingerknöchel waren weiß.

Cait ließ das Fenster herunter und hielt dem Mann ein paar Dollarscheine hin. »Danke für die tolle Arbeit.« Er nahm sie, tippte sich an die Weihnachtsmannmütze und schlurfte weiter, als die Ampel auf Grün sprang.

»Alles okay?«, fragte sie.

Rebecca nickte, doch sie hatte die Zähne fest zusammengebissen und starrte mit glasigen, blicklosen Augen nach vorn. Sie hatte sich nicht gerührt, seit sie losgefahren waren.

»Wir sind gleich raus aus der Stadt.«

Die vierspurigen Straßen waren von Supermärkten, Megakirchen und kleinen mexikanischen Restaurants gesäumt, die für den Taco-Dienstag warben, genau wie in jeder anderen texanischen Stadt. Gelegentlich überflutete eine neonbeleuchtete Plakatwand sie mit kränklichem Licht und beschwor seltsam flackernde Schatten herauf. Die Weihnachtsbeleuchtung hing schon – bunte Sterne und blassblaue Schneeflocken, ein Engel, der hoch über der Straße schwebte, die golden glitzernden Flügel ausgebreitet. Die Schilder in den Schaufenstern warben für Champagner zum halben Preis und billige Diamantarmbänder.

Cait hasste Weihnachten. Dann schlug die Stunde der Blindgänger: Alkohol, peinliche Weihnachtsfeiern und alte Kerle, die einen nach ein paar Whisky zu viel begrapschten. JB, ihr früherer Boss in der Kneipe, hatte darauf bestanden, einen Mistelzweig über die Theke zu hängen, und wann immer sie zum Kühlschrank gegangen war, um Champagner zu holen, hatte ein Kerl dort herumgelungert, um sie abzupassen. Inzwischen hatte eine Frau seinen Job übernommen, doch da die Arbeitskleidung nach wie vor enge Oberteile und Stetson-Hüte vorschrieb, hatte sie wenig Hoffnung, dass sich etwas ändern würde. Immerhin bekam man in dieser Zeit anständige Trinkgelder.

Cait dehnte sich und verzog das Gesicht. Ihr Rücken tat weh. Sie war seit Stunden unterwegs, hatte sich durch den Berufsverkehr gekämpft, der aus Austin hinaus auf die 183 strömte. Sie wohnte seit acht Jahren in der Stadt, und es schien mit jedem Jahr schlimmer zu werden. Auf den Straßen stauten sich Pick-ups, Rostlauben und glänzende neue Sportwagen, die die Arterien der Stadt verstopften und ihrem Herz die Luft abschnitten.

Freunde sprachen davon, wegzuziehen. Sie konnten den Verkehr nicht mehr ertragen und die ständig steigenden Mieten für immer beschissenere Wohnungen und die Tesla-Ladestationen, die wie Löwenzahn überall wucherten und ständig besetzt waren. Doch das war nur so dahingesagt. Keiner zog je weg. Wohin denn auch? Etwa in einen Ort wie diesen?

Sie kamen an *Church's Chicken* und dem *Eleganté Hotel* vorbei. Die Stadt lockerte ihren Griff ein wenig, die Grundstücke und Häuser wurden größer. Sie bemerkte, dass Rebeccas Schultern etwas von ihrer Anspannung verloren hatten und sie die Handtasche nicht mehr ganz so fest umklammerte.

Endlich passierten sie das Ortsausgangsschild von Lubbock. »Geschafft. Den schwierigsten Teil haben wir hinter uns.«

Rebecca wagte ein Lächeln.

Sie fuhren durch Littlefield, vorbei an einem Traktorhändler und einem Schild, das freie Zimmer im *Plains Motel* anpries. Sie war die Strecke schon zweimal gefahren – mit einer reizenden Collegestudentin, die die ganze Zeit für ihre Biologieprüfung gelernt hatte, und einer Frau aus Odessa, die kaum aufhören konnte zu weinen.

Das war heftig gewesen, aber nicht ihr schlimmstes Erlebnis.

Einige Klientinnen hatten flexible Arbeitszeiten oder Partner, die ihnen nicht an den Fersen klebten. Diese Frauen brachte sie nach Austin, Dallas oder Fort Worth. Die meisten aber fuhren über die Grenze nach New Mexico, wo die Vorschriften lockerer waren. Die Fahrt dauerte zwar länger, aber alles in allem ging es schneller. Lubbock lag ungünstig: fünf Stunden Fahrt, egal in welche Richtung. Die Klientin entschied. Heute Abend ging es nach Westen.

Sie sah in den Rückspiegel. Hinter ihnen fuhr ein Sattelzug. Sie gab Gas, seine Scheinwerfer wurden kleiner. Wie es aussah, wurden sie nicht verfolgt. Cait entspannte sich ein bisschen. In der Nähe des Wohnorts war es immer am gefährlichsten. Je mehr Kilometer sie fraßen, desto sicherer waren sie. Am Ziel wurde es noch einmal kritisch, aber darüber würde sie sich morgen früh den Kopf zerbrechen.

Cait war wie immer auf den letzten Drücker losgefahren und hatte nicht zu Abend gegessen. Hunger mischte sich mit Erschöpfung, ihre Augen taten weh, die Knochen fühlten sich schwer an. Eine Tasse Kaffee und ein Stück Kuchen würden reichen, damit sie wieder munter wurde. »Hätten Sie was dagegen, wenn wir hinter der Grenze kurz anhalten?«

Rebeccas Kopf schoss herum. »Wieso?«

»Ich brauche einen Kaffee. Ich bin seit sechs Uhr morgens unterwegs.«

Der hübsche Mund verzog sich. »Na schön. Wenn es sein muss.«

»Danke. Ich beeile mich, versprochen. Ich weiß, dass Sie nervös sind, aber wir sind jetzt aus der Gefahrenzone raus.«

»Woher wollen Sie das wissen?«

»Neunzig Prozent aller Zwischenfälle ereignen sich innerhalb der ersten zehn Minuten. Die meisten Schwierigkeiten habe ich unmittelbar vor der Haustür erlebt. Jetzt, wo wir aus Lubbock raus sind, dürfte alles glattgehen.«

Rebecca nickte, schien aber nicht überzeugt. Ihr Profil erinnerte an eine römische Münze, mit gerader Nase und festem

Kinn. Patrizisch. Cait lächelte. Die Beschreibung war gut, die musste sie sich merken. Vielleicht könnte sie sie mal verwenden.

Vorher aber musste sie den Artikel über die Arbeitsbedingungen auf dem Bio-Bauernhof bei Austin fertigstellen. Der Redakteur fragte seit Wochen danach, aber der Text saß noch nicht richtig. Bei dem, was er zahlte, durfte er sich nicht beschweren, aber sie wollte es sich auch nicht mit ihm verderben. Zurzeit bekam sie nur selten eine Chance.

Sie ließen Littlefield hinter sich und fuhren jetzt in Richtung Wüste. Bald gäbe es nur noch Gestrüpp und Himmel. Caits Magen knurrte. Sie konnte gar nicht schnell genug nach Clovis kommen. Es wäre die letzte Gelegenheit, heute Nacht noch eine anständige Tasse Kaffee zu bekommen.

Sie sah zu der Frau hinüber. »Haben Sie es bequem? Soll ich die Heizung anmachen oder so?«

Rebecca schüttelte den Kopf. »Danke, alles gut.«

»Sagen Sie einfach Bescheid. Heute Nacht soll es unter null werden. Es könnte sogar schneien.« Sie tätschelte das Armaturenbrett. »Keine Sorge, der hat keine Probleme mit Schnee.«

Rebecca lächelte schwach. »Gut zu wissen.« Dann sah sie wieder aus dem Fenster.

Sie war nicht besonders gesprächig. Na gut. Dafür war immer noch genug Zeit.

Neun Monate zuvor

Cait wälzte sich aus dem Bett und stolperte ins Badezimmer. Die Glühbirne war durchgebrannt, sodass sie sich zur Toilette tasten musste. Bloß nicht den Kopf an der Dachschräge stoßen. Sein Schnarchen übertönte das Plätschern in der Toilettenschüssel. Gut. Sie hatte ihn nicht geweckt.

Als sie fertig war, erhob sie sich vorsichtig und drehte sich zum Spiegel. Sie hatte sich mittlerweile ans Dämmerlicht gewöhnt und konnte die dunklen Höhlen ihrer Augen und die schimmernden Zähne sehen. Sie presste die Stirn ans Glas. Scheiße, was machst du eigentlich hier?, fragte sie sich, wusste aber keine Antwort. Er schnarchte ungestört weiter.

Alyssa war an allem schuld. Sie hatte darauf bestanden, an ihrem Geburtstag ins *Cedar Street* zu gehen, obwohl es ein Drecksloch voller betrunkener Collegestudenten und Touristen war, die auf eine »authentische Erfahrung« aus waren. Doch Alyssa hatte wochenlang gequengelt, bis Caitlyn endlich zugestimmt hatte, nur damit sie Ruhe gab. Alyssa hatte vor Freude gequiekt und sie umarmt, und ihre Freundin so glücklich zu sehen, entschädigte Cait beinahe für die Aussicht, an ihrem kostbaren freien Abend bescheuerte Verbindungsstudenten daran zu hindern, ihr Tequila über die Turnschuhe zu kippen.

So war sie nun einmal. Wenn es um ihre Freundinnen ging,

war sie einfach ein Schaf. So hatte ihre Mutter es jedenfalls ausgedrückt, als sie in der Schule ihre nagelneue silberne Stiftedose gegen Melissa Brandinos altes verbeultes Ding eingetauscht hatte, nur weil Melissa sie davon überzeugt hatte, dass Silber besser zu ihren polierten Riemchenschuhen passte als zu Caits ramponierten Turnschuhen. »Oh, Caity«, hatte ihre Mutter kopfschüttelnd gesagt und geseufzt. »Manchmal bist du einfach zu nett.«

Mittlerweile war es lange her, dass jemand sie als »zu nett« bezeichnet hatte.

Also waren sie ins *Cedar Street* gegangen. Keine zehn Minuten später hatte jemand Tequila über ihre nagelneuen Nikes gekippt, und sie hatte beobachtet, wie sich ein Mädchen schwallartig gegen die Toilettentür erbrach. »Warum sind wir gleich noch mal hier?«, hatte sie Alyssa gefragt, doch die war viel zu sehr damit beschäftigt, einem Haufen Technik-Nerds ihren Geburtstagsanstecker unter die Nase zu halten. Cait zog ab zur Theke, bestellte einen doppelten Maker's pur und kippte ihn in einem einzigen feurigen Schluck hinunter. Wenn du sie nicht schlagen kannst, verbünde dich mit ihnen. Da hatte sie auf einmal Jake entdeckt, der durch den Innenhof stiefelte und in einem Radius von mehreren Metern die Blicke sämtlicher Frauen auf sich zog. Auch ihren.

Sie hatte von ihm gehört. Ein Gast in der Kneipe war Musikjournalist beim *Digg* und hatte ihn neulich nach einem Sierra zu viel in den höchsten Tönen gelobt und behauptet, er sei der nächste Superstar. Nach ihrer Schicht hatte sie ihn aus Neugier bei Spotify gesucht. Country-Musik war eigentlich nicht ihr Ding, obwohl – oder gerade weil – sie im tiefsten Texas aufgewachsen war, aber selbst sie musste zugeben, dass er etwas hatte. Seine Stimme brummte leise über feinfühligen Gitarrenriffs, tief und fesselnd und wahnsinnig sexy.

Cait sah sich nach Alyssa um, deren Zunge tief im Hals eines Technik-Nerds steckte, stahl sich aus der Kneipe und folgte Jake einige Straßenblocks bis zum *Pearl* in der Fourth Street. Sie wusste selbst nicht so genau, warum sie das tat – normalerweise lief sie fremden Männern nicht hinterher –, doch etwas an diesem Zusammentreffen war ein bisschen schicksalhaft gewesen, so kitschig das auch klingen mochte.

Sie blieb hinten, als er zum Soundcheck auf die Bühne ging. Zu ihrer Überraschung war es erst kurz nach zehn. Weil es im *Cedar Street* vor Betrunkenen nur so wimmelte, hatte sie angenommen, dass es schon nach Mitternacht sei. Cait bestellte ein Bier und lehnte sich mit dem Rücken an die Theke, während Jake die ersten Akkorde anschlug.

Das *Pearl* war relativ leer – kein Wunder an einem Montagabend –, füllte sich aber rasch, als seine Stimme die Leute herbeilockte. Bald stand Cait vorn an der Bühne, schwang die Hüften zur Musik und sah zu, wie Jake im Scheinwerferlicht der Schweiß übers Gesicht lief.

Ihre Augen trafen sich, und sie bemerkte, dass ein Grinsen um seine Lippen zuckte. Frech. Das gefiel ihr. Sie tanzte weiter, spürte seine Blicke auf ihrem Körper und sah das Begehren in ihm aufflackern. Sie ließ die Hüften kreisen und fuhr sich mit den Fingern durch die Haare. *Du gehörst mir*, dachte sie, und das Gefühl ihrer Macht berauschte sie.

Er beendete das Programm, stieg von der Bühne, und es kam, wie es kommen musste: verschwitzte Knutscherei im Hinterzimmer, Gefummel auf der Taxifahrt zu seiner Wohnung, die sehr nach armem Musiker und kaum nach kommendem Superstar aussah.

Der Sex war anfangs ziemlich normal – sie war eine Weile oben, dann warf er sie auf den Rücken. Es war gut, doch etwas an der Art und Weise, in der er sich auf eine Stelle knapp über ihrem Kopf konzentrierte, statt ihr in die Augen zu sehen, vermittelte Cait das Gefühl, dass es nicht um sie ging, dass es ihm vollkommen egal war, mit welcher Frau er schlief. Im Grunde störte es sie nicht – es war Sex, keine Verlobungsfeier –, aber sie hätte nichts dagegen gehabt, wenn er sich ein bisschen mehr bemüht hätte, sie zum Höhepunkt zu bringen.

Und dann, als sie schon dachte, er sei fertig, legte er die Hände um ihren Hals und drückte so fest zu, dass sie fast – aber nicht ganz – das Bewusstsein verlor. Zuerst kämpfte sie, bohrte die Nägel in seinen Rücken, umklammerte seine Hände und wollte sie von ihrem Hals reißen, doch der Kampf schien ihn nur noch mehr zu erregen, und der Sauerstoffmangel im Gehirn ließ ihre Kraft erlahmen, bis sie schließlich erschlaffte. Er ließ sie los, um ihr den Schwanz in den Mund zu stecken und sie eine verfickte Hure zu nennen, als er kam. Dann küsste er sie auf die Wange – nicht auf den Mund, und erst nachdem sie geschluckt hatte –, rollte sich zur Seite und schlief ein.

Sie nahm ihre Sachen mit ins Wohnzimmer und zog in der Ecke, die am weitesten von der Klimaanlage entfernt war, Jeans und BH an. Sie streifte sich das T-Shirt über den Kopf, den sie sehr still hielt, weil ihr Hals bei jeder Bewegung wehtat. Morgen früh würde sie blaue Flecken haben, die sie mit Concealer verdecken musste, um Fragen – oder eher blöde Witze – von den Kerlen an der Theke zu vermeiden.

Er hatte nicht gefragt, ob sie auf so etwas stand. Er hatte es einfach vorausgesetzt, oder es war ihm egal gewesen. Von wegen sensibler Liedermacher, so ein Schwachsinn. Er war nur ein weiteres Arschloch in einer langen Reihe von Arschlöchern, die sich genommen hatten, was sie wollten, ohne sich die Mühe zu machen, sie zu fragen. Sie hatte es so satt. Sie erinnerte sich an den Musikjournalisten, der gesagt hatte, Jake stünde kurz vor einer großen Tournee und würde bald landesweit bekannt sein. Kein Wunder, dass er meinte, mit dieser Scheiße durchzukommen.

Doch diesmal, beschloss Cait, würde er dafür bezahlen.

Sie bestellte sich einen Lyft zu seiner Wohnung. Der nächste Wagen war neun Minuten entfernt, also noch Zeit genug. Sie holte Notizbuch und Stift aus der Tasche und schrieb drauflos. Als das Auto kam, hatte sie den Artikel, der ihr Leben verändern sollte, schon zur Hälfte fertig.

Amherst, Texas
445 Kilometer bis Albuquerque

Rebecca hatte zugesehen, wie die Umrisse der Stadt im Außenspiegel verschwanden und vom Nachthimmel verschluckt wurden. Erst dann erlaubte sie sich, richtig durchzuatmen.

Nun, da sie Lubbock hinter sich gelassen hatten, war es einfacher. Es war der erste und zugleich größte Schritt gewesen.

Als der Jeep vor dem Haus gehalten hatte, hatte sie im dunklen Schlafzimmer gesessen, die Hände im Schoß gefaltet, und auf das schwache Motorengeräusch gelauscht. Sie hatte es gewollt – es sorgfältig geplant –, doch als es jetzt so weit war, fühlte sie sich wie gelähmt. Fünf Minuten vergingen, dann zehn. Man hatte ihr gesagt, der Wagen werde zwanzig Minuten warten – keine Minute länger. Als die Fünfzehn-Minuten-Marke überschritten war, schnappte sie sich ihre Tasche und lief zur Tür. Wenn sie auch nur eine Sekunde länger zögerte, würde sie es niemals schaffen. Sie trat in die eisige Nacht hinaus, wo ein Mädchen in einem Jeep auf sie wartete.

Sie konnte nicht fassen, wie still die Gegend um diese Zeit war. Der Motor des Jeeps dröhnte leise, von fern ertönte der Schrei eines Fuchses. Ihr Herz hämmerte, als sie das Türschloss prüfte. Dann lief sie so leise wie möglich zum Wagen. Letztlich war es ganz einfach.

Und doch ließen die Sorgen sie nicht los. *Wenn er nun frü-*

her nach Hause kam? Wenn jemand ihre Pläne herausgefunden und ihm davon erzählt hatte? Man hatte ihr am Telefon Vertraulichkeit zugesichert, aber sie wusste, wie die Leute waren. Man konnte niemandem vertrauen, vor allem nicht, wenn es um Geld ging.

Sie schaute zu dem Mädchen hinüber. Sie war jung, etwa Mitte zwanzig. Fast noch ein Kind. Sie hatte jemand Älteres erwartet. Es war seltsam, von einer so viel jüngeren Frau gefahren zu werden, eine Umkehrung der natürlichen Ordnung.

Sie schaute wieder auf die Straße. Nichts. Nichts. Getreidesilo. Nichts. Nichts. Lagerhaus. Sie kam sich hier draußen winzig vor, wie eine der Papierpuppen, mit denen sie als Kind gespielt hatte.

Fast drei Jahre war sie nun schon in Texas, und es fühlte sich immer noch so fremd und sonderbar an wie am ersten Tag.

Sie war eine Fremde an dem Ort, den sie Zuhause nennen sollte.

Drei Jahre zuvor

Patricks blaue Augen blickten voller Ernst und Leidenschaft. »Es wird Zeit, Liebste.« Er beugte sich über den Tisch und ergriff ihre Hand. Ein Klacks Sahnesauce hing in einem Winkel seines schön geschwungenen Mundes.

Sie hielt inne, die Gabel in der Luft. »Ich wusste nicht, dass wir unter Zeitdruck stehen.«

»Ich weiß, es klingt verrückt, aber ich verspreche dir, du wirst begeistert sein. Weites, offenes Land, frische Luft, bodenständige Menschen … Komm schon, Becs. Du siehst doch auch, wie sich die Stadt verändert. Es ist, als lebte man in einem Museum. Hier gibt es keine echten Menschen mehr.«

Das stimmte. San Francisco hatte sich verändert. Sie erlebte es jeden Tag an der Highschool, an der sie Englisch unterrichtete: Familien waren gezwungen, wegen der schwindelerregenden Mieten umzuziehen. Die Zahl der Obdachlosen schoss in die Höhe, die psychische Gesundheit ihrer Schüler litt, weil sie nach immer besseren Noten strebten. Die Tech-Unternehmen hatten die Stadt mit Venture-Capital-Millionären überflutet und ihren schmuddeligen Charme weißgewaschen. Selbst das Restaurant, in dem sie gerade aßen, würde nach Oakland umziehen. Als sie den Kellner danach fragten, sagte er bloß achselzuckend: »Fortschritt.«

Dabei war die Bay Area seit jeher der einzige Ort, den sie als ihr Zuhause betrachtet hatte. »Unser ganzes Leben ist hier.«

»Unser Leben ist da, wo wir zusammen sind. Ich möchte nach Hause, Becs. Bitte. Meine Oma lebt dort allein und wird nicht jünger. Ich muss mehr Verantwortung übernehmen.«

»Mein Vater ist auch allein.«

»Dein Vater ist Anfang sechzig und fitter als ich. Oma wird nächstes Jahr achtzig. Du hast doch an Weihnachten gesehen, in welchem Zustand ihr Haus ist. Sie kann sich nicht mehr allein darum kümmern.«

»Wir könnten jemanden anstellen, der ihr hilft«, schlug sie vor. »Oder sie zieht in ein Betreutes Wohnen. Ich habe gehört, dass es da inzwischen ganz nette Einrichtungen gibt. Die sind eher wie Luxushotels.« Sie klammerte sich an Strohhalme.

»Du weißt, dass meine Oma ihr Haus nicht verlassen wird. Sie sagt immer, man würde sie mit den Füßen voran raustragen müssen, und das meint sie zweifellos ernst.« Er drückte ihre Hand, seine warme Haut fühlte sich vertraut an. »Ich weiß, es ist viel verlangt, aber dir wird Lubbock schon bald sehr gefallen. Die Menschen sind so authentisch, und es gibt so viel Platz ... So viele Möglichkeiten ...« Er holte Luft. »Für die Staatsanwaltschaft zu arbeiten reicht mir nicht. Ich könnte mehr tun. Wenn ich Kongressabgeordneter wäre oder Senator ...«

»Weil Kongressabgeordnete ja so viel bewirken können«, sagte sie ein wenig spitz.

Er hob die Hände. »Ich weiß, ich weiß. Ich glaube trotzdem, dass ich in einem solchen Amt mehr bewirken könnte, anstatt wie hier Deals mit Kleindealern und Prostituierten auszuhandeln. Und hier bekomme ich politisch keinen Fuß auf den Boden. Du weißt, wie eingefahren die Politik in Kalifornien ist. In Texas wäre ich ein Einheimischer, der in einem Bundesstaat mit demokratischer Mehrheit schon etwas geleistet hat. Das macht mich zu einem starken Kandidaten. Die Demografie verändert sich gerade. Ich glaube, ich hätte eine echte Chance.«

Sie stellte sich vor, wie er Hände schüttelte und Babys auf dem Arm hielt, hinter sich auf der Bühne ein Banner mit seinem Namen. Ihre Freunde hatten schon immer gesagt, er solle in die Politik gehen. Nur war ihr nicht klar gewesen, dass Patrick es auch wollte.

Sie fasste nach dem goldenen Kreuz, das sie um den Hals trug. Versuchte, sich neben ihm auf der Bühne zu sehen, wie sie stolz lächelte, während ihn die Menge mit Liebe überschüttete. Denn sie *würden* ihn lieben. Das war so sicher wie das Amen in der Kirche. Alle liebten Patrick. Er war ein Glückskind. Genau das hatte sie an ihm angezogen. Von allen Frauen auf dieser Welt hatte er sich für sie entschieden. Was auch sie zum Glückskind machte.

Sie hätte wissen müssen, dass er die Welt erobern wollte.

Sie schaute ihn über den Tisch hinweg an und sah das stille Selbstvertrauen eines Menschen, der immer gewinnt und weiß, dass seine Glückssträhne nicht enden wird. Patrick war es gewohnt, zu bekommen, was er wollte, und sie war ihm immer gern entgegengekommen.

»Zwei Jahre«, sagte sie, faltete die Serviette und legte sie auf den Tisch. »Ich versuche es zwei Jahre lang, aber wenn ich Texas hasse, ziehen wir für immer hierher zurück.«

»Abgemacht.« Das Lächeln teilte sein Gesicht fast in zwei Hälften. »Becky, Schatz, ich verspreche dir, du wirst es nicht bereuen. Ich glaube wirklich, dass mir die politische Arbeit liegen könnte. Wenn ich in eine Machtposition gelange, kann ich wirklich etwas bewegen.«

Sie redete sich ein, gewonnen zu haben. Zwei Jahre waren nichts verglichen mit einem ganzen Leben, ein Tapetenwechsel konnte ihnen nicht schaden. Hatte sie sich nicht ständig darüber beklagt, dass die Stadt sie zermürbte? Der Bildungsetat war brutal zusammengekürzt worden, sie hatte seit Jahren keine Gehaltserhöhung bekommen, die Klassen wurden immer größer, während die finanziellen Mittel schrumpften. Es wäre kein Problem, die Lehrerlaubnis für Texas zu bekommen. Sie könnte ein paar Jahre an einer netten Vorortschule unterrichten, vielleicht nebenher ein paar Uni-Kurse belegen. Dort könnten sie auch in eine größere Wohnung ziehen – vielleicht sogar in ein Haus mit Vorgarten und Garage und Auto. Müssten sich nicht mehr beim Zähneputzen auf die Füße treten. Keine verschwitzten Busfahrten mehr, schwer bepackt mit Einkaufstüten.

Weiter Himmel. Weites Land. Mit Patrick an ihrer Seite.

Zwei Jahre waren nichts. Ein Blinken auf dem Radarschirm.

Damals hatte sie noch nicht geahnt, wie rasch ein Leben ausgelöscht werden konnte. Wie eine Sandburg von der Flut.

Sudan, Texas
435 Kilometer bis Albuquerque

Rebecca sah auf die Uhr. Es war kurz vor eins, also Mitternacht an der Westküste. Vielleicht schlief er schon oder trank in der Hotelbar einen Wodka Tonic, am Hemd noch einen dieser »Hallo, ich heiße«-Aufkleber, als würden die Leute den Namen des Hauptredners nicht kennen. Sie hatten nach seiner Rede miteinander telefoniert. Er war gerade aus der Dusche gekommen – er duschte immer vor dem Abendessen –, und sie konnte über den Lautsprecher hören, wie er sich anzog, wie die Seide durch seine Finger glitt, als er die Krawatte um den Hals legte. Sie hatte die üblichen Fragen beantwortet – Ließ sie es ruhig angehen? Hatte sie zu Mittag gegessen? Hatte sie die Alarmanlage eingeschaltet? – und versprochen, ihn morgen früh gleich als Erstes anzurufen. Sie hatte ihm gesagt, dass sie ihn liebte und vermisste, obwohl die Wahrheit deutlich komplizierter war.

Sie griff in die Tasche, umfasste das Handy und ließ es wieder los. Es war spät – wenn er hätte anrufen wollen, hätte er es längst getan. Er weckte sie ungern auf. Trotzdem strichen kalte Finger der Angst über ihren Nacken. Würde er jemanden zum Haus schicken, wenn er anrief und sie sich nicht meldete? Was würde er unternehmen, wenn derjenige feststellte, dass sie nicht daheim war?

Sie dachte an die Papiere in ihrer Tasche. Vielleicht hatte er sie schon aufgespürt. Vielleicht waren sie schon unterwegs.

Sie umklammerte den Türgriff. Dieses Engegefühl in der Brust. Da war es wieder: die Wände, die näher rückten, die Dunkelheit am Rand ihres Sichtfelds. Plötzlich war der Jeep zu klein, ein winziger Metallkäfig, in dem es nicht genügend Luft für zwei gab. Sie atmete Caits Atem ein und Cait den ihren, und damit verbrauchten sie den ganzen Sauerstoff. Sie würden in dieser dämlichen Blechbüchse ersticken, in der es nach abgestandenem Zigarettenrauch und künstlichem Kieferndurft und Caits Shampoo und dem Parfum roch, das Patrick ihr zum 35. Geburtstag geschenkt hatte, und, mein Gott, wie sollte sie das überleben, wie sollte sie das nur überleben?

Sie spürte, wie das Mädchen sie von der Seite ansah. *Schau mich nicht an. Schau nicht her.* Die Wände rückten noch näher. Sie fühlte sich wie ein winziges, noch nicht geschlüpftes Vogeljunges. Ihre Lungen brannten.

Kalifornien.

Es war ein Kniff, den sie sich nach den ersten Panikattacken beigebracht hatte. Wenn sie ihrem eigenen Verstand entkommen musste, versetzte sie sich nach Kalifornien. Sie stellte sich die Palmen in den Parks vor, die viktorianischen Häuser mit ihren bonbonfarbenen Fassaden und den Geruch von Salzwasser, der über allem hing. Wenn sie die Augen schloss und sich konzentrierte, konnte sie den Blick auf San Francisco vom Crown Beach aus sehen: Wolkenkratzer im Nebel, die Anhöhe von Nob Hill, den weiten Bogen der Bay Bridge.

Der Druck in ihrem Brustkorb ließ nach, ihr Atem ging leichter. Sie fühlte sich stark genug, um zu sprechen. »Haben Sie etwas dagegen, wenn ich das Fenster ein bisschen aufmache? Ich brauche Luft.«

Cait nickte. »Tut mir leid, ist ein bisschen stickig hier drin.«

Die Luft war von belebender Kälte, und Rebecca spürte, wie jeder Atemzug sie zurück in ihren Körper brachte.

Cait sah sie immer noch an. »Alles okay? Sie sehen ein bisschen ...«

Eine flüchtige Bewegung im Scheinwerferlicht. Aufblitzende Zähne und dunkles Fell. Ein dumpfer Aufprall. Ein Wimmern. Cait trat fest auf die Bremse, die Reifen quietschten auf dem Asphalt, zu spät. Stille.

»Was war das?«

Cait schüttelte den Kopf. Sie sah blass und betroffen aus. »Ich weiß nicht. Vielleicht ein Kojote?«

Sie öffnete die Tür und ging langsam nach vorn vor den Wagen, sichtlich wackelig vom Schock. Rebecca folgte ihr. Sie sahen es gleichzeitig: verschmiertes Blut und ein Büschel borstiger Haare am Kühlergrill. Struppiges rötliches Fell. Eine einzelne schlaffe Pfote.

Es war ein Fuchs. Wie er so reglos dalag, hätte er auch schlafen können. Nur das dunkelrote Blut an seiner Schnauze verriet, was geschehen war.

»O Gott.«

Cait blickte auf und sah Rebecca an. »Steigen Sie wieder ein.«

»Ist er ...?« Eine Antwort war überflüssig. Sie wusste es schon.

»Steigen Sie ein. Sie sollten nicht hier draußen sein.«

Der Fuchs war klein – vermutlich ein Weibchen und noch jung. Rebecca dachte an den Fuchsbau unter dem alten Trampolin im Garten ihrer Eltern. Ihr Vater hatte immer so getan, als würden sie ihn in den Wahnsinn treiben – »räudige überdimensionale Ratten«, hatte er gemurmelt, wenn er einen frischen Kothaufen entdeckte –, doch sie hatte ihn auch mehr als einmal dabei ertappt, wie er die Füchse lächelnd vom Fenster aus beobachtete. In einem Sommer hatten sich die Jungen auf dem Trampolin vergnügt und waren auf ihren kurzen Beinen umhergesprungen, während die Füchsin wachsam in der Nähe lauerte. »Die sind gar nicht so anders als Hunde«, hatte Caits Mutter gesagt und ihr die Hand auf die Schulter gelegt. »Nur ein bisschen wilder.«

Rebecca streckte die Hand aus und berührte die Brust des Fuchses. Der Pelz war weich und noch warm.

Cait schaute auf das tote Tier und dann auf die verlassene Straße. »Wir können ihn nicht einfach liegen lassen. Alles in Ordnung? Sie sind nicht verletzt?«

»Mir geht's gut. Und Ihnen?«

»Kein Problem. Es tut mir nur leid. Ich hätte …« Sie verstummte. Die Scheinwerfer bildeten zwei sich überlappende Kreise. Man hörte nur das Brummen des Motors und das leise Rauschen des Radios.

Cait richtete sich abrupt auf und klopfte sich die Jeans ab. »Setzen Sie sich doch in den Wagen.« Sie wollte Rebecca zur Tür schieben. »Ich kümmere mich darum.«

Rebecca schüttelte den Kopf. »Sie können ihn nicht allein bewegen.«

»Klar kann ich das.«

»Bitte.« Sie beugte sich vor und legte dem Fuchs eine Hand auf den Kopf. »Ich möchte helfen.«

Sie machten sich schweigend ans Werk. Cait ergriff die Hinterläufe, Rebecca packte ihn am Genick. Gemeinsam zogen sie das Tier unter dem Jeep hervor und trugen es an den Straßenrand. Es war erstaunlich schwer, der Pelz fast unerträglich weich.

»Sieht so aus, als wäre es schnell gegangen. Schmerzlos.«

Cait nickte. »Hoffentlich.«

Sie betteten den Fuchs auf ein Fleckchen Gras vor einem

Trailerpark. »Vielleicht findet ihn morgen früh jemand und begräbt ihn richtig«, sagte Cait mit einer Kopfbewegung zur Häuserreihe.

»Vielleicht.«

Beide wussten, dass es unwahrscheinlich war. Auf solchen Straßen gab es tote Füchse wie Sand am Meer, seine Leiche würde von den Geiern gefressen werden oder in einer Mülltonne landen.

Rebecca starrte auf den Fuchs und kämpfte gegen den plötzlichen Drang an, einfach loszuheulen. Er sah so einsam aus, wie er da im Gras lag. So klein. Als hätte seine Mutter ihm nie das Fell sauber geleckt oder ihn liebevoll gebissen, während er mit den anderen Jungen spielte. Sie wandte sich ab. Die Welt war schrecklich. Manchmal unerträglich.

Sie hörte, wie die Tür des Jeeps zuschlug, und sah Cait mit einem Stoffbündel in den Armen auf sich zukommen. Sie bückte sich und legte ein altes Sweatshirt über den Körper des Fuchses. Sie wirkte verlegen und trotzig zugleich. »Gegen die Kälte.«

Als sie weiterfuhren, konnte Rebecca den Fuchs noch als dunklen Fleck im Mondlicht erkennen, der immer kleiner wurde. Dann war er verschwunden.

Zweieinhalb Jahre zuvor

Rebeccas Handflächen waren glitschig vor Schweiß, sie wischte sie unauffällig an ihrem Kleid ab. Zum Glück trug sie Schwarz, obwohl Patrick befürchtet hatte, es könnte nach Beerdigung aussehen.

»Ich habe mich für den Jackie-O.-Look entschieden«, sagte sie, als sie die Perlenkette umlegte.

Patrick zwinkerte ihr zu. »Du siehst himmlisch aus, egal in welchem Look.«

Rich Cadogan, der frisch angeheuerte Wahlkampfmanager und laut Patrick einer der besten seines Fachs, schlenderte herein und reichte Patrick einige Stichwortkarten. »Sieh zu, dass du jeden Punkt abhakst«, sagte er und schlug ihm auf den Rücken.

Patrick zählte sie an der Hand ab. »Niedrigere Steuern für hart arbeitende Familien. Bessere Gesundheitsversorgung. Gemeinnützige Programme. Strengere Strafen für Wiederholungstäter. ›Hart gegen das Verbrechen, hart gegen die Ursachen.‹«

»Super!«, strahlte Rich, dann schaute er Rebecca an. »Weg mit den Perlen.« Er machte eine wegwerfende Handbewegung. »Damit kommst du zu elitär rüber. Das gilt auch für die Schuhe. Denk dran, die Leute müssen dich ebenso mögen wie Patrick. Und die Leute *lieben* Patrick. Hab ich recht, Mann?«

Patrick grinste. »Aber nur dank dir.« Dann bemerkte er Rebeccas Gesichtsausdruck und schraubte sein Lächeln herunter. »Ich finde, Rebecca sieht toll aus. Sie hat Klasse. Wie Jackie O.«

»Die Kennedy-Masche zieht hier nicht. Wir zielen auf die Mütter aus den Vororten, und da ihr keine eigenen Kinder habt, seid ihr da schon mal im Nachteil. Wenn sie so rausgeht, halten die sie für eine Zicke.« Rich schaute sie an. »Nicht böse gemeint.«

Rebeccas Wangen fingen an zu glühen. »Aber ich hab nur dieses Kleid mitgenommen. Ich habe sonst nichts zum Anziehen.«

»Mal sehen, was sich machen lässt.« Rich glitt in einer Wolke von Tom Ford aus dem Raum.

Patrick sah zu, wie sie die Perlenkette abnahm. »Er meint es nicht so.« Er legte ihr zögernd die Hand auf den Arm. »Er tut nur seine Arbeit.«

»Ich weiß.« Tränen brannten heiß in ihren Augen. »Ich möchte es doch nur richtig machen.«

Er drehte sie zu sich um und drückte sie an seine Brust. »Das wirst du, Liebes. Das wirst du.«

Aber du bist noch nicht so weit. So war es doch gemeint, oder? Irgendwann würde sie es hinbekommen, aber das dauerte noch. Und das Schlimmste war, dass er recht hatte. Letzte Woche hatte Rich eine Journalistin vorbeigeschickt, die sie zu Hause als Paar interviewen sollte, und sowie sie über die Schwelle getreten war, hatte Rebecca gespürt, dass sie gewogen und für zu leicht befunden wurde. Die Küche war zu steril. Das Wohnzimmer mit den offenen Bücherregalen spießig; dass ein Fernseher fehlte, wirkte bemüht. Die Kekse, die Rebecca ihr angeboten hatte – und die sie extra in der erstklassigen Bäckerei in der 82. Straße gekauft hatte –, wurden mit einer höflichen

Grimasse entgegengenommen, und sie wusste sofort, dass sie besser eine Backmischung gekauft und sich selbst in die Küche gestellt hätte.

Als das Porträt dann veröffentlicht wurde, war sie bei ihrer Beschreibung zusammengezuckt. Sie sei »beherrscht« und »reserviert«, und ihre blonden Haare wurden gleich zweimal als gepflegt beschrieben. (*Schlampige Redaktion*, hatte Rebecca spontan gedacht.) Der Artikel machte viel Aufhebens um die Tatsache, dass sie an der Westküste geboren und aufgewachsen war und in Berkeley studiert hatte. »Rebecca McRae unterrichtete sechs Jahre lang Englisch an einer modernen Highschool in San Francisco.« Sie konnte förmlich sehen, wie die Leute die Augen verdrehten.

Patrick hingegen wurde als heldenhafter Heimkehrer dargestellt, als Junge von hier, der gegen die dämonischen Küsteneliten gekämpft hatte und siegreich in den Lone Star State zurückgekehrt war. Die Verfasserin beschrieb seine Augen bis ins kleinste Detail und erwähnte insbesondere die muskulösen Unterarme, die dank der aufgerollten Hemdsärmel sichtbar waren.

An jenem Abend hatte sich Rebecca im Badezimmer eingeschlossen und ihr Spiegelbild angestarrt. War das wirklich sie: eine hochnäsige Hausfrau mit einem schlechten Geschmack, was Backwaren betraf? Sie hätte sich stärker darum bemühen müssen, in Lubbock eine Stelle als Lehrerin zu finden, doch die Genehmigung zu bekommen war schwieriger als erwartet gewesen, und als sie endlich die Zulassung erhielt, hatte das neue Schuljahr schon begonnen. Dann wurde Patrick für die Kongresswahlen aufgestellt und erwartete, dass sie ihn bei seinem Wahlkampf unterstützte.

»Wenn ich gewählt werde, hast du auch eine Plattform, um über Bildung zu sprechen. Du kannst mit deinem großen Talent

Tausenden Kindern in Lubbock helfen und nicht nur den dreißig, die das Glück haben, von dir unterrichtet zu werden.« Er hatte die Hand ausgestreckt und ihr Kinn festgehalten. »Wir werden ein verdammt gutes Team sein, du und ich. Texas wird gar nicht wissen, wie ihm geschieht.«

Rich stürmte wieder ins Zimmer und warf ihr eine himmelblaue Strickjacke und ein Paar zu kleiner Ballerinas hin. »Die habe ich der Praktikantin geklaut.«

Sie zog die Strickjacke über – die Praktikantin benutzte Shalimar, wovon sie schon immer Kopfschmerzen bekommen hatte – und quetschte ihre Füße in die zu kleinen Schuhe. Patrick lächelte. »Du siehst perfekt aus.« Er küsste sie auf die Wange.

Rich reckte einen Daumen in die Höhe. »Für heute reicht es. Nächstes Mal besorge ich eine Styling-Beraterin.«

Rebecca betrachtete sich im Ganzkörperspiegel. Sie erkannte sich nicht wieder.

Sie hörte, wie Patrick angekündigt wurde, wie der Applaus losbrach, und spürte ihre Hand in seiner, als er sie auf die Bühne zog. Sie stand hinter ihm, das Kinn gesenkt, das Gesicht sorgsam beherrscht, um Stolz und Ernsthaftigkeit, Bürgernähe und Familienwerte und all die anderen Attribute zu verkörpern, die Rich ihr eingebläut hatte. Sagen musste sie nichts – das war ihnen sogar lieber –, sondern einfach nur dastehen und Patricks Hinterkopf anbeten, während sie still in die Strickjacke der Praktikantin schwitzte. Ihre Füße taten jetzt schon weh.

Patrick trat mit einem einstudierten Winken ans Rednerpult und begann mit den Worten, die er an diesem Morgen in der Dusche geprobt hatte. »Guten Tag. Ich heiße Patrick McRae. Meine wunderbare Frau Rebecca und ich sind hier, um Sie alle zu bitten, mich zum nächsten Kongressabgeordneten für unseren großartigen Staat Texas zu wählen!«

Muleshoe, Texas
376 Kilometer bis Albuquerque

Rebecca hatte kein Wort gesprochen, seit sie den Fuchs am Straßenrand zurückgelassen hatten, und die Stimmung im Jeep war gedrückt. Ihr Schweigen wirkte vorwurfsvoll, dachte Cait. Als gäbe sie ihr die Schuld an dem, was geschehen war, obwohl es eindeutig ein Unfall gewesen war. Andererseits war Cait so mit sich beschäftigt gewesen, dass sie den Fuchs vielleicht auch deshalb nicht bemerkt hatte.

Es hatte sie überrascht, als Rebecca nach dem Unfall aus dem Wagen gestiegen war, und verblüfft, als sie darauf bestanden hatte, das tote Tier mit an den Straßenrand zu tragen. Sie wirkte nicht wie jemand, der sich gern die Hände schmutzig machte. Eher wie eine Frau, die am Spielfeldrand steht und es gewohnt ist, anderen die Arbeit zu überlassen. Vor allem die Drecksarbeit.

Und doch hatte sie geholfen – hatte kaum eine Miene verzogen, als sie die Schultern des Fuchses angehoben hatte. Cait spürte noch sein Gewicht und sein weiches Fell, das sie in den Armbeugen gekitzelt hatte.

Sie hatte ein schlechtes Gewissen, weil sie nicht genug auf die Straße geachtet hatte.

Dann verscheuchte sie den Gedanken. Immer über Wasser bleiben, lautete ihr Motto. Wer sich runterziehen lässt, ertrinkt.

»Na, das war ja kein besonders vielversprechender Auftakt für die Reise.« Sie wollte locker klingen, doch als sie verstohlen zu Rebecca schaute, befürchtete sie, dass sie damit völlig danebenlag. Rebeccas Miene war immer noch reglos und feierlich, wie eine Totenmaske.

Kurze Pause. »Das werde ich in Ihre Uber-Bewertung schreiben, das ist Ihnen schon klar, oder?«

Der Witz überraschte sie; sie hatte Rebecca anders eingeschätzt. Aber es war gut, ein erster Schritt. Damit konnte sie arbeiten. »Hey, nicht vergessen, ich habe Ihnen vorhin Wasser angeboten. Das sollte ein paar Sterne wert sein.« Sie hielt inne. »Von dem schrecklichen Service mal abgesehen, wie fühlen Sie sich? Brauchen Sie etwas?«

Rebecca schüttelte den Kopf. »Alles in Ordnung, danke.« Das Lächeln verschwand wieder.

Cait nickte leicht. »Gut, sagen Sie einfach Bescheid. Dafür bin ich da.«

»Mach ich.«

Stille. Sie wartete ab. Sie spürte, dass Rebecca etwas sagen wollte, etwas drängte nach draußen. Sie musste nur geduldig sein.

Schließlich holte Rebecca tief Luft. »Ist Ihnen schon mal etwas Schlimmes zugestoßen?«

»Beim Fahren, meinen Sie?«

Rebecca nickte.

Cait machte sich am Radioknopf zu schaffen. Nur Rauschen. Sie spielte auf Zeit. »Nichts Ernstes.«

»Aber es *ist* etwas passiert?«

Sie zuckte mit den Schultern. »Der Freund einer Frau hat sie mit einem Baseballschläger aus dem Haus gejagt. Keine Ahnung, ob er ihn wirklich benutzen wollte oder ob es nur Show war, aber wir haben es nicht drauf ankommen lassen.

Sie ist ins Auto gesprungen, und ich bin so schnell wie möglich losgefahren.«

»Jesus. Sonst noch was?«

Cait schüttelte den Kopf. Es hatte keinen Sinn, der armen Frau Angst einzujagen. Sie erwähnte nicht den Ziegelstein, den jemand durch die Windschutzscheibe geworfen hatte, da es streng genommen nicht während der Fahrt passiert war. Es mochte Haarspalterei sein, schien aber wichtig.

»Ist die Frau zu ihm zurückgegangen?«

»Zu dem Typen? Das weiß ich nicht. Ich habe versucht, ihr klarzumachen, dass wir auch weitergehende Hilfe anbieten, dass unsere Unterstützung nicht mit der eigentlichen Prozedur endet, aber sie wollte nicht darüber reden. Sie wollte eigentlich überhaupt nicht reden – sobald sie im Auto saß, hat sie die Augen zugemacht und bis Albuquerque durchgeschlafen. Ich weiß nicht, ob sie mir was vorgespielt hat oder wirklich so erschöpft war.« Cait überlegte. »Vermutlich beides.«

»Und Sie haben sie wieder nach Hause zurückgebracht, nachdem alles vorbei war?«

Cait hörte die unterschwellige Kritik und ärgerte sich darüber. »Wir helfen, soweit wir können, aber wir tun das, was die Klientin von uns verlangt. Sie hat gesagt, ich soll sie wieder nach Hause bringen, also habe ich es gemacht.« *Ich habe meinen Job erledigt*, fügte sie im Geiste hinzu. *Genau wie jetzt.*

»Hat der Freund auf sie gewartet?«

»Keine Ahnung. Gesehen habe ich ihn nicht. Ich habe ein paar Minuten am Straßenrand gewartet, nachdem sie reingegangen war, für alle Fälle, aber …« Sie zuckte mit den Schultern. »Nichts weiter.«

Sie erinnerte sich noch an das Gefühl der Machtlosigkeit, als sie der Frau nachgesehen hatte, die mit hängenden Schultern zur Haustür ging – ein Bild der Resignation. Am liebsten wäre sie aus dem Jeep gesprungen und hätte sie gepackt und geschüttelt. Stattdessen hatte Cait zugeschaut, wie sie im dunklen Haus verschwand. Zehn Minuten später war sie nach Austin zurückgefahren und hatte Bier in sich hineingekippt, um alles zu vergessen.

Ein Gefühl, das sie nur allzu gut kannte.

Neun Monate zuvor

Es sollte ein ironischer, persönlich gehaltener Artikel werden, nicht mehr. Vielleicht schielte sie auch ein bisschen auf Klickzahlen, aber so funktionierte Internetjournalismus eben. Man schrieb einen Artikel, die Redaktion setzte eine kontroverse Schlagzeile drauf, und schon bekam man Aufmerksamkeit. Aufmerksamkeit bedeutete Werbeaufträge, und Werbeaufträge bedeuteten, dass die Website ihre Schreiber bezahlen konnte. Wenn auch nicht sehr gut. Fünfhundert Dollar waren das Höchste, das sie je für eine Story bekommen hatte, und die war Schleichwerbung für eine Hotelkette gewesen. Für die Themen, die ihr am Herzen lagen, bekam sie viel weniger – und manchmal gar nichts. Für diese bekam sie hundert Dollar.

Sie legte los, sowie der Lyft sie zu Hause abgesetzt hatte. Nach einem starken Kaffee verflüchtigte sich der Alkohol, sie wurde nervös und zittrig. Sie schrieb das ganze Ding in einer Stunde runter und schickte es ihrer Redakteurin – besser gesagt der Frau, die hoffentlich ihre Redakteurin sein würde. Diese Website war auf Geständnisse und Klatschgeschichten spezialisiert.

»Dachte, das könnte dir gefallen«, schrieb sie. Nachdem sie auf Senden gedrückt hatte, duschte sie heiß und ausgiebig und ging ins Bett.

Sie machte sich keine großen Hoffnungen – Jake war in Austin ziemlich bekannt, stand aber landesweit noch vor dem Durchbruch, und Country-Musik war generell eher nischig. Doch sie hatte die Zeit auf ihrer Seite, denn die Redaktionen bettelten förmlich um MeToo-Content, vor allem wenn es um berühmte (oder sogar nur halbberühmte) Männer und saftige sexuelle Details ging.

Am Vormittag hatte sie eine E-Mail. »Das ist super«, schrieb die Redakteurin, »aber ich denke, wir sollten das anonym veröffentlichen. Ich habe mit unserem Juristenteam gesprochen, die Haftung für dich wäre zu teuer. Du bekommst dafür das doppelte Honorar. Wie hört sich das an?« Sie fügte hinzu, die Story werde noch an diesem Tag online gehen.

Cait war ein bisschen sauer, weil ihr Name nicht unter dem Artikel stehen würde. Andererseits bekam sie Geld für die Veröffentlichung, und zur Feier des Tages leistete sie sich einen Latte in einem netten Café. Von dort schrieb sie an Alyssa, um zu hören, wie ihre Nacht gelaufen war. Alyssa hatte den Technik-Nerd im *Cedar Street* sitzen lassen und war in einer Limousine voller Israelis gelandet, die kurz vor dem Rückflug nach Hause standen, wo sie ihren Wehrdienst antreten mussten. »Glaub mir, die können feiern«, schrieb Alyssa, zusammen mit einer langen Kette Emojis. »Wie war es denn bei dir? Du bist einfach verschwunden!« Rauchwolken-Emoji.

Cait berichtete Alyssa ausführlich von ihrem Abend und wies sie auf den Artikel hin, der in Kürze erscheinen würde. Um 14:00 Uhr ging er unter dem Titel »SCHLIMMSTES. DATE. EVER.« online. Als Thumbnail Jakes grüblerisches Gesicht mit Teufelshörnern auf dem Kopf.

Nervös klickte Cait auf den Link. Die Website gehörte nicht zu den großen, hatte aber bei Kulturinteressierten eine gewisse Zugkraft, und sie hoffte, dass der Artikel sie in eine Liga mit

Jezebel oder Man Repeller katapultieren würde. Sie überflog ihn, registrierte, was die Redakteurin geändert hatte und was nicht. Der Artikel konnte sich sehen lassen – er war witzig und bissig und vielleicht auch ein bisschen zu schonungslos, aber der Typ war eben ein totales Arschloch. Er hatte es nicht anders verdient.

Sie las den Text noch einmal, schickte dann einen Link an Alyssa, zog ihre Uniform an und ging in die Kneipe, in der sie arbeitete.

Sie sah erst wieder aufs Handy, als die Kneipe geschlossen hatte, die Flaschen weggeräumt und die Spiegel sauber gewischt waren. Der Artikel schlug hohe Wellen.

Klar, jede Journalistin wünschte sich so viel Aufmerksamkeit wie möglich. Aber doch nicht so. Im Kommentarbereich wurde sie von Jakes oftmals weiblichen Fans aufs Übelste beschimpft. Es gab auch Männer, die sie als Hure bezeichneten, die man vergewaltigen sollte, um ihr eine Lektion zu erteilen. Frauen wie sie seien Dreck, sie hätte es verdient zu sterben. Das Wort *skullfuck* tauchte in allen nur erdenklichen Variationen auf.

Ihr war kotzübel. Was waren das für Leute, und woher kam dieser Hass? Na schön, vielleicht hatte sie ein bisschen übertrieben, aber letztlich war sie bei den Tatsachen geblieben. Er *hatte* sie beim Sex gewürgt. Sie *hatte* sich gefürchtet, wenn auch nicht ganz so sehr, wie sie vorgegeben hatte. Das aber auch nur, weil sie wusste, wie so etwas gewöhnlich lief. Jake hatte sie nicht umbringen oder ihr auch nur wehtun wollen. Er hatte zeigen wollen, wozu er fähig war, was ihm einen Kick gab. Das kam bei Männern nicht gerade selten vor.

Dennoch überkam sie eine Welle der Scham. Sie musste etwas falsch gemacht haben, wenn diese Leute sie so hassten. Irgendwie musste es ihre Schuld sein.

Sie hat es doch so gewollt.

Diesen Satz las sie wieder und wieder. Sicher, sie hatte Jake angemacht. Sie hatte genau gewusst, was sie tat, als sie vor ihm an der Bühne tanzte, welche Versprechungen sie mit ihrem Körper gemacht hatte. Sie war bereitwillig mit ihm nach Hause gegangen, hatte mit ihm Sex gehabt, ohne irgendwelche Fragen zu stellen. Durfte sie sich wirklich beklagen, nur weil er andere sexuelle Vorlieben hatte als sie? Hatte sie denn nicht geahnt, dass so etwas irgendwann passieren würde? Konnte sie nicht von Glück sagen, dass es so glimpflich abgegangen war?

Dann kam eine Mail von ihrer Redakteurin. Betreff: Ach du Scheiße. »Deine Story hatte in den letzten acht Stunden mehr Klicks als alles, was wir je gebracht haben!«

Eine SMS von Alyssa. »Niemand weiß, dass du das geschrieben hast, oder? So sollte es auch bleiben, denn die Leute DREHEN VÖLLIG DURCH.«

Cait nahm ein Glas, goss sich einen großen Bourbon ein und kippte ihn in wenigen Schlucken hinunter. Schenkte sich nach. Sie musste es als Schwundmenge abschreiben, damit JB bei der Inventur nicht sauer wurde. Sie spürte den Alkohol in der Kehle, er wärmte ihre Finger und Zehen und löste den Knoten tief in ihrer Kehle.

Alyssa hatte recht: Cait konnte von Glück sagen, dass niemand wusste, wer den Artikel geschrieben hatte. Denn im Moment sah es ganz danach aus, als hätte sie einen gewaltigen Fehler begangen.

Farwell, Texas
371 Kilometer bis Albuquerque

Rebecca musste immer wieder an den toten Fuchs denken, den sie in Sudan an den Straßenrand gelegt hatten. Sie sah noch den Dampf vor sich, der aus der Blutlache aufstieg, und die Augen, die an stumpfe schwarze Perlen erinnerten. So hatten auch die Augen ihres Kaninchens Bugs ausgesehen, das der Nachbarshund getötet hatte. Als Kind war sie jeden Tag zweimal an dem Hund vorbeigegangen. Wenn sie zur Bushaltestelle ging und wenn sie zurückkam. Er hieß Fletch und lief knurrend am Maschendrahtzaun entlang neben ihr durch den Garten. Eines Morgens hatte sie hinter dem Haus Geräusche gehört und gerade noch gesehen, wie der Hund Bugs schüttelte, bis das zarte Genick brach. Fletch ließ das Kaninchen fallen und rannte davon, als sie schreiend auf ihn losging, doch es war schon zu spät gewesen. Sie hatte mit ansehen müssen, wie das Licht in Bugs' Augen erlosch, rasch und endgültig wie bei einer ausgepusteten Geburtstagskerze. Gerade noch war Bugs ihr Kaninchen gewesen, das Paprika liebte und sich gern unter dem Kinn kraulen ließ und dessen Schnurrhaare kitzelten, wenn es mit der Nase zuckte, und dann plötzlich war es nur noch eine Ansammlung von Knochen und Fleisch und Fell. Darum hatte sie auch gewusst, dass ihre Mutter log, als sie ihr einreden wollte, Bugs sei über die Regenbogenbrücke in den

Himmel gegangen. Sie hatte ein Tier sterben sehen und konnte das nicht vergessen. Sie hatte erkannt, dass Leben einfach so von etwas zu nichts wechseln konnte und es sinnlos war zu tun, als wartete irgendetwas dahinter.

Sie legte eine Hand auf den Magen.

Am Horizont war eine Aufbereitungsanlage zu sehen, deren Silos sich wie stumpfe Zähne in den dunklen Himmel bohrten. Auf der anderen Straßenseite begrüßte ein Restaurant potenzielle Gäste. »Donnerstag = Steakabend«.

Ein kleines grünes Schild verkündete, dass sie Farwell, Texas, verließen und nun Texico, New Mexico, erreicht hatten.

»Wir haben es geschafft«, sagte Cait, nickte zu dem Schild und lächelte. »Sie können sich jetzt entspannen.«

Rebecca spürte wieder diese Enge im Brustkorb.

Cait lag falsch. Nicht in der Nähe des Wohnorts war es am gefährlichsten. Für sie war mit dem Überschreiten der Staatsgrenze die Bedrohung plötzlich und auf furchtbare Weise real geworden.

San Diego, Kalifornien

Patrick ließ sich schwer aufs Hotelbett fallen und rieb sich die müden Augen. Er hatte mit einem Vier-Sterne-Hotel gerechnet, doch angesichts der billigen Bettwäsche konnte es höchstens drei Sterne haben. Nicht dass ihm das wichtig war. Die Hotels, in denen diese Veranstaltungen stattfanden, ähnelten sich: mit Marmor ausgekleidete Lobby – diese auch noch samt lamettabeladenem künstlichem Weihnachtsbaum –, lange, hallende Korridore und winzige, in Papier gewickelte Seifenstücke. Morgen würde es lappigen Speck und hart gewordene Eier zum Frühstück geben, und er würde das alles essen, während Leute an seinen Tisch kamen und ihm die Hand schüttelten. Einige würden stehen bleiben, weil sie hofften, er werde ihnen einen Platz anbieten. Es machte ihm nichts aus. Darum ging es doch schließlich. Verbindungen knüpfen. Menschen berühren.

Er sah auf die Uhr. Halb elf. In Lubbock war es also nach Mitternacht. Sie dürfte jetzt schlafen, wäre zumindest im Bett. Er wusste, dass sie zurzeit wenig schlief.

Er griff nach dem Handy. Er wollte ihre Stimme hören, und sei es auch nur für eine Minute. So wie es in letzter Zeit zwischen ihnen gelaufen war … Es zerriss ihn innerlich, ganz ehrlich. Wenn er sie nur dazu bringen könnte, die Dinge so zu sehen wie er, wenn sie nur auch daran glauben könnte, müssten sie einander das nicht antun. Müsste er ihr das nicht antun.

Sie könnten glücklich sein, so wie früher. Wie damals in San Francisco, lang war's her.

Er wählte ihre Festznetznummer und hörte es klingeln. Normalerweise ging sie beim zweiten Mal ran. Vielleicht war sie eingeschlafen. Aber das Telefon müsste sie eigentlich aufwecken. Er wartete auf den Anrufbeantworter, hörte stattdessen aber nur eine monotone Stimme. »Ihr Anruf kann zurzeit leider nicht entgegengenommen werden. Bitte hinterlassen Sie eine Nachricht nach dem Signalton.«

Er starrte das Handy einen Moment lang an, bevor er den Anruf unterbrach. Warum war der Anrufbeantworter nicht angegangen? Vielleicht hatte es einen Stromausfall gegeben, der das Gerät auf die Werkseinstellungen zurückgesetzt hatte. Aber diese automatisierte Stimme ... die kannte er von woandersher.

Es war Rebeccas Handy. Sie hatte versucht, die Mailbox selbst zu besprechen, als sie es neu hatte, aber bald aufgegeben. »Das Ding hat einfach zu viele Funktionen«, hatte sie gesagt und mit dem Samsung herumgefuchtelt. »Ich gebe auf. Dann muss ich eben ein Roboter bleiben.«

Er prüfte die Nummer, die er gewählt hatte. Es war eindeutig der Festnetzanschluss.

Dann scrollte er zu ihrer Handynummer und wählte. Es klingelte ein paarmal, dann teilte ihm dieselbe Roboterstimme mit, er solle eine Nachricht nach dem Signalton hinterlassen. Patrick legte auf und schleuderte das Handy aufs Bett.

Warum ließ sie sich Anrufe vom Festnetz aufs Handy weiterleiten? Sie hatte versprochen, zu Hause zu bleiben, während er weg war. Sie brauchte Ruhe. Sie hatte keinen Grund, nicht ans Telefon zu gehen.

Es sei denn.

Er vergrub den Kopf in den Händen. *Gott, nein. Bitte. Nicht.*

Er schnappte sich wieder das Handy und ging die letzten Anrufe durch, bis Richs Nummer auftauchte. Rich würde noch wach sein. Sein Wahlkampfmanager schien niemals zu schlafen.

Rich meldete sich sofort. »Hey, Champ! Wie läuft's in Kalifornien? Hast du sie umgehauen?«

»Die Veranstaltung war super. Tut mir leid, dass ich so spät anrufe …«

»Du brauchst dich doch nicht zu entschuldigen. Du weißt, ich stehe dir rund um die Uhr zur Verfügung.«

»Ich habe versucht, Rebecca auf dem Festnetz anzurufen, und sie geht nicht ran. Ich glaube, wir haben ein Problem.«

»Überlass das mir. Die Räder der Justiz drehen sich schon.«

»Es könnte auch falscher Alarm sein. Vielleicht schläft sie. Kann sein, dass sie das Telefon auf lautlos gestellt oder den Hörer nicht aufgelegt hat.« Doch noch während er das sagte, wusste er, dass es nicht stimmte. »Vermutlich verschwende ich nur deine Zeit.«

»Es war richtig, dass du angerufen hast. Und jetzt wird geschlafen, verstanden? Du musst zeitig fliegen, und du solltest frisch aussehen, wenn du vor den Richter trittst.«

»Sag mir Bescheid, wenn du sie findest.«

Doch die Verbindung war schon beendet. Patrick hielt das Handy noch eine Minute fest, bevor er es auf den Nachttisch legte und zur Minibar ging. Er holte die kleinen Flaschen heraus, schüttete ihren Inhalt in ein Glas und kippte alles hinunter. Dann kniete er sich hin und begann zu beten.

Clovis, New Mexico
355 Kilometer bis Albuquerque

Cait kannte viele Menschen, die nicht gerne Auto fuhren. Sie hassten die Aggression auf der Straße, die Langeweile, den steifen Nacken und die kribbelnden Beine. Sie aber genoss es, vor allem auf freier Strecke. Manchmal fuhr sie auf einer der breiten texanischen Straßen stundenlang geradeaus, starrte auf die gestrichelte weiße Linie, die sich bis zum Horizont erstreckte, und verspürte eine zenartige Ruhe. Dabei kam sie einem meditativen Zustand am nächsten. Sie hatte mal eine App ausprobiert – eine Frauenstimme sagte ihr, sie solle sich Meeresbrandung oder Wiesen mit Wildblumen vorstellen –, doch sosehr sie sich auch bemüht hatte, sie hatte nur an all das Zeug gedacht, das sie in der Zeit hätte erledigen können. Schließlich hatte sie die App geschlossen, eine To-Do-Liste aufgestellt und war schlafen gegangen.

Man konnte zwar das Mädchen aus Waco herausholen, es aber nicht dazu bringen, an den ganzen New-Age-Wellness-Quatsch zu glauben.

Beim Fahren über Land wurde ihr Geist ganz leer, bis es nur noch das Dröhnen des Motors gab und den Jeep, der wie durch Zeit und Raum dahinglitt. Manchmal stellte sie sich als einen Fixpunkt im Universum vor, während der Rest der Welt an ihr vorbeirauschte. Diese Augenblicke waren ihr am liebsten, obwohl sie nach einer Weile seltsame Dinge mit ihrem Kopf anstellten, wie auf diesen Magic-Eye-Bildern in den Zeitungen ihrer Kindheit. Dann musste sie kurz die Augen zukneifen, um wieder einen klaren Kopf zu bekommen.

Vor allem aber fuhr sie deshalb gern, weil es die einzige Zeit war, in der sie wirklich allein war. Bei der Arbeit war sie eine Anlaufstelle für einsame Seelen, die sich auf der Suche nach einem Drink und einem kleinen Plausch in die Kneipe verirrten. Wenn sie gerade keine Gäste bediente, lachte sie höflich über die schlechten Witze des Geschäftsführers oder trieb die Kollegen an, damit sie frisches Eis brachten. Selbst in ihrer winzigen Einzimmerwohnung war ihr immer bewusst, dass sie von anderen Menschen umgeben war. Die Wände waren dünn, und wann immer ihre Nachbarn sich einen Smoothie mixten oder Sex hatten oder auf die Toilette gingen, konnte sie es laut und deutlich hören. Das Leben anderer Menschen begleitete sie die ganze Zeit, die Geräusche drängten ungefragt in ihren Kopf.

Im Jeep hingegen herrschte Stille. Es war, als triebe sie in ihrer eigenen kleinen Blase dahin, unberührbar, selbst wenn sie sich die Straße mit hunderten anderer Autos teilte. Sogar jetzt, da Rebecca schweigend neben ihr saß und aus dem Fenster schaute, konnte sie beinahe so tun, als wäre sie allein.

Cait nahm die erste Ausfahrt hinter der Staatsgrenze und fuhr durch die verlassenen Straßen zu einem *IHOP*-Restaurant. »Ist das okay hier?«, fragte sie, während sie schon einparkte. Der Parkplatz war verlassen bis auf einen Truck und einen verbeulten El Camino.

Die Kellnerin war mit einem Kreuzworträtsel beschäftigt und machte sich nicht einmal die Mühe, von ihrem Hocker aufzustehen, sondern deutete auf einen Stapel Speisekarten und sagte, sie könnten sich hinsetzen, wo sie wollten. Cait warf prüfende Blicke in den Raum, registrierte den Koch, der hinten am Notausgang stand und rauchte, und die vier Schichtarbeiter in Warnwesten. Sie wählte eine Nische am Fenster und achtete darauf, dass sie mit dem Rücken zur Wand saß, damit sie den Raum im Blick behalten konnte.

Irgendwann bequemte sich die Kellnerin zu ihnen und nahm die Bestellung auf – Kaffee und Kirschkuchen für Cait, Eiswasser mit Zitrone für Rebecca –, und dann saßen beide schweigend da und ließen sich von der Musik berieseln. Die Kellnerin stellte ihnen mit einem undeutlichen Murmeln die Getränke hin. Sie rechnete wohl gar nicht erst mit einem guten Trinkgeld. Cait konnte es ihr nicht verdenken. Sie wusste aus eigener Erfahrung, dass ein Tisch mit Frauen gewöhnlich nicht viel einbrachte – geteilte Vorspeise, Salat als Hauptgericht und ein Glas Hauswein. Sie neigten auch dazu, die Rechnung zu teilen und das Trinkgeld bis auf den letzten Penny auszurechnen. Bei einem Tisch voller Männer war das anders, die machten einen auf dicke Hose, bestellten Fleisch und flaschenweise Barolo. Nicht dass man hier Barolo bekommen hätte. Männer wollten voreinander angeben, und wenn man Glück hatte, bedeutete das ein dickes Trinkgeld für die hübsche Kellnerin. Hatte man Pech, musste man aufdringliche Hände abwehren, während man den Tisch abräumte.

Cait gab immer ein großzügiges Trinkgeld und würde es auch heute tun, obwohl die Kellnerin kein einziges höfliches Wort mit ihnen gewechselt hatte. Sie wollte damit vor allem ein Zeichen setzen. Vielleicht wäre die Kellnerin zu den nächsten Frauen ein bisschen netter.

»Lächle doch mal, Schätzchen. So schlimm kann es doch nicht sein.« Wie oft hatte sie das schon gehört, wenn sie Gäste bediente? Lächelte man mal eine Sekunde lang nicht, fielen sie über einen her. Sie hielten es für ihr gutes Recht, dass man sie anlächelte, dass man dankbar für ihren Besuch war.

Cait stand lieber hinter der Theke. Dort kontrollierte sie den Alkohol, was sie zur mächtigsten Person in der Kneipe machte. Wenn ihr dort jemand sagte, sie solle lächeln, konnte sie »Verpiss dich« sagen, und dann musste der Mann gute Miene zum bösen Spiel machen, weil er seinen Drink haben wollte. Außerdem war eine Theke zwischen ihr und dem Gast. Es kam nur noch selten vor, dass eine Hand nach ihr grapschte, wenn sie sich bückte, um ein Bier aus dem Kühlschrank zu nehmen.

Cait schüttete reichlich Zucker in ihren Kaffee und rührte um. Normalerweise trank sie ihn weniger süß, aber das Adrenalin, das sie bei der Kollision mit dem Fuchs ausgeschüttet hatte, war längst abgebaut, und die Erschöpfung lauerte hinter ihren Augen. Sie fühlte sich, als würde sie in einem trüben Teich schwimmen.

»Es tut mir leid, dass Sie um diese Zeit fahren müssen«, sagte Rebecca und kratzte an einem Fleckchen Sirup, das auf dem Tisch klebte. »Ich kann Sie gerne ablösen, wenn Sie müde werden.«

»Es geht schon, wenn ich erst einen Kaffee intus habe.« Nie im Leben würde Cait jemand anderen ihr Baby fahren lassen. »Ich bin ein Nachtmensch. Das hier ist keine große Sache für mich.«

»Macht es Ihnen etwas aus?«

»Ein Nachtmensch zu sein?«

Rebecca nickte.

»Nicht die Bohne. Ich bin Barkeeperin, das gehört zum Berufsrisiko.«

»Tatsächlich? Wo denn?«

»In Austin.« Sie trank einen großen Schluck Kaffee.

»Da soll es ja einige nette Kneipen geben.«

»Na ja, ich arbeite in der Art Kneipe, in der man hinter der

Theke einen Stetson und knappe Hotpants trägt. Nicht gerade hochklassig.«

Rebecca wirkte entsetzt. »Ehrlich? Das ist so ... so ...«

»Ordinär? Erniedrigend? Ja, kann man so sagen.«

»Warum arbeiten Sie da?«

»Der Verdienst ist anständig, und mein Vermieter legt Wert auf pünktliche Zahlung.«

»Oh. Natürlich. Sorry, ich wollte nicht ...«

»Schon gut.« Cait bemühte sich, nicht die Augen zu verdrehen. Kein Wunder, dass diese Frau solche Fragen stellte. Vermutlich hatte sie noch keinen Tag in ihrem Leben gearbeitet, geschweige denn einen Fuß in eine Kneipe wie das *Dark Horse* gesetzt. Oder auch nur in ein *IHOP*. Vermutlich nahm sie an, die Welt drehe sich nur um sie oder sei ein langer roter Teppich, der sich vor ihr entrollte und nur darauf wartete, dass sie den Fuß daraufsetzte.

Caits Familie war die ärmste im Viertel gewesen. Sie hatten in einer der netteren Gegenden von Waco gewohnt – ihr Vater hatte das Haus von seinem Vater geerbt –, und sie war mit den Kindern von Buchhaltern, Ärzten und Ölmanagern aufgewachsen. Sie konnte sich noch an die Blicke der beliebten Mädchen erinnern, als Caits Mutter an der Reihe war, die Pfadfinderinnen zu bewirten. Mindy hatte ihr hübsches Näschen gerümpft, als sie das Linoleum auf dem Küchenboden und den uralten Toaster auf der Arbeitsfläche gesehen hatte. Cait hatte mitbekommen, wie sie von einem »Arme-Leute-Haus« gesprochen und die ganze Clique gelacht hatte. Ihr war sofort klar gewesen, wie es gemeint war und dass es vermutlich sogar stimmte. Nachdem alle gegangen waren, hatte ihre Mutter ihr ein paar Kugeln Eis gegeben und gesagt, sie solle nicht auf die »kleinen Schlampen« hören, doch natürlich hatte sie das getan und von da an ihr Leben mit Mindys Augen gesehen. Das Sofa, auf dem sie es sich mit ihrer Mutter gemütlich gemacht und alte Filme geschaut hatte, wirkte auf einmal verschlissen, das Zimmer, das ihre drei Brüder sich teilten, plötzlich beengt und jämmerlich. Niemand sonst in ihrer Klasse musste sich ein Zimmer teilen, von einem *Etagenbett* ganz zu schweigen. Und der Nudelauflauf mit Thunfisch, ihr Lieblingsgericht, das ihre Mutter jeden Freitag machte, schmeckte plötzlich komisch und billig. *Arme-Leute-Essen*, dachte sie, als sie die Gabel hineinstach.

Mit neun Jahren hatte sie entdeckt, dass alles, was sie an ihrem Leben gemocht hatte, eigentlich nicht gut genug war.

Sie trank den Kaffee aus, der Bodensatz hinterließ eine bittere Spur in ihrer Kehle. Sie gab der Kellnerin ein Zeichen, damit sie nachfüllte. Dann drückte sie die Gabel in das Kuchenstück. Jetzt, da es vor ihr stand, hatte sie keine Lust mehr darauf. Die Kirschen leuchteten neonrot und waren mit einem dicken Sirup überzogen. Sie schob den Teller weg. Der Kaffee musste reichen.

Sie sah sich im Restaurant um. Die vier Arbeiter saßen immer noch hinten, ihr Tisch war mit aufgerissenen Zuckerpäckchen und halbvollen Kaffeetassen übersät. Unter dem Tisch wurde ein Flachmann weitergereicht. Sie erhöhte im Geist das Trinkgeld für die Kellnerin. Sie hatte noch eine schwere Aufgabe vor sich, wenn sie die Kerle loswerden wollte.

Der Koch war aus der Zigarettenpause zurück und stand jetzt im Durchgang, aufs Handy konzentriert. Die Kellnerin war an der Kaffeemaschine und ließ sich alle Zeit der Welt, um die Kanne nachzufüllen. Caits Blick blieb an einem Mann hängen, der an der Theke saß und den sie vorhin gar nicht bemerkt hatte. Mittleres Alter. Jeans und T-Shirt. Unauffällig. Und doch weckte er leises Unbehagen in ihr. Sie hatte nicht aufgepasst. Sie musste immer aufpassen – war das nicht das Motto der Sisters of Service? »Immer wachsam, immer bereit.« An einem bewölkten Sonntag hatte sie ein achtstündiges Training absolviert, bei dem die nötigen Sicherheitsvorkehrungen immer und immer wieder durchgekaut wurden. Die Fahrerinnen benutzten ihre eigenen Autos – die Organisation konnte sich keine leisten –, erhielten aber Kennzeichen, die auf eine Tarnadresse in Dallas zugelassen waren. Sie durften niemandem sagen, wohin sie fuhren oder mit wem. Keine Handys. Keine Fotos. Keine Nachnamen. Und immer mit dem Schlimmsten rechnen. Damals hatte sie es für übertrieben gehalten, wusste die Maßnahmen mittlerweile jedoch zu schätzen. Vor allem, da der Mann Rebecca anstarrte.

Es war nicht das übliche Taxieren, das sie aus eigener Erfahrung kannte und dem eine hübsche Frau wie Rebecca ständig ausgesetzt war. Etwas in seinem Blick verriet, dass er sich nicht einfach vorstellte, wie sie nackt aussah. Er sah aus, als wollte er sie bis auf die Knochen entblößen.

Cait fing seinen Blick auf, ohne zu lächeln. Das machte sie, wenn Typen ihr auf diese Tour kamen: Sie forderte sie heraus. Wenn sie etwas gelernt hatte, während sie mit einem Haufen dämlicher Brüder aufgewachsen war, dann das: niemals einem Kampf aus dem Weg gehen. Wenn sie eine Schwäche witterten, hatte man verloren.

Sie fixierte ihn weiter. Er war klug genug, sich abzuwenden, doch kurz darauf wanderten seine Augen wieder zu Rebecca. Sie blickten verzweifelt, hungrig. Es jagte ihr richtig Angst ein.

Ganz ruhig, sagte sie sich. *Konzentrier dich. Setz deine Augen ein, um die Situation einzuschätzen. Was siehst du?*

Kein Pistolenholster zu erkennen. Allerdings könnte er eine Waffe am Knöchel oder im Hosenbund tragen. Oder er war einfach ein Freak, der nicht an hübsche Frauen gewöhnt war. Oder ein Spinner, der ganz genaue Vorstellungen davon hatte, wann Frauen das Haus verlassen sollten, und der Ansicht war, dass sie nach Mitternacht hier nichts zu suchen hatten. Oder Rebecca erinnerte ihn an jemand.

Oder aber er wusste, wohin sie fuhren, und betrachtete es als seine Aufgabe, sie daran zu hindern.

Sie schaute zu Rebecca, die gedankenverloren dasaß. Sie hatte den Mann noch gar nicht bemerkt. Gut so. So blieb ihr weniger Zeit, um in Panik zu geraten, wenn Cait den Rückzug einleitete. Aus den Augenwinkeln konnte sie sehen, dass der Mann sich abgewendet hatte, sie nun aber im verspiegelten Chrom über dem Durchgang zur Küche betrachtete. Ihre Blicke begegneten sich im Spiegel, und Cait sträubten sich die Nackenhaare.

Zeit zum Aufbruch.

Sie warf Rebecca einen vielsagenden Blick zu, drehte die Augen zu dem Mann an der Theke und schüttelte kaum merklich den Kopf. Rebeccas Gesicht verwandelte sich in eine Maske nackter Angst.

»Was meinst du?«, fragte Cait so ruhig wie möglich. »Sollen wir weiterfahren?«

Rebecca nickte, fixierte sie noch immer. Sie hatte Angst – das war offensichtlich –, wollte aber cool bleiben. Cait war beeindruckt. Sie griff über den Tisch und klopfte leicht auf ihr Handgelenk.

»Nicht hinsehen«, sagte Cait leise.

Rebecca nickte. »Ich hole die Rechnung«, sagte sie. Ihre Stimme zitterte kaum.

»Keine Zeit.« Cait warf einen Zwanzig-Dollar-Schein auf den Tisch. Auf das Wechselgeld konnte sie nicht warten – diesmal bekam die Kellnerin ein wirklich gutes Trinkgeld. »Fertig?«

Rebecca ging als Erste, Cait dicht hinter ihr, während sie den Mann im Auge behielt. Er schien Cait überhaupt nicht zu bemerken, hatte nur Augen für Rebecca. Seine Blicke folgten ihr durchs ganze Restaurant, doch er rührte sich nicht vom Fleck. Beobachtete sie nur. Was irgendwie schlimmer war. Hätte er hier drinnen etwas versucht, hätte es Zeugen gegeben. Die Typen dahinten hätten vielleicht sogar die Helden spielen wollen. Der Koch hätte ein Messer zur Hand gehabt, vermutlich lag unter der Theke auch eine Schusswaffe. Hier draußen im Nirgendwo gingen die Leute gewöhnlich kein Risiko ein.

Cait schaute durchs Fenster auf den verlassenen Parkplatz. Dort wären sie ganz auf sich gestellt.

Die Tür schepperte, als Rebecca sie öffnete. Die Kellnerin schaute von ihrem Kreuzworträtsel hoch und winkte lustlos, nachdem sie das Geld auf dem Tisch bemerkt hatte. Wie konnte es sein, dass sie kein Scheppern gehört hatte, als der Mann hereingekommen war? Sie war wirklich unaufmerksam gewesen, geradezu leichtsinnig. Das hier war nun die Quittung.

Ein Schritt über die Schwelle, dann spürten sie die kalte Luft beißend im Gesicht und rannten über den Parkplatz. Der El Camino war weg, aber der Truck stand noch da. Cait bereute, dass sie nicht näher am Restaurant geparkt hatte. Sie umklammerte den Autoschlüssel und horchte auf seine Schritte, meinte schon die Hände an ihrer Kehle zu spüren. Sie hörte Rebecca stoßweise atmen, ihre Schuhe klatschten auf den Asphalt, doch die Tür hinter ihnen schepperte nicht. Er musste noch drinnen sein.

Außer natürlich, er war durch die Hintertür gegangen.

Nur noch ein paar Schritte.

Sie drückte den Türknopf am Schlüssel, die Scheinwerfer leuchteten auf. Die beiden Frauen sprangen ins Auto und schlugen die Türen hinter sich zu.

Rebecca verriegelte sie.

Cait legte den Rückwärtsgang ein.

Sie warf einen letzten Blick zum Restaurant. Die Theke war verlassen. Der Mann war weg.

Jake

»Was mich richtig ankotzt«, sagte Jake und hielt sein Bier lässig am Flaschenhals, »ist das Gefühl, dass sie mich reingelegt hat. Verstehst du?«

Craig neigte den Kopf zum Zeichen, dass er zuhörte. Es erinnerte Jake daran, wie er als Kind zwar gebeichtet hatte, dass er seinen Bruder geschlagen hatte, die unreinen Gedanken aber ausgelassen hatte.

»Ich bin nicht mal sauer, dass sie über mich geschrieben hat, obwohl mein Manager sagt, die Mädels sollten so langsam mal eine Verschwiegenheitsverpflichtung unterzeichnen. Gar keine schlechte Idee. Es geht ums Prinzip. Dass nichts mehr heilig ist und so.« Er setzte die Flasche an und nahm einen großen Schluck.

Craig schüttelte mitfühlend den Kopf.

»Ich hab gemerkt, dass sie verrückt ist, aber ich dachte, auf eine gute Weise, verstehst du?« Er warf Craig einen vielsagenden Blick zu. »Mann, du hast sie doch gesehen. Wie sie vor der Bühne getanzt und sich zur Schau gestellt hat. Sie wollte ficken. Also haben wir gefickt! Und was macht sie dann?« Er schlug mit der flachen Hand auf den Tisch. »Zack! Sie dreht es so, dass *ich* das Arschloch bin.«

Craig hob den Kopf. »Mann, das ist eine echte Schweinerei.«

»Das kannst du laut sagen.« Jake schüttelte ratlos den Kopf. »Ich schwöre dir, ich werde Frauen nie verstehen.«

Craig machte ein Geräusch, das Zustimmung ausdrücken sollte. Er hatte seine eigenen Probleme – seine Exfreundin, mit der seit einigen Monaten Schluss war, hatte angerufen und ihm mitgeteilt, man habe bei ihr Chlamydien festgestellt, und er solle besser auch zum Arzt gehen und sich ein Antibiotikum besorgen. »Die sind gut zu behandeln«, hatte sie gesagt, als wäre das ein Trost. Aber das würde er Jake nicht erzählen. Sonst konnte er sich monatelang dessen blöde Witze anhören. Danke nein.

»Je mehr ich darüber nachdenke, desto mehr fühle ich mich als Opfer. Überleg doch mal: Ich lasse sie in mein Haus. Ich habe Sex mit ihr, *um den sie gebettelt hat*, und dann bin *ich* es, den sie fertigmacht! Sie erzählt ihre Seite der Geschichte, und auf einmal halten mich alle für einen kranken Perversling. Ist das etwa fair?«

Craig brummelte etwas vor sich hin. Er war nicht krankenversichert. Scheiße. Was würde ihn der Arzttermin kosten? Vielleicht konnte er in die Sozialpraxis gehen, wo man kostenlos behandelt wurde, aber wenn ihn jemand dort sah, hätte er ein Erklärungsproblem.

Er trank einen Schluck Bier. Er hatte sofort nach dem Telefongespräch Chlamydien gegoogelt und bekam die Bilder nicht mehr aus dem Kopf. Verfluchte Scheiße, Mann. Die waren echt happig.

Jake lehnte sich zurück. »Das Verrückte ist, dass die Single dank dem Artikel durch die Decke geht. Mein Manager hat heute Nachmittag angerufen, er hat Angebote von Promotern, die eine landesweite Tournee mit mir machen wollen. Vielleicht sollte ich mich sogar bei ihr bedanken.«

Hatte sie etwa mit anderen Typen geschlafen, während sie noch zusammen waren? Hatte sie die Dinger daher? Craig nahm sich vor, die Inkubationszeit zu googeln, wenn er zu Hause war, überlegte es sich dann aber anders. Er wollte es lieber gar nicht wissen.

»Hast du die Kommentare gelesen? Die kreuzigen sie. Wobei natürlich keiner weiß, wer sie ist. ›Anonymus‹, meine Fresse.« Jake schüttelte wieder den Kopf und trank sein Bier aus. Dann gab er der Kellnerin ein Zeichen für die nächste Runde. »Ich habe meinem Manager gesagt, dass ich sie outen will, aber er meinte, das würde mich unsympathisch machen. Die würden sie womöglich interviewen, und sie könnte sich irgendeinen Schwachsinn ausdenken, bei dem ich schlecht dastehe.« Er zuckte mit den Schultern. »Trotzdem wünschte ich, jemand würde sie outen. Das wäre doch witzig.«

Craigs Schwager war Apotheker. Vielleicht konnte er ihn anrufen und bitten, ihm eine Packung Antibiotika zu besorgen. Es war ja nicht so, als verlangte er ein Opioid oder so was.

Jake grinste die Kellnerin an, als sie das Bier auf den Tisch stellte, und sie lächelte zurück. »Muss mir ihre Nummer besorgen«, murmelte er, als sie wegging.

Nein, sein Schwager würde das niemals tun. Der war ein Weichei.

»Na schön, vielleicht war ich ein bisschen grob, aber die meisten Mädels stehen drauf. Frauen lassen sich gerne beherrschen, Punkt, aus. Die geben sich so unabhängig, aber tief im Inneren wollen sie, dass ein Mann ihnen sagt, wo's langgeht. Liegt in der menschlichen Natur. Nicht weiter schlimm.« Ein großer Schluck Bier, unterdrücktes Rülpsen. »Das Verrückte ist, dass das, was sie gemacht hat, legal ist. Ist das zu fassen? Ich meine, ich bin ja auch für Meinungsfreiheit, aber diese Scheiße ist doch … Verleumdung oder so.«

Craig griff nach der Bierflasche und knibbelte am Etikett. Scheiße. Er musste es riskieren und in die Sozialpraxis gehen.

»Ich meine ja nur, jemand muss ihr eine Lektion erteilen. Ihr zeigen, wo der Hammer hängt.« Jake drehte sich zu ihm um. »Weißt du, was ich meine?«

Craig schwieg.

Jake stieß ihn mit dem Fuß an. »Hey, Mann, hörst du mir überhaupt zu?«

Luftwaffenstützpunkt Cannon, New Mexico 347 Kilometer bis Albuquerque

Auf den ersten Kilometern hatten sie geschwiegen, in die Rückspiegel gestarrt und nach Scheinwerfern Ausschau gehalten. Hatten sich gefragt, ob der Mann aus dem Restaurant auf der Straße auftauchen würde und ihnen etwas antun wollte, doch die Lichter von Clovis waren verblasst, und die Straße hinter ihnen war hartnäckig leer geblieben. Rebecca konnte durchatmen.

»Hast du ihn erkannt?«, fragte Cait.

»Nein.« Es stimmte: Rebecca hatte den Mann im Restaurant nicht erkannt, aber sie hatte gewusst, dass er ihretwegen dort war. Ein flüchtiger Blick in seine Augen hatte gereicht.

Patrick musste die Festnetznummer angerufen und begriffen haben, dass sie weg war. Doch wie hatte er sie so schnell gefunden? Sie schaute zur Uhr am Armaturenbrett. Sie waren gerade einmal zwei Stunden unterwegs. Das reichte nicht, um jemanden zum Haus zu schicken, geschweige denn, sie hier draußen aufzuspüren.

Außer er wusste, wohin sie fuhren.

Cait schüttelte den Kopf. »Ich habe ihn auch nicht erkannt. Na ja, jedenfalls ist er jetzt weg. Bist du okay?«

»Ein bisschen mitgenommen. Und du?«

»Mir geht's prima«, sagte Cait ein bisschen zu schnell. Sie

war immer noch erschüttert und wollte es unbedingt verbergen. »Er war vermutlich nur irgendein Widerling.« Sie schaute prüfend zu Rebecca, um zu sehen, ob sie ihr das abkaufte.

»Vermutlich«, sagte Rebecca vage. Sie wollte ihren Verdacht erst dann mit Cait teilen, wenn sie Gewissheit hatte. Sie durfte nicht riskieren, dass ihr Plan scheiterte, weil Cait die Fahrt als zu gefährlich erachtete. Man hatte ihr am Telefon eine entsprechende Widerrufsklausel vorgelesen. »Sisters of Service behält sich das Recht vor, eine Fahrt jederzeit abzubrechen, wenn die Sicherheit der Klientin oder der Fahrerin unmittelbar gefährdet ist. Sollten Klientin oder Fahrerin unmittelbar bedroht werden, wird Sisters of Service umgehend die Behörden verständigen.« Rebecca hatte den Bedingungen zugestimmt, weil ihr keine andere Wahl blieb. Sie durfte ihre einzige Chance nicht aufs Spiel setzen.

»Es gibt eine Menge Widerlinge auf der Welt, und die meisten sind harmlos. Solche haben wir in der Kneipe ständig. Typen, die glauben, dass man ihnen gehört, nur weil man ihnen einen Drink serviert hat. Da war mal einer, der bei jeder Runde einen Dollar Trinkgeld gegeben hat. Die Kneipe macht zu, ich gehe zum Auto, und der Kerl wankt auf mich zu und bietet mir hundert Mäuse für einen Blowjob.«

Rebecca war entsetzt. »Was hast du gesagt?«

»Dass ich seinen Schwanz nicht für eine Million Mäuse anfasse und er sich verdammt noch mal verpissen soll, bevor ich die Bullen rufe.«

»Hattest du keine Angst?«

»Wovor denn? Der Typ konnte kaum noch gerade stehen.«

»Ich hätte Angst gehabt, dass er wütend wird. Er hätte dir wehtun können.«

Cait zuckte mit den Schultern. »Wie gesagt, er konnte kaum noch geradeaus laufen, geschweige denn zuschlagen.

Außerdem bin ich mit drei Brüdern aufgewachsen. Ich kann ganz gut auf mich aufpassen.«

Rebecca fragte nicht weiter. Cait wollte ihr Sicherheit vermitteln, doch ihre Großspurigkeit klang irgendwie falsch.

Sie versuchte sich zu erinnern, wie sie in Caits Alter gewesen war. Damals hatte sie unterrichtet, mehr als fünfzig Stunden pro Woche in einem schäbigen Klassenzimmer verbracht und am Wochenende in einer Kneipe gejobbt. Mit fünfundzwanzig hatte sie noch darauf gewartet, dass ihr Leben endlich anfing.

Dann kam Patrick. Als Erstes war ihr sein Lächeln aufgefallen, blendend weiß wie in einer Zahnpastawerbung, perfekte Zahnreihen, als er sie quer durch den Raum anlächelte. Sie hatte sich abgewandt – so hatte sie es gelernt: Augenkontakt und wegschauen, wenn sie sich für jemanden interessierte –, und als sie wieder hinsah, lächelte er noch immer. Beinahe ehrfürchtig hatte sie zugesehen, wie er durch den Raum auf sie zugekommen war.

Eckige Schultern, tadelloses Hemd, tiefe Grübchen. Seine Augen hatten förmlich gefunkelt. Er hatte die Hand ausgestreckt, und Rebecca hatte sie ergriffen, ohne hinzusehen. Sowie sich ihre Handflächen berührten, hatte ein Schauer sie durchlaufen. »Ich bin Patrick«, hatte er gesagt, und sie hatte sich mit einer Stimme vorgestellt, die ihr ganz fremd vorgekommen war.

Sie war es gewohnt, von Männern angesprochen zu werden. Sie war blond, schlank und hübsch – das fand sie selbst auch, von falscher Bescheidenheit hielt sie nichts. Auf Männer wirkte ihre Distanziertheit wie ein Lockmittel. Sie schauten sie an, als wollten sie in ihren Schädel kriechen, in ihre Gedanken vordringen. Ab und zu gab sie einem ihre Nummer und ging gelegentlich sogar ran, wenn er anrief. Meist aber blieb sie für sich. Liebe war in ihren Augen etwas Mächtiges, Allumfassendes, wie ein Erdbeben oder ein Hurrikan. Etwas, das einen unvermittelt traf.

Was bei Patrick der Fall gewesen war. Als der Abend zu Ende ging, küsste er sie. Sie wusste nicht mehr, wann sie zuletzt so geküsst worden war. Seine Hände hatten ihr Gesicht umfangen, seine Wimpern waren über ihre Haut gestrichen, und Rebecca hatte sofort gewusst, dass sie rettungslos verloren war.

Später hatte sie sich gefragt, ob sie überhaupt eine Wahl gehabt hatte. Je besser sie ihn kennenlernte, desto mehr begriff sie, dass Patrick einen klar umrissenen Plan für sein Leben hatte. Und seit er sie auf jener Party entdeckt hatte, war sie ein Teil davon geworden.

Zwei Jahre zuvor

Das Klirren und Kratzen von Silberbesteck auf teurem Porzellan. Champagnergläser, die beim Toast aneinanderklingelten. Das Murmeln höflicher Gespräche, das wie ein Bächlein dahinplätscherte.

Ein vibrierender Kopfschmerz, Druck in den Nebenhöhlen. Die enge Taille ihres Kleides schnitt in den Brustkorb. Galle stieg in ihrer Kehle hoch.

»Entschuldigung«, flüsterte Rebecca, als sie vom Tisch aufstand. Patrick bemerkte es kaum: Er war viel zu sehr in das Gespräch mit einem wichtigen Spender vertieft, irgendeinem Ölbaron, dessen Namen sie schon vergessen hatte. Dessen Frau – Sara, vielleicht auch Tara – hatte knapp gelächelt und wieder auf ihren Kaiserhummer gestarrt. Sie schien Rebecca nicht zu mögen; vielleicht erschöpfte sie auch nur der Gedanke, noch einen Abend mit Small Talk zu verbringen, während die Männer ihre Muskeln spielen ließen und ihre Deals abschlossen. Rebecca konnte es ihr nicht verdenken.

Sie fragte einen vorbeigehenden Kellner nach der Toilette, und er deutete auf eine Tür am anderen Ende des Festsaals. Sie schlängelte sich zwischen den Tischen hindurch, ein freundliches Lächeln aufs Gesicht geklebt, und hoffte, dass sie es noch rechtzeitig schaffen würde.

Die Toilette wirkte seltsam opulent, mit samtbezogenen Sesseln und von Glühbirnen eingerahmten Schminkspiegeln, wie aus einem Film mit Marilyn Monroe. Der Designer hatte seine Zielgruppe falsch eingeschätzt. Keine Frau, die diese Toilette aufsuchte, wollte ihr Gesicht in grellem Licht betrachten.

Es gab nur drei Kabinen und folglich eine Schlange. Die Frauen lächelten einander zu und schauten dann zu Boden oder auf ihr Handy. Niemand wollte sich unterhalten, während man vor den Kabinen wartete. Es war zu persönlich, zu demütigend. Außerdem musste im Saal genug geredet werden. Das hier sollte eine kleine Auszeit sein.

Rebecca inspizierte die Wand und lehnte sich dagegen. Ihr Kleid war pastellfarben, hochgeschlossen und reichte bis übers Knie. Es war mit Frühlingsblumen gemustert, obwohl erst Februar war. Rich hatte es vorhin geschickt, zusammen mit der Anweisung, eine Strumpfhose zu tragen. Sie hatte die Augen verdreht, sich aber vergewissert, dass sie in ihrer Wäscheschublade eine ohne Laufmaschen hatte.

Patrick war seit vier Monaten Kongressabgeordneter. Das hätte eigentlich reichen müssen, um zur Politikerfrau zu werden, vor allem wenn man auch noch die Wahlkampfzeit mitberücksichtigte. Manches fiel ihr inzwischen leichter. Sie wusste, wie sie sich bei einem Interview verhalten und wo sie auf der Bühne stehen musste, um sichtbar zu sein, ohne Patrick in den Schatten zu stellen. Sie hatte gelernt, Spendengalas zu überstehen, auch wenn sie danach vollkommen erschöpft war.

Heute Abend aber war es anders. Heute Abend war sie schon erschöpft gewesen, bevor sie ins Auto gestiegen war. Ihr Herz hämmerte. Hier drinnen roch es nach Parfums, Putzmitteln und dem üblichen Potpourri aus getrockneten Blüten, und ihr stieg wieder die Galle hoch, ihr Magen verkrampfte sich, etwas in ihr zuckte und verdrehte sich.

Eine grauhaarige Frau im Twinset kam aus einer Kabine, und Rebecca drängte sich an den anderen vorbei und schlug die Tür hinter sich zu. Sie konnte nicht mehr abschließen, war schon auf den Knien und würgte Brötchen mit Butter, Wein und einen halben Kaiserhummer hoch. Tränen brannten in ihren Augen.

Jemand klopfte an die Tür. »Alles in Ordnung? Kann ich Ihnen etwas bringen?«

»Nicht nötig«, stieß sie hervor, bevor ihr Magen wieder rebellierte. Sie spuckte nur noch Galle aus. Drückte die Stirn ans kühle Porzellan.

Es klopfte wieder. »Soll ich Ihren Mann holen?«

»Nein, danke.« Sie fragte sich flüchtig, woher die Frau wissen wollte, welcher Mann zu ihr gehörte, aber natürlich hatten alle sie und Patrick vor einer halben Stunde zusammen auf der Bühne gesehen. »Meine wunderbare Frau«, hatte er gesagt und auf sie gezeigt, und alle hatten höflich applaudiert, während Rebecca bescheiden lächelte.

Die Demütigung durchzuckte sie wie ein Feuerstrahl. Sie musste aufstehen und sich zurechtmachen und wieder hinausgehen, bevor die Neuigkeit die Runde machte. So leise wie möglich spuckte sie ein letztes Mal in die Schüssel und spülte. Sie richtete sich auf und wischte sich den Schweiß von der Stirn, zupfte den Ausschnitt ihres Kleides zurecht und trat so anmutig wie möglich aus der Kabine. »Tut mir leid«, sagte sie entschuldigend. »Ich muss mir irgendein Virus eingefangen haben.«

Die Frauen gurrten mitfühlend, als sie sich Wasser auf Handgelenke und Schläfen tupfte, doch sie bemerkte die prüfenden Blicke im Spiegel. Spürte die Fragen, die ihnen auf den Nägeln brannten. Hatten sie gesehen, dass der Kellner ihr Weinglas mehr als einmal nachgefüllt hatte? War sie unsicher auf den Füßen gewesen, hatte sie glasige Augen gehabt? Schlimmer noch: War der Kaiserhummer verdorben? Auch sie hatten davon gegessen, stand ihnen nun das Gleiche bevor?

Rebecca überprüfte sich noch einmal im Spiegel und schob eine Haarsträhne an ihren Platz. Sie sah blass, aber nicht allzu mitgenommen aus. Eine Frau trat zu ihr und reichte ihr ein Pfefferminzbonbon. »Ihr Atem, Liebes.« Rebecca wurde rot vor Verlegenheit, nahm es aber dankbar entgegen.

Als sie an den Tisch zurückkehrte, schaute Patrick sie besorgt an. »Alles in Ordnung?«

»Bestens«, sagte sie strahlend. »Nur leichte Magenprobleme.«

Doch auf dem Rückweg von der Toilette war ihr ein Gedanke gekommen, und sie hatte nachgerechnet.

Ihre Mutter hatte einmal gesagt, der Begriff Morgenübelkeit sei nicht korrekt. »Als ich mit dir schwanger war, war mir rund um die Uhr übel. In den ersten drei Monaten konnte ich nichts als Salzkräcker bei mir behalten.«

Am Sonntag wären es sechs Wochen. Und normalerweise kam ihre Periode immer absolut pünktlich.

Sie starrte ins Leere, während der Kellner ihren Teller abräumte.

St. Vrain, New Mexico
331 Kilometer bis Albuquerque

Cait spürte es, noch bevor überhaupt etwas passierte. Erst ein Kribbeln im Nacken. Dann das Geräusch. Zuerst klang es über dem Dröhnen des Motors wie das Summen eines Insekts, dann wurde es immer lauter, und wie aus dem Nichts blendeten Scheinwerfer sie im Rückspiegel. Ein Pick-up raste hinter ihnen heran, zu schnell. Viel zu schnell. Aus dem Summen wurde ein Donnern.

Der Pick-up überholte sie links, ein verschwommenes Gebilde aus Lärm und Stahl, schwenkte wieder auf ihre Spur und bremste ab. Cait musste ebenfalls bremsen, um nicht aufzufahren. »Scheiße, was soll das?«

Der Pick-up wurde langsamer, der Tacho zeigte kaum noch fünfzig an. »Was macht der da?«, fragte Rebecca.

»Keine Ahnung.« Es war eine vierspurige Straße, und außer ihnen war niemand hier. Es gab also genügend Platz zum Überholen. Cait wechselte auf die linke Spur. Er tat das Gleiche. Sie fuhr nach rechts. Der Pick-up tat es ihr nach. Sie drückte fest auf die Hupe. »Was zum Teufel macht der da?« Der Pick-up wurde noch langsamer. Dreißig. Zwanzig. »Herrgott noch mal.«

»Vielleicht will er, dass du anhältst«, sagte Rebecca, doch Cait schüttelte den Kopf.

»Wir dürfen nicht anhalten. Wir wissen nicht …« Sie musste den Satz nicht beenden. Sie beide hatten Artikel gelesen, Filme gesehen, Bücher gelesen, Podcasts gehört, lebten als Frauen in dieser Welt. Sie wussten, was passieren konnte, wenn man anhielt.

Cait suchte die Straße ab. Vielleicht konnte sie ihn auf dem Standstreifen überholen.

Sie gab Gas und riss das Steuer nach rechts. Rebecca schrie auf, als der Jeep plötzlich nach vorn schoss. Cait hatte keine Zeit, sich zu entschuldigen, sie war jetzt auf einer Höhe mit dem Pick-up, der sich schon in Richtung Standstreifen bewegte. Wieder riss sie das Lenkrad herum, und der Jeep holperte aufs Bankett, die Räder gerieten ins Rutschen, bis sie wieder Grip hatten. Sie setzte sich vor den Pick-up und gab Gas.

»Was für ein Arschloch«, murmelte Cait, als die Scheinwerfer des Pick-ups kleiner wurden.

Doch er gab wieder Gas und klemmte sich bald erneut hinter sie. »Scheiße. Ich kann nichts sehen.« Sie blinzelte durch die Windschutzscheibe. Das Scheinwerferlicht beider Wagen tauchte den Asphalt in ein unheimliches gelbes Licht. Das Fernlicht blitzte mehrmals auf, der Fahrer drückte auf die Hupe.

Cait gab wieder Gas, doch der Motor reagierte kaum. Der Pick-up fuhr endlos lange Minuten hinter ihr her, bevor er sie links überholte und sich erneut vor sie setzte.

Wieder wurde er stetig langsamer. »Was soll das?«, schrie sie. Sie fuhren jetzt im Schneckentempo. Cait schwenkte auf die Überholspur. Er auch. Sie wechselte zurück nach rechts. Er auch. Sie hupte lange und nachdrücklich. Keine Reaktion.

Sie fuhren nur noch fünfzehn Stundenkilometer, und er hatte sich in die Mitte der Straße gesetzt, sodass sie ihn weder rechts noch links überholen konnte. Sie schaute angestrengt durch die Windschutzscheibe, wollte einen Blick auf den Fahrer erhaschen, sah aber nur schwarzes Glas, in dem sich ihre eigenen Scheinwerfer spiegelten.

»Was will der von uns?«

»Keine Ahnung.«

Sie sah, wie Rebecca die Augen schloss.

Cait schaute sich prüfend um. Zuletzt hatten sie vor einer halben Stunde ein anderes Auto gesehen. Clovis lag inzwischen dreißig Kilometer hinter ihnen, und der nächste Ort war noch an die zehn Kilometer entfernt. Genügend Zeit für den Fahrer, um zu erledigen, was immer er zu erledigen hatte. Außer ihnen gab es in dieser Ödnis nur Hasen und Klapperschlangen. Die waren ihnen keine Hilfe, wenn sie hier strandeten, weil der Psychopath sie von der Straße drängte oder einen Unfall verursachte.

Wieder versuchte sie, an ihm vorbeizukommen. Schaute zu Rebecca hinüber. »Bist du angeschnallt?«

Sie nickte.

»Also los, Baby«, knurrte Cait und riss das Steuer nach rechts. Der Kies spritzte, als sie vom Standstreifen aufs Bankett rollte. Auch der Pick-up scherte aus, aber nicht schnell genug. Er erwischte die hintere Ecke des Jeeps, nur ein kleiner Stupser, der höchstens einen Kratzer an der ohnehin ramponierten Stoßstange hinterlassen würde.

Der Pick-up hupte.

Cait trat das Gaspedal durch. Der Jeep gehorchte noch, wenn es darauf ankam. Bald hatte sie auf hundert beschleunigt. Der Pick-up fiel zurück. »Ich glaube, wir haben's geschafft«, murmelte sie. Sie behielt das hohe Tempo bei, blickte immer wieder in den Rückspiegel, bis die Scheinwerfer zu winzigen Lichtpunkten verblassten.

»Wir haben ihn abgehängt.«

»Was ... wer war das?«

Cait atmete aus. Sie merkte erst jetzt, dass sie die Luft angehalten hatte. Das Herz schlug ihr bis zum Hals, ihre Handflächen waren schweißnass. Sie hatte wirklich befürchtet, sie wären erledigt. »Keine Ahnung.«

»Meinst du, es war der Mann aus dem Restaurant?«

»Keine Ahnung«, wiederholte sie. Das hatte sie sich auch schon gefragt, fand aber keine Erklärung dafür, weshalb er so lange gewartet haben sollte, um sie zu attackieren. Außer … er wollte sichergehen, dass sie und Rebecca allein im Nirgendwo waren. Doch wie hatte er ihnen so lange folgen können, ohne dass sie ihn bemerkt hatten? »Ich glaube nicht, dass er es war«, sagte sie schließlich so überzeugend wie möglich.

Rebecca schien nicht überzeugt. »Ich konnte den Fahrer überhaupt nicht erkennen. Du?«

»Keine Chance.« Sie sah wieder in den Rückspiegel. Nichts als die leere Straße hinter ihnen. Was immer es gewesen war, es war vorbei. Nicht nötig, weiter darauf herumzureiten. Nicht nötig, der armen Frau noch mehr Angst einzujagen, als sie ohnehin schon hatte. »Ganz ehrlich?«, fragte sie leichthin. Sie mussten ihrem Plan folgen, durften sich nicht ablenken lassen. »Vermutlich waren es gelangweilte Teenager, die Ärger machen wollten. In dem Alter haben wir so was ständig gemacht – Dragster-Rennen, Mutproben. So läuft es eben, wenn man im Nirgendwo aufwächst: Man sorgt selbst für die Unterhaltung.«

»Der hätte uns umbringen können. Wir hätten von der Straße abkommen können. Wir hätten …«

»Ich weiß, aber jetzt ist ja alles gut. Es ist nichts passiert.« Cait holte tief Luft, wollte ihren Puls zwingen, sich zu entschleunigen. »Teenager, darauf wette ich. Kleine Scheißer. Es ist alles gut. Die werden sich jemand anderen suchen.«

Beide schauten auf die dunkle Straße, die sich vor ihnen erstreckte. Und übergingen in stillschweigendem Einvernehmen, dass sich um diese Zeit hier draußen niemand sonst aufhielt.

Neun Monate zuvor

Cait überprüfte die Flaschen hinter der Bar, um sicherzugehen, dass genug billiger Tequila für die Happy Hour vorhanden war. Eigentlich war der Kollege dafür zuständig, der Zitronen und Limetten schnitt und Eis nachfüllte, doch Jimmy hatte sich krank gemeldet, und so blieb die Sache an ihr hängen. Es war nicht weiter schlimm – an diesem Dienstag nach den Frühjahrsferien konnte sie die Schicht wahrscheinlich damit verbringen, fernzusehen und einfach wach zu bleiben, bis sie zumachten, während die Collegestudenten ihren Kater auskurierten. Mit Glück sprangen zwanzig Dollar Trinkgeld heraus, aber so lief es eben. Man konnte nicht nur die lukrativen Schichten übernehmen. Am Samstag würden die Studenten von der UTA hereinströmen, begierig darauf, ihre Sonnenbräune vorzuführen und von den Shots zu erzählen, die sie in Cancún vom Bauch einer Wildfremden getrunken hatten. An solchen Tagen machte sie locker dreihundert. Also konnte sie auch mal einen trägen Dienstag verkraften.

Es war die übliche »March Madness«, im Fernsehen lief nur College-Basketball, für den sich Cait nun wirklich nicht interessierte, der ihr aber immerhin die Zeit vertrieb. Sie schaute zu, wie De'Andre Hunter einen Dreier machte, während sie zum hundertsten Mal die Theke abwischte, obwohl sie lieber einen Blick auf ihr Handy geworfen hätte.

Es war eine Woche her, dass der Artikel online gegangen war. Das Feuer war weitgehend erloschen, doch die Asche glomm noch. Wie durch ein Wunder hatte niemand sie mit der Geschichte in Verbindung gebracht, offiziell war sie immer noch »Anonymus«. Was sie ungemein erleichterte. Sollten sie ruhig irgendwelchen Scheiß auf *4chan* schreiben, solange niemand an ihre Haustür klopfte.

Sie sah sich um. Hinten wurde der Tequila knapp, und sie machte einen entsprechenden Vermerk. JB war vermutlich im Büro, rauchte Gras und schaute Pornos, die beiden großen Leidenschaften des Geschäftsführers. Er konnte sie auf den Überwachungskameras sehen, schaute aber nie hin, das wusste sie genau. Er war nicht gerade der fähigste Boss, den sie je gehabt hatten, dafür aber der pflegeleichteste. Wenn man ihn in Ruhe ließ, ließ er einen auch in Ruhe, das war sein Motto.

Außerdem war sie schon zwei Jahre hier. Sie hätte den Laden selbst führen können – das hatte der Besitzer bei seinem letzten Besuch ziemlich deutlich gemacht. Doch wenn sie die Beförderung akzeptierte, müsste sie sich eingestehen, dass es ihr richtiger Job war und nicht nur ein netter Nebenverdienst, bis ihr richtiges Leben als Journalistin begann.

Und sie stand kurz davor, ganz kurz davor. Kein anderer Artikel auf der Website war so häufig angeklickt geworden wie ihrer. Die Redakteurin hatte gesagt, sie wären durch sie berühmt geworden, obwohl es sich für sie noch nicht ausgezahlt hatte. Cait hatte ein Pauschalhonorar ohne Umsatzbeteiligung vereinbart, und während die Website Geld scheffelte, waren für sie nur zweihundert Dollar herausgesprungen. Sie war davon ausgegangen, nun weitere Aufträge zu bekommen, doch bisher hatten der Redakteurin ihre Vorschläge nicht gefallen. »Zu moralisch«, hatte sie gesagt, als Cait ihr einen Artikel zum grenzüberschreitenden Mädchenhandel vorschlug. »Das ist nicht wirklich sexy.« Cait hatte bei einem Dutzend Redaktionen die Fühler ausgestreckt und sogar wenig subtil darauf hingewiesen, dass sie die Frau hinter der Jake-Forsythe-Story war, aber bisher kein Glück gehabt.

Trotzdem, sie war kurz davor. Etwas, das sie geschrieben hatte, war viral gegangen – das konnte nicht nur Anfängerglück sein. Nein, sie wollte JBs Job nicht. Sie wollte eine richtige Journalistin werden, deren Name genannt wurde, die Geld bekam.

Warme Luft flutete herein, als ein paar Typen durch die Tür kamen. Sie warf den Lappen unter die Theke und zapfte zwei Gläser Budweiser.

»Hey, Caity.« Ken setzte sich auf den üblichen Platz an der Theke, Nick gleich neben ihn. »Wie steht's denn so heute Abend?«

»Ich langweile mich zu Tode«, sagte sie und servierte den Männern das kalte Bier. »Und bei euch?«

»Ach, du weißt schon, immer derselbe Scheiß.« Ken nahm einen großen Schluck.

»Kann ich verstehen. Wollt ihr einen Kurzen dazu? Zwei Whisky-Shots zum Preis von einem. Durstiger Dienstag.«

»Klar, warum nicht.«

Cait goss ihnen zwei Jim Beam ein. Die Männer kippten sie hinunter und stellten die leeren Gläser verkehrt herum hin. Sie räumte sie in die Spülmaschine und wischte wieder mit dem Lappen über die Theke.

»Wo ist der Chef?«, fragte Ken.

»Oben im Büro, nehme ich an.«

»Schwer bei der Arbeit, was?«

»Das kannst du laut sagen.«

So ging es eine ganze Weile. Ken und sie plänkelten herum, während Nick sein Bier umklammert hielt und schweigend auf den Fernseher starrte. Er war kein großer Redner, und sie kannte ihn lange genug, um ihn in Ruhe zu lassen. Die Marotten ihrer Gäste zu kennen war noch wichtiger, als Drinks auszuschenken. Sie spürte, wer reden wollte und wer nicht.

Ken wollte immer reden. Er kam seit einem Jahr fast jede Woche her, saß an derselben Stelle und trank Budweiser vom Fass und Whisky-Shots, bis seine Augen glasig wurden. Dann rutschte er vom Hocker, knallte zehn Dollar Trinkgeld auf die Theke und verzog sich. Er redete viel dummes Zeug, aber sie mochte ihn. Er vertrieb ihr die Zeit, vor allem während der langweiligen Schichten.

»Hey, hast du von der Geschichte mit Jake Forsythe gehört?«

Sie gab sich desinteressiert. »Nein. Was denn?«

Er schüttelte den Kopf. »Du weißt aber, dass er Musiker ist, oder? Ich habe ihn vor ein paar Monaten in der Fourth Street gesehen, war gar nicht übel, obwohl der Typ mal zum Friseur müsste und seine Jeans ein bisschen eng sitzen.« Er warf Nick einen kurzen Blick zu. »Nicht dass ich mir seinen Arsch angesehen hätte. Jedenfalls geht diese Tussi mit ihm nach Hause – absolut freiwillig, das sagt sie selbst –, und sie haben Sex – auch das wieder absolut freiwillig –, und dann schreibt sie einen Artikel und behauptet, er hätte ihr Gewalt angetan oder so.« Er warf die Hände in die Luft. »Ich mag ja verrückt sein, aber das ist nicht in Ordnung. Ich meine, der arme Kerl will es einfach nur treiben, und das Mädchen benutzt ihn, um Aufmerksamkeit zu bekommen.«

Cait schluckte mühsam, ihr Herz hämmerte. »Vielleicht hat es ihr nicht gefallen, was er beim Sex gemacht hat. Vielleicht war es eine schlechte Erfahrung für sie.«

Ken verzog das Gesicht. »Wenn ich mich jedes Mal beschweren würde, wenn ich eine ›schlechte Erfahrung‹ mache« – er beschrieb Anführungszeichen in der Luft – »würde ich es nicht mehr schaffen, mir morgens die Zähne zu putzen oder zur Arbeit zu gehen. Herrgott, Caity, wie oft macht man denn schon eine gute Erfahrung?«

»Ganz schön zynische Haltung.«

»So ist es eben, und ich beschwere mich nicht. Die beiden wollten Sex, also hatten sie Sex. Und damit sollte die Sache erledigt sein. Stattdessen geht das Mädchen hin – nur weil er sie hinterher nicht mit Rosen überschüttet hat – und schreibt einen Artikel, in dem sie ihm den Arsch aufreißt und den die ganze Welt lesen kann.« Er schüttelte den Kopf. »Wenn ein Mann das mit einer Frau gemacht hätte, müsste er sich verdammt warm anziehen.«

»Na ja, wenn eine Frau versucht hätte, einen Mann beim Sex zu würgen, wäre es vermutlich nicht so dramatisch gelaufen. Er war zwanzig Kilo schwerer als die Frau. Hätte sie umbringen können.«

Ken sah sie scharf an. »Ich dachte, du wüsstest nichts davon.«

Sie machte sich wieder an der Theke zu schaffen. »Es fiel mir wieder ein, als du darüber gesprochen hast.«

»Oh.« Er starrte sie noch immer an. »Woher weißt du denn, wie viel schwerer er ist? Die haben doch keine Ahnung, welches Mädchen den Artikel geschrieben hat. Sie hat es anonym gemacht, was in meinen Augen noch schlimmer ist. Feige.«

»Ich hab ganz allgemein gesprochen«, sprudelte sie hervor. Schweiß lief ihr den Rücken hinunter. »Männer sind normalerweise schwerer als Frauen und auch stärker. Ich habe ein Foto von Jake gesehen, der ist nicht gerade ein Hänfling.«

»Ja, da ist was dran.« Seine Augen wanderten zu dem Bildschirm über ihrem Kopf. »Trotzdem war es Scheiße. Political Correctness über alles, oder wie?«

»Ich mache jetzt Pause. Möchtet ihr noch einen?«

Ken winkte ab. »Nee, schon gut. Tut mir leid, dass ich mich so aufgeregt hab. Aber so was kotzt mich einfach an.«

»Keine Sorge.« Sie lächelte gezwungen. »Bin in zwanzig Minuten zurück.«

Cait schlüpfte in den Pausenraum, die Zigarette schon im Mund. Sie zündete sie an und nahm einen tiefen Zug. Ihr Puls raste noch immer, und vom Nikotin wurde ihr schwindlig und ein bisschen übel.

Das war knapp gewesen. Zu knapp.

Melrose, New Mexico
317 Kilometer bis Albuquerque

Alles ist gut, sagte sich Rebecca und schob die zitternden Hände in die Achselhöhlen. *Du lebst. Kein Grund zur Panik.*

Was natürlich gelogen war.

Sie bezweifelte Caits Vermutung, dass Teenager den Pick-up gefahren hatten. Sie war sich sicher, dass er sie absichtlich verfolgt hatte. Und sosehr sie sich gegen den Gedanken wehrte, sie wusste auch, dass man es auf sie abgesehen hatte.

Sie griff in ihre Tasche und schaltete ihr Handy an. Keine verpassten Anrufe. Keine SMS. Nur der Sperrbildschirm, auf dem Patrick und sie in die Kamera lächelten. KEIN NETZ.

Also war sie nicht erreichbar. Wenn er sie jetzt anriefe, würde sofort die Mailbox anspringen. Es würde nicht einmal klingeln – er würde glauben, sie hätte ihr Handy ausgeschaltet. Natürlich konnte sie sagen, der Akku sei leer gewesen, doch wenn er zu Hause anrief und sie sich dort auch nicht meldete … Also konnte sie nur hoffen, dass er im Hotelzimmer war und schlief. Sie stieß einen langen, zitternden Atemzug aus und steckte das Handy wieder ein. Sie würde es anlassen, nur für den Fall.

»Erwartest du einen Anruf?«, fragte Cait kühl.

Rebecca hielt den Kopf gesenkt. »Ich wollte nur nachsehen, ob ich Empfang habe. Hab aber keinen.«

»Wie lange ist dein Handy schon an?«

»Ich habe es gerade erst angemacht.«

»Ganz sicher?« Caits Stimme war eisig.

»Ja«, stieß sie so energisch wie möglich hervor. »Ganz sicher.«

»Ich hatte dich nicht ohne Grund gebeten, das Handy auszuschalten. Du verstehst, weshalb?«

»Ich bin ja nicht blöd«, erwiderte Rebecca, ihr war ganz heiß vor Scham.

»Das habe ich auch nicht behauptet«, sagte Cait ruhig. »Ich frage mich nur, ob du den Grund wirklich begreifst.«

»Natürlich«, sagte sie gereizt.

Cait zuckte mit den Schultern. »Da bin ich mir nicht so sicher.«

Rebecca hätte sie am liebsten geohrfeigt. *Ihr* Leben war in Gefahr, nicht Caits. Die war eine bessere Taxifahrerin mit Selbstwertproblemen und einem uralten Jeep, in dem es wie in einem Umkleideraum roch. Sie hätte das allein durchziehen müssen, ohne auf die Barmherzigkeit einer Fremden angewiesen zu sein. Sie hasste es, in dieser Situation zu sein, schwach zu sein. Am schlimmsten aber war, sich einzugestehen, dass Cait recht hatte. Sie war in Gefahr und musste vorsichtig sein. Vorsichtiger als je zuvor in ihrem Leben.

Rebecca holte tief Luft und gab sich zerknirscht. »Tut mir leid, dass ich das Handy eingeschaltet habe«, sagte sie leise. »Ich wollte mich nur vergewissern, dass niemand angerufen hat. Sonst würden die sich nämlich wundern, weshalb ich nicht rangehe. Das könnte verdächtig wirken.«

»Es ist mitten in der Nacht«, sagte Cait. »Warum sollte sich jemand wundern, wenn du mitten in der Nacht nicht ans Telefon gehst?«

Sie ließ nicht locker, wie ein Hund mit einem Knochen.

Rebeccas Handflächen begannen zu kribbeln, das taten sie immer, wenn sie nervös war. »Weiß ich nicht. Ich wollte nur auf Nummer sicher gehen.«

Cait gab eine Art leises Grunzen von sich, und Rebecca hatte den Eindruck, dass sie ihr glaubte. »Na ja, aber von jetzt an bleibt es ausgeschaltet, verstanden?«

Rebecca nickte und holte das Handy aus der Tasche.

»Moment.«

Sie blickte zu Cait, den Finger über dem Ausknopf. »Was ist?«

Cait fuhr sich mit der Hand über den Mund. »Wenn du schon dabei bist, such mal die nächste Tankstelle.«

Rebecca sah aufs Display. KEIN NETZ. »Immer noch nichts.«

Cait fluchte leise.

»Haben wir nicht mehr genug Benzin?« In Rebeccas Magen flatterte es nervös.

»Nein, es reicht noch.« Doch Caits Stimme klang angespannt, was Rebecca gar nicht gefiel. Ihre Augen wanderten zur Tankanzeige. Tief im roten Bereich. Cait bemerkte ihren Blick und lächelte. »Keine Sorge. Ich bin schon ewig weit auf Reserve gefahren. Die Anzeige stimmt nicht.«

»Wie weit ist es bis zur nächsten Stadt?«

»Ich bin mir nicht sicher. Dürfte aber nicht allzu weit sein, und die nächste Stadt ist ziemlich groß. Da sollten wir kein Problem haben, eine Tankstelle zu finden.«

Rebecca merkte, dass Cait bluffte. Der Gedanke, irgendwo anzuhalten, gefiel ihr nicht – nicht nach dem Mann im Restaurant und dem Vorfall mit dem Pick-up –, doch der Gedanke, mitten in der Wüste mit leerem Tank zu stranden, gefiel ihr noch viel weniger.

Sie schaute wieder auf die Tankanzeige. »Hast du eine Karte

im Handschuhfach? Ich könnte mal nachsehen, ob da was eingetragen ist.«

Cait schüttelte den Kopf. »Ich bin die Strecke schon gefahren. Einfach geradeaus auf der 60. Dafür brauche ich keine Landkarte.« Immerhin wirkte sie ein bisschen verlegen. *Natürlich hatte sie keine Landkarte*, dachte Rebecca, *dafür war sie zu jung*. Andererseits, wann hatte sie selbst zuletzt eine Landkarte benutzt?

Sie erinnerte sich an die Reisen, die sie mit ihren Eltern unternommen hatte. Ihr Vater war gefahren, während ihre Mutter mit einer der riesigen Karten hantierte, die sie sich vom Automobilclub schicken ließen. Ihre Mutter war nicht gern geflogen. Sooft Rebeccas Vater ihr auch die Funktionsweise erklärte, sie vertraute nicht darauf, dass etwas so Großes und Schweres sicher am Himmel bleiben konnte. Als ihr Vater noch bei der Marine und an den verschiedensten Orten der Welt stationiert gewesen war, hatte ihre Mutter sich zum Fliegen gezwungen. Sie hatte eine Valium eingeworfen, war eingeschlafen und groggy, orientierungslos und leicht überrascht, dass sie überlebt hatte, in einer anderen Zeitzone aufgewacht. Doch nachdem ihr Vater pensioniert worden war und ihre Eltern sich in Alameda niedergelassen hatten, hatte ihre Mutter erklärt, nie mehr fliegen zu wollen.

»Nur im Notfall.« Was als Notfall galt, wollte sie nicht genauer erläutern. Sie war nie wieder in ein Flugzeug gestiegen.

Was wiederum bedeutete, dass Rebecca als Kind nur an Orten Urlaub gemacht hatte, die man mit dem Auto erreichen konnte. Trotzdem hatte es eine Menge zu sehen gegeben – mit zehn war sie schon in Big Sur, im Joshua-Tree-Nationalpark und am Grand Canyon gewesen. Sie verreisten meist spontan. Manchmal war der Kombi schon gepackt, wenn sie samstagsmorgens aufwachte, und man wies sie an, sich die Zähne zu putzen und das Gesicht zu waschen und in zehn Minuten im Auto zu sitzen. Dann schnappte sie sich einen Stapel Bücher, ihren Discman und das Kopfkissen, und keine Stunde später rollten sie über die San Rafael Bridge oder durch San José, während Morgenlicht durch die Fenster strömte und U2 blechern in ihren Kopfhörern ertönte.

Einmal hatte ihre Mutter den Wunsch geäußert, Schnee zu sehen, und sie waren durch das nördliche Kalifornien und Oregon und fast ganz Washington bis an die Grenze zu British Columbia gefahren. Rebecca erinnerte sich noch genau, dass die kalte Luft sie wie ein Schlag getroffen hatte, als sie die Autotür öffnete, und wie der Schnee unter ihren völlig ungeeigneten Turnschuhen geknirscht hatte.

Sie spürte den vertrauten Schmerz hinter dem Brustbein. Gott, wie sehr sie ihre Eltern vermisste.

Cait beobachtete sie wieder. Ihr Unmut war verflogen, sie wirkte jetzt besorgt und freundlich. »Geht es dir gut?«, fragte sie sanft, und Rebecca begriff, dass es eine Entschuldigung sein sollte.

In Wahrheit war ihr zu warm und übel, und ein Kopfschmerz bohrte sich in ihre Stirn, genau zwischen die Augen. »Alles gut«, log sie.

»Sag einfach Bescheid, wenn du was brauchst.«

Rebecca nickte. »Danke.« Sie ließ das Schweigen ein wenig in der Luft hängen. »Es ist wegen meinem Mann«, sagte sie schließlich. »Darum schaue ich aufs Handy. Er ist geschäftlich unterwegs und ruft manchmal spätnachts an, wenn er nicht schlafen kann, und wenn ich nicht rangehe …« Sie wartete auf Caits Reaktion, fragte sich, ob sie womöglich von Patrick – und damit folglich auch von ihr – gehört hatte.

Caits Gesichtsausdruck blieb neutral. »Verstehe. Was hältst du davon? Du schaltest die Ortungsfunktion aus und kannst es dafür anlassen.« Sie zuckte mit den Schultern. »Ich kann dir nicht versprechen, dass er durchkommt, wenn der Empfang so schlecht ist, aber dann hast du wenigstens eine Chance.«

Rebecca war ungeheuer erleichtert. »Wäre das okay?«

»Ich denke ja.«

Sie drückte den kleinen grünen Knopf und steckte das Handy wieder ein. »Danke.«

Cait nickte. »Kein Problem.«

Rebecca wartete auf die nächste Frage, doch es kam nichts. Falls es Cait überraschte, dass sie verheiratet war, verbarg sie es gut. Dankbarkeit durchflutete sie, als sie wieder aus dem Fenster schaute und die ausgebleichte Wüste vorbeiziehen sah.

Sie fühlte sich schon etwas sicherer.

Zwei Jahre zuvor

Als der Anruf kam, war Rebecca in der achten Woche schwanger.

Zuerst ging sie nicht ran – sie kannte die Nummer nicht und nahm an, dass jemand ihr eine Versicherung andrehen wollte –, doch als das Handy eine Minute später erneut blinkte, meldete sie sich.

Die Frau stellte sich als Kelly vor. »Wir wohnen neben Ihrem Vater«, sagte sie, und Rebecca wurde auf der Stelle flau.

»Was ist passiert? Geht es ihm gut?«

Eine Pause in der Leitung. Sie dauerte nur eine Sekunde, doch Rebecca war sofort klar, dass sich ihr Leben grundlegend verändern würde. »Es gab einen Unfall«, sagte Kelly behutsam, und Rebecca fing an zu weinen.

Ein Auto hatte einen Hund vor dem Haus ihres Vaters angefahren. Er hatte wohl am Fenster gestanden, denn er war sofort hinausgerannt, um zu helfen. In der Eile hatte er eine Stufe übersehen und war vornüber auf den betonierten Fußweg gestürzt. Der Fahrer des Wagens hatte einen Krankenwagen gerufen. Kelly war mit ins Krankenhaus gefahren, und von dort rief sie jetzt an. »Die Ärzte sagen mir nicht viel über seinen Zustand. Sie dürfen das nur mit Angehörigen besprechen.« Noch eine Pause. »Ich würde an Ihrer Stelle schnell herkommen.«

Noch am selben Abend stieg sie ins Flugzeug. Patrick war in Aspermont und schaffte es nicht rechtzeitig zurück, also flog sie allein. Als sie das Krankenhaus erreichte, wurde ihr Vater seit fast zwölf Stunden von Maschinen am Leben gehalten. Eigentlich hatte er wiederbelebende Maßnahmen abgelehnt, eine entsprechende Anordnung lag in seiner Patientenakte, aber die Rettungssanitäter wussten davon natürlich nichts und hatten ihn bereits intubiert. Nun musste ein Familienmitglied die Entscheidung treffen.

Rebecca war seine einzige Angehörige.

Sie gestattete sich eine Stunde mit ihm, nicht mehr. Sie wusste genau, dass sie ihn nicht gehen lassen könnte, wenn sie länger wartete. Er hätte gewollt, dass sie ihn gehen ließ. Das hatte er ein paarmal gesagt, zum ersten Mal, als ihre Mutter erkrankte und sie an ihrem Bett wachten und zusehen mussten, wie sich der Krebs bis zu den Knochen fraß, und dann noch einmal, nachdem er einen leichten Herzinfarkt erlitten hatte. »Lass mich bloß nicht in einem Krankenhausbett verrotten«, hatte er gesagt. »Wenn meine Zeit gekommen ist, dann ist es eben so.«

Rebecca hielt seine Hand und sprach mit ihm. Sie erzählte ihm von Texas und dem großen Haus, das er nun nie sehen würde, und dem Tamale-Restaurant in der Nähe, das ihm gefallen hätte. Sie erzählte von Patricks Arbeit im Kongress und stellte sich vor, wie er die Augen verdrehte.

Er war mit Patrick nie warm geworden. Am Tag ihrer Hochzeit hatte er Rebecca, kurz bevor er sie zum Altar führte, zurückgehalten und gesagt, noch könne sie es sich anders überlegen. »Ich liebe ihn«, hatte sie lachend erwidert. Sie war sein kleines Mädchen und konnte verstehen, dass es ihm schwerfiel, sie loszulassen. »Genau das hier möchte ich.« Er hatte sich vorgebeugt und sie auf die Wange geküsst. »Na gut, Liebes.

Was immer du willst. Aber du weißt, dass ich immer für dich da bin.« Patrick hatte ihr später erzählt, ihr Vater habe ihm in der Kirche so fest die Hand gedrückt, dass es knackte.

Jetzt erzählte sie ihm ihre Lieblingserinnerungen aus der Kindheit. Wie er und ihre Mutter sie am Crown Beach durch die Brandung geschwungen hatten. Wie sie ihn in Disneyland in die Achterbahn geschleppt und er sich gleich danach in einen Mülleimer erbrochen hatte. Von dem Kuchen, den sie ihrer Mutter zum Geburtstag gebacken hatte, windschief und knallrosa. Aus unerfindlichen Gründen hatte er nach Sägemehl geschmeckt.

Sie versuchte, nicht sein blasses, erschlafftes Gesicht zu betrachten oder seinen Körper, der in dem Bett so klein aussah. Ihr Vater war über 1,80 Meter groß gewesen, mit breiten Schultern, ein Soldat durch und durch. Nun aber begriff sie, dass die Zeit nicht spurlos an ihm vorübergegangen war. Sie gestattete sich den Gedanken, dankbar zu sein, dass er nicht die unwürdigen Begleiterscheinungen des Alters kennenlernen musste. Er hätte es gehasst.

Bevor sie der Ärztin ein Zeichen gab, umarmte sie ihn und drückte ihn fest an sich. »Ich bin schwanger«, flüsterte sie ihm ins Ohr. »Du wirst Großvater.« Sie war ganz sicher, dass seine Augenlider flatterten, doch als sie wieder hinsah, war sein Gesicht so unbewegt wie der Spiegel eines Sees.

Rebecca sah zu, wie sie den Schlauch aus seinem Hals zogen und der Monitor den Herzstillstand anzeigte. Dann fuhr sie mit dem Taxi zum Haus ihres Vaters, rollte sich in dem Bett zusammen, das er mit ihrer Mutter geteilt hatte, und wollte nicht daran denken, dass sie mit dreiunddreißig Jahren Waise geworden war. Das Haus roch noch nach ihm. Sie vergrub ihr Gesicht in einem seiner alten Pullover und sog den Geruch tief ein.

Irgendwann schlief sie ein.

In den frühen Morgenstunden wurde sie von Krämpfen geweckt, und als sie ins Badezimmer stolperte, war ihre Unterhose blutbefleckt.

Am Stadtrand von Tolar, New Mexico
288 Kilometer bis Albuquerque

Zwanzig Minuten später ging der Motor aus. Er hustete noch einmal traurig, und dann rollten sie am Straßenrand aus.

Cait fuhr sich mit der Hand durchs Gesicht. »Scheiße.«

»Hast du einen Ersatzkanister dabei?« Dabei lag die Antwort auf der Hand. Hätte es einen Kanister gegeben, würde Cait nicht fluchen.

Cait zuckte zusammen. »Normalerweise schon, aber …«

Rebecca verspürte einen Anflug von Ärger. Sie musste dem Mädchen dankbar sein – für sie war Cait ein Mädchen, keine Frau, keine Erwachsene –, aber das hier war vollkommen verantwortungslos. Wie hatte sie so fahrlässig sein können? Jetzt saßen sie im Nirgendwo fest, ohne jede Hoffnung, ein anderes Auto anzuhalten, und selbst wenn jemand vorbeikam, konnten sie nicht sicher sein, ob es nicht irgendein Irrer war. Der Mann im Restaurant, der Typ, der den Pick-up gefahren hatte … Sie waren hinter ihr her, und es gab kein Versteck.

Die Luft im Jeep fühlte sich plötzlich abgestanden und dickflüssig wie Suppe an. Der Gurt schnitt in ihre Schulter und scheuerte auf der Haut. Die Welt da draußen wich nach und nach zurück, bis sie nur noch schwarze Sterne sah. Sie tastete hektisch nach der Tür. Sie musste hier raus. Sie bekam keine Luft mehr.

»Warte, Rebecca …« Sie hörte Caits Stimme wie aus weiter Ferne. Die schwarzen Sterne wurden größer. Sie musste raus aus diesem gottverdammten Jeep. Sie musste weg hier.

Plötzlich gab der Griff nach, und die Tür schwang auf. Die Nachtluft fühlte sich an, als hätte man ihr Eiswasser ins Gesicht gespritzt: kalt genug, um sie aus ihrem eigenen Verstand zu reißen. Sie atmete die saubere, frische Luft so tief ein, dass es beinahe wehtat.

»Was machst du da? Alles okay?« Cait war ausgestiegen und schaute sie halb verblüfft, halb besorgt an.

Rebecca atmete tief durch. Die Sterne lösten sich auf, ihre Gedanken klärten sich. »Tut mir leid, ich kriege manchmal Platzangst. Ich brauchte nur ein bisschen Luft.«

»Du bist auch wirklich blass. Möchtest du was trinken? Wasser?«

»Es geht wieder, ehrlich.«

»Na schön. Sag Bescheid, wenn ich dir irgendwas bringen kann.«

Wie willst du mir was bringen, wenn du uns nicht mal ans Ziel bringen kannst? »Was machen wir denn jetzt?«

»Einen Abschleppdienst rufen, würde ich sagen. Vielleicht schicken sie jemanden mit einem Benzinkanister oder schleppen uns bis zur nächsten Tankstelle«, sagte Cait und kaute heftig auf einem Fingernagel. »Es tut mir so leid. Ich verstehe auch nicht, wie das passiert ist. Ich habe vollgetankt, bevor ich dich abgeholt habe, das hätte auf jeden Fall reichen müssen.«

»Meinst du, der Tank ist undicht?«

»Kann sein. Aber wir sind über keine größeren Unebenheiten gefahren oder so. Keine Ahnung, wie das passiert sein sollte.« Cait lehnte sich ins Wageninnere und wühlte im Handschuhfach. Sie fluchte vor sich hin. »Kein Netz.« Sie hielt das Handy in die Höhe. »Wie ist es bei dir?«

Rebecca checkte ihr Handy. »Auch nichts.«

Caits Miene blieb ausdruckslos, doch aus ihrem Blick sprach Panik. »Na gut«, sagte sie mit unnatürlich hoher Stimme, »dann müssen wir uns eben auf die Freundlichkeit von Fremden verlassen. Irgendjemand wird schon vorbeikommen.«

Rebecca verspürte einen Anflug von Angst. Dieser Mensch, der aussah wie ein verängstigtes Kind, war dafür verantwortlich, sie lebend nach Albuquerque zu bringen. »Das ist zu gefährlich.«

»Uns bleibt keine andere Wahl. Irgendein Auto anzuhalten, kann nicht gefährlicher sein, als mitten in der Nacht am Straßenrand zu stehen und allmählich zu erfrieren.«

»Und wenn der Pick-up wiederkommt?«

Cait hob ein paar Kieselsteine auf und warf sie ins Gebüsch. »Ich hab dir doch gesagt, das waren irgendwelche Teenager.«

»Und wenn nicht?«

»Was soll ich denn sonst sagen?«, fauchte Cait. »Dass wir am Arsch sind? Dass jeden Moment ein Axtmörder vorbeikommt und uns in Stücke hackt? Ist es das, was du hören willst?« Sie schleuderte wieder einen Kieselstein, diesmal heftiger. »Ich glaube nicht, dass so ein Scheiß besonders hilfreich wäre.«

Die beiden Frauen starrten einander an, der Zorn pulsierte zwischen ihnen wie ein Herzschlag.

Cait hob die Hand. »Pass auf, es tut mir leid, aber …«

Rebecca drehte sich abrupt um. »Ich sehe mal, ob ich irgendwo Netz habe.« Sie brauchte Abstand von dem Mädchen, dem Auto, der Straße. Sie hielt das Handy beim Gehen in die Höhe und wartete, dass ein Balken erschien, vergeblich.

Sie ging vorsichtig über die staubige Erde, das matte Scheinwerferlicht fiel auf vereinzelte Wüstensträucher. Die Landschaft war weit und erstarrt und in schwarz-weiße Schatten getaucht, sie sah aus wie die Mondoberfläche. Dann verblasste das Scheinwerferlicht, und nur noch die Mondsichel und der weite Teppich stecknadelkopfkleiner Sterne erhellten ihren Weg. Urplötzlich verspürte sie den beinahe unbezwingbaren Drang, loszurennen und immer weiterzulaufen, durch das unendliche, erstarrte, tote Land, bis sie irgendwo am anderen Ende hinunterstürzte.

Mit fünf Jahren war sie mit dem Plastikeimer und der Schaufel, die ihre Mutter ihr für den Strand gekauft hatte, an einem hellen Sommermorgen in den kleinen Garten hinter dem Haus gegangen und hatte angefangen zu graben. Bis zur Mittagszeit war das Loch knietief. Nachmittags reichte es ihr bis zur Taille. Sie hatte sich Zeit gelassen, sich neben den Haufen ausgehobener Erde gekauert und darin nach Schätzen gesucht.

An jenem Tag war ihr Vater zeitiger als sonst von der Arbeit gekommen und hatte sie neben dem Loch entdeckt. »Wenn du noch weiter gräbst«, hatte er gesagt und ihr die Haare gezaust, »fällst du auf der anderen Seite raus.«

Daraufhin hatte sie nur noch hartnäckiger gegraben.

In jener Nacht hatte sie geträumt, wie Alice im Wunderland durch das Loch zu fallen und in einer verkehrten Welt aufzuwachen, voller Grinsekatzen und verrückter Hutmacher. Am Morgen war sie nach draußen gerannt und hatte das Loch aufgefüllt vorgefunden, die Erde festgetreten. Sie war in Tränen ausgebrochen.

Ihr Vater hatte sie getröstet. »Ich wollte nicht, dass du dir wehtust.« Er hatte ihr den Arm um die schmalen Schultern gelegt, und sie hatte ihn mit tränenverschmiertem Gesicht angesehen. »Aber jetzt werde ich nie sehen, was auf der anderen Seite ist.«

Genau das wollte sie jetzt auch: den Rand der Welt erreichen und sich in den Abgrund stürzen. Schon spürte sie, wie sie fiel, die schwindelerregende Umdrehung kurz vor dem Aufprall.

Es war ihr zuwider, hier draußen im Nirgendwo zu stehen und auf die Hilfe einer Fremden angewiesen zu sein. Cait wusste nicht, was sie tat – das trat immer deutlicher zutage –, doch noch schlimmer war, dass Rebecca keine andere Wahl hatte. In diesem Augenblick fühlte sie sich wie einer der Sterne am Nachthimmel: kalt und fern und ganz und gar allein.

»Rebecca?« Sie hörte die Angst in Caits Stimme, die durch die Wüste hallte. Sie hätte nicht so davonrauschen sollen. Rebecca warf einen letzten Blick aufs Handy – noch immer kein Netz – und ging zurück.

Cait hatte die Motorhaube aufgeklappt und steckte halb im Motorraum.

»Was machst du da?«

Cait richtete sich auf, als sie Rebeccas Stimme hörte, und sah sie erleichtert an. »Ich wollte nur mal nachschauen, was mit dem Tank los ist. Ich habe ihn mir von unten angesehen, er scheint kein Leck zu haben.« Sie wischte sich die ölverschmierten Hände an der Jeans ab. »Tut mir leid, dass ich keinen Ersatzkanister dabeihabe. Ich hätte besser vorbereitet sein müssen.«

Rebecca war besänftigt, aber nicht genug, um die Entschuldigung zu akzeptieren. Noch nicht. »Woher kennst du dich damit aus?« Sie deutete auf die Motorhaube.

Cait zuckte mit den Schultern. »Hat mein Dad mir beigebracht. Eigentlich ist es nicht so schwer, vor allem nicht bei einem alten Auto. Heute sind die alle computergesteuert, was es schwieriger macht herauszufinden, wo das Problem liegt. Du brauchst einen Techniker mit einem Scanner und so.«

»Ich weiß nicht mal, wie man Öl wechselt«, gestand Rebecca. »Ich bin nicht sehr praktisch veranlagt.«

»Nun ja.«

»Du meinst also, er ist nicht undicht? Das ist gut, oder?«

»Hoffentlich, aber es erklärt nicht, warum wir kein Benzin mehr haben.« Cait lehnte sich wieder unter die Motorhaube, und Rebecca hörte, wie Metall auf Metall schabte. »Moment mal.«

»Hast du was gefunden?«

Cait tauchte wieder auf und hielt eine Art kleinen Stecker in der Hand. »Hier stimmt was nicht.«

»Was ist das?«

»Das Relais der Kraftstoffpumpe. Es hatte sich gelockert.«

»Vielleicht als wir den Fuchs angefahren haben?«

Cait schüttelte den Kopf. »So was lockert sich nicht von selbst.«

»Was heißt das?«

»Jemand hat sich daran zu schaffen gemacht.« Cait betrachtete den Stecker in ihrer Hand. »Ich vermute, jemand hat absichtlich Benzin abgelassen.«

Sie befestigte den Stecker wieder und knallte die Motorhaube zu.

Ken

Ken parkte vor dem *Dark Horse* und stellte den Motor ab. 5:23 Uhr. Ein bisschen früh – Nick würde erst um Punkt sechs auftauchen, nach dem konnte man die Uhr stellen –, aber das war ihm egal. Mit Nick zusammen zu sein, war kaum anders, als wenn man allein war.

Keine Frage, er mochte den Typen wie einen Bruder. Verdammt, er *war* praktisch sein Bruder, so lange kannten sie sich schon. Sie waren zusammen zur Schule gegangen, zwei kleine Jungs mit aufgeschürften Knien, die auf dem Spielplatz Baseball-Sammelkarten tauschten. Nick war damals schon ein Stiller gewesen – die anderen hatten ihn deswegen gemobbt –, doch Ken hatte das nicht gestört. Bei ihm zu Hause war es immer so laut – sein Vater schrie, seine Mutter kreischte und weinte –, und in seinem Kopf ging es ähnlich zu. Solange sich Ken erinnern konnte, waren die Gedanken wie Fliegen durch seinen Kopf geschwärmt, und er konnte sie nie davon abhalten, sie auf der Stelle auszusprechen. Seine Mutter hatte immer gesagt, er sei ein Labersack. Nett, wenn eine Mutter so was zu ihrem Kind sagt, was? Sie hatte damals eine ganze Menge gesagt, an das er sich nicht gern erinnerte. Das konnte einem an die Nieren gehen. Einen fertigmachen.

Jedenfalls war Nick still und Ken laut, und darum passten

sie gut zueinander. Ihre Freundschaft war wie einer dieser Yin-und-Yang-Aufkleber, die er von den Hippiebussen kannte.

Er ging über den Parkplatz und öffnete die Tür. Die Kneipe war beinahe verlassen, trotz Happy Hour. Es hatte mal eine Zeit gegeben, als alle um Punkt fünf aufhörten zu arbeiten, doch heutzutage schienen die Leute immer länger zu bleiben, den Arbeitstag in den Abend auszudehnen, ob aus Stolz oder aus Notwendigkeit wusste er nicht. Er hatte es jedenfalls nie verstanden. Klar, er arbeitete auch fleißig, aber nur, solange er dafür bezahlt wurde. Die Firma war kein Wohltätigkeitsverein und er ganz sicher kein barmherziger Samariter.

Noch zehn Jahre. Das sagte er sich jeden Morgen, wenn er seine dämlichen braunen Shorts anzog und das kratzige braune Hemd zuknöpfte und mit seinem dämlichen braunen Lieferwagen losfuhr. Noch zehn Jahre, dann hätte er es hinter sich. Nicht dass er seinen Job hasste, obwohl die Knie ihm allmählich Probleme machten. Er fuhr gern seine Route, sah immer dieselben Gesichter, unterhielt sich mit Leuten, kam in Häuser und Büros und erhaschte einen Blick in ihr Leben. Die Lieferungen verrieten ihm so einiges über die Leute. Manche waren richtig süchtig, kauften Zeug im Internet und stapelten es im Flur. Andere waren einfach nur faul. Er selbst kaufte lieber im Geschäft, nahm Sachen in die Hand und wog sie ab, statt auf einen Knopf zu klicken und auf seinem Arsch zu sitzen und zu warten, bis es ihm jemand an die Tür brachte.

Er setzte sich auf seinen Hocker an der Theke und gab dem Barkeeper ein Zeichen, ihm ein Bier zu bringen. Es war ein Typ mit blondgefärbtem Haar, viel zu lang. Sein Sohn trug die Haare auch so, jedenfalls als Ken ihn zuletzt gesehen hatte. Das war – wann gewesen? An Weihnachten? Beth sagte, es sei seine Schuld, dass Brian ihn nicht öfter besuchte, aber was sollte er denn machen? So tun, als stünde in Brians Leben alles zum Besten?

Gott sei Dank hatte er seine kleine Tochter. Obwohl die eigentlich gar nicht mehr so klein war. Erin ging nächstes Jahr aufs College, was ihm eine Heidenangst machte. Erwachsen. Nicht mehr Daddys kleines Mädchen. Neulich war sie nach Hause gekommen und hatte nach Rum gerochen, hundertprozentig, aber sie hatte es natürlich nicht zugegeben. Beth hatte gesagt, er solle sie in Ruhe lassen, aber wie sollte er das Mädchen in Ruhe lassen, wenn er doch wusste, was aus ihrem Bruder geworden war?

Er nahm einen großen Schluck aus seinem Bierglas und verzog das Gesicht. Der langhaarige Typ zapfte nicht so schön wie Cait. Bot ihm auch keinen Shot an, wie sie es getan hätte. Er schaute sich nach ihr um, hoffte, sie aus dem Vorratsraum kommen zu sehen. Donnerstags war sie normalerweise hier.

Cait war ein nettes Mädchen, jedenfalls hatte er das geglaubt, bis er sie auf dem Parkplatz gesehen hatte. Seither hatte er eine Menge über seine Lieblings-Barkeeperin erfahren. Er sah sie jetzt in einem ganz neuen Licht, wie man so schön sagte.

Er holte sein Handy heraus und scrollte durch die Mitteilungen. Es war komisch, er hatte sein halbes Leben ohne Internet verbracht und besaß erst seit fünf oder sechs Jahren ein Smartphone. Und jetzt war es wie ein eigener Körperteil. Er wusste, es war nicht gut, so viel Zeit damit zu verbringen. Beth sagte ihm das ständig, obwohl sie eigentlich kein Recht dazu hatte, wenn man bedachte, wie viel Zeit sie auf Facebook verbrachte. Das wiederum kapierte *er* nicht. War es nicht tödlich langweilig, sich die Urlaubsfotos anderer Leute anzusehen? Er konnte sich noch gut daran erinnern, wie seine Eltern den Projektor aufgestellt hatten, um mit ihren Dias vom Grand Canyon anzugeben. Ganz bestimmt hatte niemand Spaß daran gehabt, zumal seine Mutter einmal seinem Vater während einer Vorführung das Diamagazin an den Kopf geworfen hatte.

Andererseits war Facebook auch ganz nützlich. Zum Organisieren und Rekrutieren. Und er hatte natürlich seine Samstagsclique.

Aber *4chan*. Das war eine Offenbarung gewesen. All die Gedanken, die tagsüber in seinem Kopf kreisten und die er mit niemandem teilen konnte, während er den Lieferwagen fuhr: Jetzt konnte er einfach anhalten, sie aufschreiben und ins Forum stellen, und wenn er wieder aufs Handy schaute, hatte er ein halbes Dutzend Antworten. Diese Leute – nicht alle, aber die meisten – waren auch klug. Die verstanden seine Ansichten. Von manchen hatte er sogar was gelernt, damit hatte er gar nicht gerechnet.

Er hatte jahrelang geredet und war sich nie sicher gewesen, ob ihm jemand zuhörte. Beth hörte vermutlich nur jedes zehnte Wort, das aus seinem Mund kam. Seine Kinder hörten ihm nie zu, nicht mal seine Erin. Die meiste Zeit war er sich nicht mal sicher, ob Nick ihm zuhörte, und selbst wenn, hatte er nicht viel beizutragen. War nicht böse gemeint, nur die Wahrheit. Er liebte ihn wie einen Bruder, doch er war nicht gerade ein echter Gesprächspartner.

Aber online, da hörten ihm die Leute zu. Nicht nur das, die *wollten* ihm zuhören. Die fragten ihn sogar manchmal nach seiner Meinung. Dort wurde er respektiert wie eine Art Stammesältester. Endlich hatten seine Worte eine Bedeutung. Sie hatten Gewicht.

Er schaute zu den College-Kids, die Craft Ale hinunterkippten, das nach Stroh schmeckte und ein Vermögen kostete. Vermutlich hielten sie ihn für einen traurigen alten Kerl, einen Loser, der allein an der Theke saß. Die hatten keine Ahnung, wozu er fähig war. Nicht den blassesten Schimmer.

Am Stadtrand von Tolar, New Mexico
288 Kilometer bis Albuquerque

Durch die Wüste hallte ein leises Grollen, das sich langsam steigerte. Die beiden Frauen erstarrten und blickten in die Richtung, aus der das Geräusch kam.

Dann tauchten Scheinwerfer auf.

»Glaubst du, das ist …«

Cait zuckte mit den Schultern. »Keine Ahnung.« Die Scheinwerfer näherten sich schnell, aber sie konnte nicht erkennen, zu welchem Fahrzeugtyp sie gehörten. Was immer es sein mochte, es war groß.

»Das ist ein Laster.« Rebeccas Stimme klang angespannt. »Ich glaube … das muss …«

Das Licht der Scheinwerfer wurde greller. Der Motor dröhnte. Cait schüttelte den Kopf. »Das ist was Größeres als ein Pickup.« Die beiden verchromten Auspuffrohre am Fahrerhaus schimmerten auf. Ihr Herz machte einen Sprung. Cait beugte sich in den Jeep und holte eine Notfackel heraus.

Rebecca streckte die Hand aus, um sie daran zu hindern. »Nein! Cait, lass das!«

»Das ist ein Sattelzug. Der wird anhalten.«

»Aber wir wissen doch gar nicht, wer drinsitzt!«

Cait funkelte sie an. »Uns bleibt keine andere Wahl.« Sie schwenkte die Fackel über dem Kopf und trat auf die Straße.

»Du hast gerade gesagt, jemand hätte sich am Tank zu schaffen gemacht! Woher weißt du, dass das nicht derjenige war, der in dem Laster sitzt?«

Cait schüttelte wieder den Kopf. »Falls jemand den Tank geleert hat – und ich bin mir noch immer nicht sicher, ob es wirklich so ist –, muss es am Restaurant passiert sein. Du hörst doch selbst, wie laut der Motor ist. Unmöglich, dass jemand mit diesem Ding unbemerkt auf den Parkplatz gefahren ist, sich am Benzintank zu schaffen gemacht hat und dann wieder verschwunden ist.«

»Vielleicht hat er das Fahrzeug gewechselt.«

Cait verzog den Mund. »Mag sein. Aber es dürfte schwer sein, einen Sattelzug zu verstecken.« Sie las die Zweifel in Rebeccas Miene. »Alles wird gut, versprochen.« Das stimmte zwar nicht, aber mehr Sicherheit würden sie nicht bekommen. Der Laster war nur noch wenige hundert Meter entfernt. Sie spürte, wie der Asphalt unter ihren Füßen vibrierte, und reckte die Rakete hoch in die Luft.

Der Laster kam zischend zum Stehen. Die Tür schwang auf, ein Mann kletterte aus dem Fahrerhaus.

Cait wurde mulmig, als seine Stiefel den Boden berührten. Wenn Rebecca nun recht hatte und der Typ ein Irrer war? Sie verdrängte den Gedanken. Irre oder nicht, er war gerade das Beste, was ihnen passieren konnte. Außerdem waren sie zu zweit, und er war allein. Es würde schon gut gehen.

Es war schwer, aus dieser Entfernung sein Alter zu schätzen – er konnte ein verlebter Dreißigjähriger, aber ebenso gut ein Fünfzigjähriger sein, der sich gut gehalten hatte. Er trug ein kariertes Hemd, eine Jeans und eine Kappe von den Rangers, deren Schirm er tief in die Stirn gezogen hatte. Seine Haut zeugte von der Akne, die er als Teenager gehabt hatte, doch er sah trotzdem attraktiv aus.

Er musterte Cait und dann Rebecca. Ihre Nackenhaare stellten sich auf. Sie kannte diesen Blick und deutete ihn als Warnung. Der Geruch seines Aftershave wehte herüber, Moschus und etwas Synthetisches, das sie an Tanzveranstaltungen in der Highschool erinnerte.

Cait trat auf ihn zu. »Danke, dass Sie angehalten haben. Wir haben ein Problem.«

Seine Augen wanderten langsam zu ihr. »Das kann man wohl sagen. Was ist passiert – eine Panne?«

»Kein Benzin.«

»Hier draußen, um diese Zeit?« Er stieß einen leisen Pfiff aus. »Schlechte Planung, würde ich sagen.«

»Tja. Sie haben wohl nicht zufällig einen Ersatzkanister dabei?«

»Das ist ein Diesel.« Er nickte zu dem Laster hinüber. Seine Augen wanderten wieder zu Rebecca. »Fünfundzwanzig Kilometer von hier gibt es eine Tankstelle, in Fort Sumner. Ich könnte euch mitnehmen.«

Rebecca trat vor. »Wir wollen uns nicht aufdrängen.« Sie trug ein Lächeln zur Schau, das Cait noch nicht an ihr gesehen hatte, zuckersüß und mit Grübchen. »Sie haben sicher einen engen Zeitplan. Vielleicht könnten wir Ihr Handy benutzen und einen Abschleppdienst rufen.«

Er schüttelte den Kopf. »Kein Netz hier draußen, und selbst wenn doch, würd's Stunden dauern, bis die kommen. Ich fahre ziemlich oft hier lang. Das sind lauter Familienunternehmen, die Leute liegen brav im Bettchen.« Er grinste anzüglich. »Nicht wie wir Nachteulen. Ich bin übrigens Scott.«

Die Frauen sahen einander fragend an. Der Fahrer bemerkte ihr Zögern und lachte. »Ich beiße nicht, versprochen. Ich bringe euch sicher wieder her, Pfadfinderehrenwort.« Er legte zwei Finger an die Stirn. »Außerdem könnte das heute Nacht eure einzige Chance sein. Ich habe auf den letzten achtzig Kilometern kein Auto gesehen.«

Cait schaute zu Rebecca. »Was meinst du?«, flüsterte sie.

»Uns bleibt wohl keine Wahl.«

»Du könntest hierbleiben, wenn es dir lieber ist. Die Türen abschließen und warten, bis wir zurück sind.«

»Wenn wir fahren, dann nur zusammen.«

Rebecca nahm ihre Hand. Sie war feucht, ihr Griff aber zupackend. »Dann los.«

Der Sattelzug dampfte wie ein Vollblut. Der Mann öffnete die Beifahrertür und half ihnen beim Einsteigen. Rebecca kletterte als Erste hinein und bedachte ihn noch einmal mit einem süßen Lächeln. Dann rutschte Cait neben sie.

»Sitzt ihr bequem?« Er wartete die Antwort nicht ab, sondern ließ den Motor an und gab Gas. Der Laster setzte sich auf der dunklen Straße ruckend in Bewegung.

Sechs Monate zuvor

Cait stand verlegen an der Empfangstheke und unterdrückte den Drang, am Bund ihrer Strumpfhose zu zupfen. Was hatte sie sich nur dabei gedacht, die anzuziehen? Fast dreißig Grad, dabei war es noch nicht einmal Mittag, und trotzdem hatte sie sich entschieden, das kratzige Etuikleid anzuziehen, das sie zum Collegeabschluss von ihrer Mutter bekommen hatte. »Für Vorstellungsgespräche«, hatte sie gesagt und Cait die Plastiktüte von Family Dollar in die Hand gedrückt. »Da ist auch eine Strumpfhose drin.« Cait hatte es nicht übers Herz gebracht, ihr zu gestehen, dass sie kein einziges Gespräch in Aussicht hatte. Und im *Dark Horse* musste sie keine Nylonstrumpfhose unter den vorgeschriebenen Hotpants tragen.

Doch es war ihr richtig erschienen, die Sachen an diesem Morgen anzuziehen. Sie wollte professionell wirken. Kompetent. Vertrauenswürdig. Es war seltsam gewesen, sich auf dieses Gespräch vorzubereiten. Sie war sich wie Dolly Parton in »Warum eigentlich … bringen wir den Chef nicht um?« vorgekommen, als sie sich mit verquollenen Augen bei strahlender Morgensonne ihren Kaffee kochte. Leute mit Laptoptaschen, Brotdosen und Thermosflaschen mit Kaffee traten aus ihren Häusern. *So fühlte es sich also an, ein echter Mensch zu sein*, hatte sie staunend gedacht. *Nein, danke.* Adam, ihr Nachbar, der manchmal ihren vernachlässigten Zitronenbaum goss, entdeckte sie am Fenster und hob die Hand, ob zum Gruß oder vor Überraschung, konnte sie nicht sagen. Offenbar hatte er sie noch nie montagsmorgens um halb acht gesehen.

Sie hatte sich in den Berufsverkehr eingereiht, hatte aus der Thermosflasche Kaffee getrunken und war zehn Minuten zu früh angekommen. Zum ersten Mal im Leben war sie irgendwo zu früh. So wichtig war es ihr.

Die Frau reichte Cait einen dicken Stapel Unterlagen, ein Namensschild und eine gestreifte Weste in Regenbogenfarben. »Früher hatten wir orangefarbene«, sagte sie mit einem Blick auf die Weste, »aber dann haben sich gewisse Leute eingeschlichen, also haben wir die Farben gewechselt. Die sind schwerer nachzumachen, und die Klientinnen können einen leichter erkennen.«

»Kein Problem. Orange ist sowieso nicht meine Farbe.«

Die Frau hieß Deborah, hatte kurze stahlgraue Haare und trug eine Brille mit riesigen Gläsern, die sie wie eine Eule aussehen ließen. Sie verzog keine Miene. »Das ist das Handbuch.« Sie tippte auf den Papierstapel. »Lesen Sie es gründlich durch. Sie erhalten auch ein Einzeltraining. Ihre Ausbilderin ist …« Sie warf einen Blick aufs Klemmbrett. »Lisa. Eine unserer ältesten Freiwilligen, Sie sind also in guten Händen. Setzen Sie sich, sie kommt gleich.«

Cait nickte und ließ sich auf einem der harten Plastikstühle aus den Siebzigern nieder. Das Büro befand sich in einem Häuserblock in Westgate, zusammen mit einer Zahnarztpraxis und einem Waschsalon. Es wirkte schäbig und runtergerockt, die Wände waren in einem dumpfen Beige gestrichen, der Teppich war fadenscheinig. Die einzige Dekoration war der Schriftzug *Sisters of Service*, der in kühnem Violett über der Empfangstheke prangte.

Sie holte ihr Handy heraus und scrollte durch Instagram. Einige Teller mit kunstvoll arrangiertem Essen, eine Anzeige für die »besten Pyjamas der Welt«, die sie am liebsten angeklickt hätte, Busy Phillips, die schmerzhaft aussehende Übungen vorturnte und dabei verzerrt in die Kamera grinste. Ein extrem niedlicher Hund.

»Keine Handys.« Sie blickte auf. Vor ihr stand eine Frau mit roter Mähne, die missbilligend die Stirn runzelte.

»Tschuldigung.« Sie steckte das Handy in die Tasche.

»Alles gut, du bist ja neu. Wirst dich schon dran gewöhnen. Ich bin Lisa.«

Cait reichte ihr die Hand. »Cait Monaghan.«

»Freut mich, Cait.« Sie brachte sie in ein vollgestopftes Büro. An den Wänden hingen Drucke von Frida Kahlo und Georgia O'Keeffe, das kleine Fenster ging auf den Parkplatz hinaus. »Wie hast du von uns erfahren?«

»Ich habe den Artikel im *Digg* gelesen und möchte gerne mitmachen.« Das stimmte größtenteils. Der Wirbel um ihren eigenen Artikel hatte sich gelegt, sowie die Internetgemeinde etwas anderes gefunden hatte, das sie hassen konnte, und man hatte sie praktisch vergessen. Sie hätte erleichtert sein müssen. Stattdessen wucherte der Zorn in ihr wie eine Bakterienkolonie, die jederzeit durch die Haut nach außen brechen konnte.

Nach dem Gespräch mit Ken in der Kneipe war sie nach Hause gefahren und hatte jeden einzelnen Kommentar gelesen, der unter dem Artikel gepostet worden war. Sie hatte gelesen, bis ihr alles vor den Augen verschwamm und ihr ganz schlecht war, und dann hatte sie auf den nächsten Link geklickt und weitergelesen. Darin standen Dinge über sie selbst, von denen sie immer gefürchtet hatte, dass sie wahr sein könnten, die sie sich nachts zuflüsterte, wenn ihr Verstand anfällig und kraftlos war. Doch sie las so lange, bis sie keinen Schmerz mehr empfand. Sie las, bis die Scham einer dumpfen Gleichgültigkeit wich und aus der Gleichgültigkeit schließlich Zorn geworden war.

Diesen Zorn trug sie seit Wochen in sich. Sie musste ihn auf irgendetwas richten, ihn an einem Wetzstein schärfen.

Als sie gelesen hatte, was die Sisters of Service in Texas leisteten, hatte sie sich angesprochen gefühlt. Hier ließen sich Frauen nicht von Männern einreden, dass das, was sie mit ihren Körpern taten, schändlich und verdorben und falsch sei. Dies waren Frauen, die für andere Frauen eintraten, die stolz und stark und mutig waren. Cait wollte wie sie sein, sich für eine edle Sache einsetzen, selbstlos handeln.

Doch insgeheim wünschte sie sich, dass einer der Demonstranten sein Gift in ihre Richtung spuckte, damit sie endlich ausrasten konnte.

»Oh, cool. Der Artikel hat uns positive Aufmerksamkeit verschafft.« Lisa verzog den Mund, als hätte sie etwas Saures geschmeckt. »Manches war auch weniger positiv.«

Cait blieb das Lachen im Hals stecken. Sie hatte die Kommentare unter dem Artikel gelesen, jedes einzelne hasserfüllte Wort. Und genau darum hatte sie die Mail geschrieben und sich als Freiwillige beworben.

»Hat Deborah dir schon die grundlegenden Dinge erklärt? Keine Nachnamen, keine Angaben zur Person, keine sozialen Medien. Unser Job ist es, die Klientinnen zu beschützen, Schluss, aus. Ihre Sicherheit hat absolute Priorität. Wir dürfen sie auf keinen Fall in Gefahr bringen.«

»Klar.«

»Na schön. Dann mal los. Du fängst an einem Wochentag an, die sind ruhiger. Samstags geht es hier zu wie im Zoo. Heute begleitest du mich einfach. Siehst dir an, wie ich mit den Klientinnen rede, bekommst ein Gefühl für die Situation.

Wenn wir danach beide zufrieden sind, machst du die nächste Schicht allein. Du arbeitest abends, richtig?«

Cait nickte. »Ich bin hinter der Theke im *Dark Horse*.«

»O Mann, da war ich seit dem College nicht mehr. Müsst ihr immer noch die Hotpants tragen?«

»Aber selbstverständlich!«

Lisa lachte. »Ja, an manchen Orten geht der Fortschritt komplett vorbei. Wie lange bist du schon da?«

Cait zuckte mit den Schultern. »Ein paar Jahre. Es ist gar nicht so übel, wenn man sich an die Uniform gewöhnt hat. Das Trinkgeld ist meistens gut.«

»Geld ist Geld, oder?«

»Da sagst du was.«

Lisa fuhr mit ihr in die Innenstadt und parkte einige Häuserblocks entfernt vor einer Apotheke. »Pass auf, dass sie deinen Wagen nicht sehen. Wenn die dein Nummernschild kennen, bist du geliefert.«

Es war noch früh – vor neun –, doch es lungerten schon einige Demonstranten vor dem Gelände herum. »Zeit zum Umziehen«, sagte Lisa und streifte die regenbogenfarbene Weste über den Kopf. »Bist du bereit?«

Cait zog sie ebenfalls über. Der Geruch nach billigem Nylon stieg ihr in die Nase, und sie wurde ein bisschen nervös. »Ich denke schon.«

Lisa legte ihr den Arm um die Schultern und führte sie über die Straße. »Das bist du ganz sicher.«

Taiban, New Mexico
283 Kilometer bis Albuquerque

Im Laster roch es nach Fastfood-Verpackungen, Lufterfrischer mit Zitronenduft und Scotts Aftershave, das mit jeder Minute intensiver zu werden schien. Sein Oberschenkel drückte gegen Rebeccas, und sie hielt die Luft an, versuchte sich so schmal wie möglich machen.

Sei nett, ermahnte sie sich. *Verärgere ihn bloß nicht.*

Sie starrte aus dem Fenster. Es war seltsam, so hoch oben zu sitzen, als flögen sie über die Straße, statt auf ihr zu fahren. Sie rutschte auf ihrem Sitz herum und versuchte, sich von ihm wegzulehnen, doch sein Bein drückte nur noch fester gegen ihres.

»Woher kennt ihr euch?«

Cait machte den Mund auf, doch Rebecca fürchtete, sie könnte etwas Falsches sagen. Sie mussten vorsichtig sein, und Cait schien nicht gerade der vorsichtige Typ zu sein, also kam sie ihr zuvor. »Wir sind Cousinen. Morgen feiert unser Opa seinen Geburtstag in Tucson. Da wollen wir hin. Darum sind wir auch um diese Zeit unterwegs – Cait hatte Spätschicht, daher fahren wir über Nacht. Es ist eine Überraschung, wir dürfen nicht zu spät kommen.«

Cait gab einen Laut von sich, der als Zustimmung gewertet werden konnte. Rebecca spürte ihren fragenden Blick, schaute aber unverwandt auf die Straße.

»Schrecklich lange Fahrt«, sagte Scott und rieb sich über die Bartstoppeln. Er drehte den Kopf zu Cait. »Was für Schichtarbeit machst du denn?«

»Sie ist Krankenschwester«, sagte Rebecca. Cait nickte nur. Sie spielte also mit. »Und ich auch.«

Scott nickte. »Gottes Werk.« Dann zwinkerte er Rebecca zu. »Schade, dass ihr eure Schwesterntracht nicht anhabt.«

Cait lachte, etwas zu laut. Rebecca zuckte zusammen. »Ich glaube nicht, dass wir in unseren Kitteln besonders sexy aussehen«, sagte sie leichthin. »Nicht nach einer Spätschicht.«

»Ach was, hübsche Mädchen wie ihr? Ihr seht doch in allem sexy aus.« Rebecca sagte nichts. Sie wusste genau, was als Nächstes kam. »Seid ihr vergeben?«

»Ja«, sagte Cait zu schnell. »Beide.« Wieder zuckte Rebecca zusammen. *Falsche Antwort, Cait, und noch dazu der falsche Tonfall.*

»Ist das so?« Er blickte sie misstrauisch an. »Und die lassen euch mitten in der Nacht allein durch die Gegend fahren? Nie und nimmer würde ich meine Freundin so was machen lassen, vor allem nicht, wenn sie so hübsch wäre wie ihr beide. Die Welt da draußen ist ganz schön gefährlich.«

Rebecca legte warnend die Hand auf Caits Bein. »Darum haben wir auch Glück gehabt, dass du vorbeigekommen bist«, sagte sie und lächelte, dass sich ihre Grübchen zeigten. »Unser Ritter in der schimmernden Rüstung.«

Sie spürte förmlich Caits ungläubigen Blick. Sie wusste genau, was sie dachte. Doch das war ihr egal. Sie würde tun, was nötig war.

»Das stimmt«, sagte Scott, und seine Zähne schimmerten im Dämmerlicht. »Da komme ich auf meinem großen weißen Pferd vorbei und fege euch von den Füßen.«

Rebecca kicherte. »Hast du eine Freundin?« Hoffentlich

sagte er ja. Dann konnte sie vielleicht die große Schwester spielen, ihm ein paar Beziehungstipps geben. Ihn daran erinnern, wer zu Hause auf ihn wartete.

Doch Scott schüttelte den Kopf, und ihre Hoffnung schwand dahin. »Ich war eine Weile verheiratet, aber die Belastung durch meinen Job war zu groß. Letztes Jahr haben wir uns scheiden lassen.«

»Das ist hart, tut mir leid«, gurrte Rebecca mitfühlend.

Scott machte eine wegwerfende Handbewegung. »Nicht nötig. Ich kann es nicht leiden, wenn man mich anbindet, wenn ich ständig sagen muss, wo ich bin, wenn ich mich für alles rechtfertigen muss.«

»Versteh ich gut«, sagte Rebecca und nickte andächtig, als wäre er ein Guru. »Besser Single und glücklich als verheiratet und mies drauf.« *Bestätige ihn in seinen Entscheidungen. Sorge dafür, dass er sich wie ein guter Mensch fühlt. Ehrenwert.*

»Amen«, flüsterte Scott. Er schaute sie bewundernd an. »Weißt du, ich treffe selten Leute, mit denen ich sofort auf einer Wellenlänge bin. Aber bei dir und mir, da ist das so.« Er lehnte sich zurück und grinste in die Dunkelheit. »Ich bin froh, dass ich für euch angehalten habe. Noch ein paar Kilometer, dann sollten wir in der nächsten Stadt sein. Wir füllen euren Tank, dann seid ihr im Nu wieder flott. Ich möchte doch nicht, dass ihr Opas großen Tag verpasst.«

Rebecca spürte, wie sich ein Ellbogen in ihre Rippen bohrte, doch sie wagte es nicht, Cait anzuschauen.

»Sag mal, warum kann ich ein nettes Mädchen wie dich nicht daheim in Louisiana finden?«

»Du musst nur ein bisschen Geduld haben«, riet ihm Rebecca. »Du bist so ein netter Typ. Du findest sicher bald das richtige Mädchen.«

Er sah sie mit glänzenden Augen an, und Rebecca durchfuhr kalte Angst. Sie hatte also doch den falschen Weg gewählt. »Vielleicht habe ich sie schon gefunden«, sagte er und drückte sein Bein noch fester gegen ihres.

Sechs Monate zuvor

Patrick kam mit leuchtenden Augen nach Hause. »Es geht los«, sagte er, umfasste ihre Taille und wirbelte sie herum. »Es geht tatsächlich los!«

»Was denn?«

»Der dienstjüngere Senator für den Bundesstaat Texas tritt nach dem Sommer zurück. Irgendwelche gesundheitlichen Probleme, aber Rich sagt, da braut sich ein Finanzskandal zusammen.«

»Und was heißt das?«

Er stellte sie wieder auf den Boden und drückte sie fest an sich. »Es bedeutet, Kleines, dass du vor dir den brandneuen Kandidaten für den Senat der Vereinigten Staaten siehst. Rich hat heute die Unterlagen eingereicht. Er sagt, es wird eine Ochsentour – ich bin noch nicht lange im Kongress, was manchen Leuten nicht gefallen dürfte –, doch er meint, meine Chancen stünden nicht schlechter als die aller anderen.« Seine Augen bekamen einen verträumten Ausdruck. »Senator McRae. Klingt gut, oder? Und du bist meine wunderschöne, großartige Frau!«

»Das ist wunderbar!« Rebecca versuchte, ihre Bestürzung hinter einem strahlenden Lächeln zu verbergen.

Zwei Jahre als Frau eines Kongressabgeordneten hatten sie davon überzeugt, dass sie nicht für diese Aufgabe geschaffen war. Wenn Patrick sich um einen Sitz im Senat bewarb, wäre das Scheinwerferlicht noch greller als bisher. Sie hatte insgeheim gehofft, er würde die Lust verlieren – an den ständigen Reisen, der Bürokratie, den endlosen Stunden am Telefon, in denen er um Spenden bettelte –, doch er schien sogar die schlimmsten Seiten der Politik zu lieben. Und er war gut darin: Obwohl er noch nicht lange im Kongress war, hatte er sich bereits einen Ruf als fähiger Verhandler erworben, als einer der wenigen Menschen, die auch die Abgeordneten der gegnerischen Partei erreichen konnten. Rich sagte, er sei ein Naturtalent.

Rebecca dagegen … Sie musste sich erst an all das gewöhnen. Sie hatte versucht, die Bildungsorganisation ins Leben zu rufen, die Patrick versprochen hatte, konnte aber nur wenig Interesse dafür wecken. Die Eltern konzentrierten sich ganz darauf, ihre Kinder in den besten Schulen unterzubringen, damit sie die besten Noten erhielten und an den besten Colleges studieren konnten, Schluss, aus. Wenn Rebecca anfing, mit ihnen über einfühlsames Lernen oder kreative Bildung zu sprechen, wurden ihre Blicke leer. In ihrer Verzweiflung hatte sie sogar der Lokalzeitung ein Interview angeboten, doch die Journalistin war mehr an ihrer Rolle als Patricks Frau und weniger an ihrer pädagogischen Erfahrung interessiert.

Schließlich hatte sie es aufgegeben. Sie hatte versucht, wieder als Lehrerin zu arbeiten, doch da Patrick so prominent war, wollte keine Schule sie einstellen. »Die Medien werden sich wie die Geier auf uns stürzen«, hatte ein Schulleiter gesagt, als er ihr die Bewerbungsunterlagen zurückgab. »Sie sind hochqualifiziert, das sehe ich, aber wir können das Risiko einfach nicht eingehen.«

Also war sie Vollzeit-Politikerfrau geworden, die dekorative Begleitung, die zu Spendenmarathons, Wahlveranstaltungen und Benefizgalas mitgeschleppt wurde. Sie hatte versucht, sich einzufügen, sich mit den anderen Frauen anzufreunden, beliebt zu werden, doch irgendwie passte sie nirgendwo dazu.

Und das konnte jetzt nur noch schlimmer werden.

»Pass auf«, sagte Patrick, als könnte er ihre Gedanken lesen. »Ich weiß, die letzten Jahre waren hart für dich – für uns beide.« Instinktiv legte sie die Hand auf den Bauch. Sie wollte nicht daran denken, nicht jetzt. »Du möchtest auf gar keinen Fall im Wahlkampf wieder überallhin mitgeschleppt werden. Also mach es in deinem eigenen Tempo. *Ich* bewerbe mich um ein Amt, nicht du. Ich will nicht, dass du etwas tust, bei dem du dich nicht wohlfühlst.«

Dankbarkeit durchströmte sie. Er war ein guter Mensch. Er verstand sie. »Ich bin so stolz auf dich«, sagte sie und fuhr ihm mit der Hand durchs Haar. »Du wirst der beste Senator, den dieser Staat je gesehen hat, und ich verspreche dir, alles zu tun, damit du das schaffst.«

»Das weiß ich«, sagte er, beugte sich zu ihr und küsste sie. »Das weiß ich doch.«

Fort Sumner, New Mexico
259 Kilometer bis Albuquerque

Willkommen in Fort Sumner: ein verschlafenes Dorf mit finsterer Vergangenheit.

Rebecca hätte am liebsten vor Glück geweint. Es war eine Stadt, eine richtige Stadt, von der sie schon einmal gehört hatte. Dort musste es eine Tankstelle geben.

Doch der erste Eindruck von Fort Sumner war nicht sonderlich vielversprechend. Die einzigen Gebäude entlang der Straße waren Schuppen und Lagerhäuser, und alle waren dunkel. Sie erhaschte einen Blick auf ein Neonschild, aber es war bloß ein Super-8-Motel, das freie Zimmer ankündigte. Alles war dunkel bis auf die Notbeleuchtung an der Rezeption. Von einer Tankstelle keine Spur.

Sie kamen am »Billy the Kid«-Museum vorbei, dessen Ziegelmauern unerklärlicherweise mit Wagenrädern dekoriert waren. Das gelbe Schild zeigte einen gezeichneten Billy in Jeans und Halstuch, neben sich ein Gewehr, den Cowboyhut mit der breiten Krempe schief auf dem Kopf. Er sah eher nach einem netten Cowboy als nach einem mörderischen Outlaw aus. Darunter verkündete ein anderes Schild, das Museum sei einmal zur besten Sendezeit im Fernsehen gezeigt worden.

Wer mochte sich an solche Orte verirren?, fragte sich Rebecca, bevor ihr einfiel, dass sie als Kind genau solche Orte besucht und ganz wunderbar gefunden hatte. Als Siebenjährige wäre sie begeistert gewesen, das »Billy the Kid«-Museum zu besuchen, hätte sich glücklich neben den Wagenrädern fotografieren lassen und so lange gebettelt, bis sie im Museumsladen ein Halstuch bekommen hätte.

Eine Welle aus Traurigkeit überkam sie. Wie oft schon hatte sie davon geträumt, frühmorgens am Wochenende mit Patrick und einem verschlafenen Kleinkind mit rosigen Wangen ins Auto zu steigen und einfach drauflos zu fahren? Kleine Hände, klebrig vom Eis, billige Souvenirs, die sofort wieder verloren gingen, die schweigsame Heimfahrt, das leise dudelnde Radio, ein sachtes Schnarchen vom Rücksitz. Sie tastete nach dem goldenen Kreuz, das sie um den Hals trug, und ließ es erst los, als sich die Ecken schmerzhaft in ihre Handfläche bohrten.

Weitere Gebäude, kein einziger Lichtschein. Sie spürte, wie Cait sich neben ihr anspannte, wie sie beide darauf warteten, dass endlich eine Tankstelle auftauchte.

Sie bemerkte einen Trailerpark, in dem einige Wohnwagen standen. In einem brannte Licht.

»Könnten wir nicht dort nach Benzin fragen?« Cait deutete hin. »Auf Campingplätzen haben sie meistens Benzin.«

Scott schüttelte den Kopf. »Die Tankstelle ist gleich da vorn. Außerdem würden die sich nicht sonderlich freuen, wenn wir mitten in der Nacht bei ihnen klopfen.«

Cait lehnte sich zurück. Rebecca spürte ein Kitzeln tief im Hals. Sie saßen schon viel zu lange in diesem Laster, waren mehr als vierzig Kilometer gefahren. Der Ort zog sich in die Länge. *Fred's Restaurant.* Die Highschool. Die First United Methodist Church. Einige Geschäfte für Autoteile ließen ihre Hoffnung kurz aufflackern und dann wieder erlöschen. Alles war dunkel. Nicht einmal die Straßenbeleuchtung brannte.

In dieser Stadt gab es vermutlich gar keine Tankstelle, und selbst wenn, würde Scott dort nicht anhalten. Sie hatte gedacht, sie hätte ihm genug geschmeichelt, damit ihnen nichts passierte, doch das war ein Irrtum. Er würde weiterfahren, bis zu der Stelle, die er ausgewählt hatte, um sie dort zu töten. Ihre Hände begannen zu zittern, dann auch ihre Arme und Beine, und bald bebte ihr ganzer Körper, als würde sie von ihrem ganz persönlichen Erdbeben heimgesucht.

Cait legte ihr beruhigend die Hand aufs Knie, doch das nützte nichts. Plötzlich war es stickig heiß im Laster. Schweiß lief ihr den Rücken hinunter und sammelte sich im Bund ihrer Unterhose. Die Sterne, die sie durch die Windschutzscheibe sah, lasteten auf ihr, drohten sie zu ersticken. Sie atmete ganz flach.

Cait drückte Rebeccas Knie so fest, dass sie vor Schmerz aufschrie. »Sieh mal da.« Rebecca folgte ihrem ausgestreckten Finger, und dann sah sie das weiß-gelbe Leuchtschild mit dem Namen der Tankstelle.

Scott wandte sich ihnen lächelnd zu. »War doch ein bisschen weiter, als ich dachte. Tut mir leid.« Er lenkte den Sattelzug auf den Parkplatz der Tankstelle und stellte den Motor ab. »Ich geh rein und frage nach einem Ersatzkanister.«

Letztlich gingen sie alle drei hinein. Scott hielt ihnen die Tür auf, und Rebecca bemühte sich, das Zittern ihrer Knie zu unterdrücken. Der Tankwart stand hinter der Theke, ein Auge auf dem Fernseher, der über der Kasse angebracht war. »Guten Abend, Ladys«, sagte er mit hochgezogener Augenbraue und tippte sich an den imaginären Hut. Rebecca begriff sofort, dass er sie für Prostituierte hielt.

»Uns ist der Sprit ausgegangen«, sagte Cait und stützte den Ellbogen auf die Theke. »Wir brauchen einen Kanister Benzin, um uns wieder flottzumachen.« Sie gab sich selbstsicher, wollte die Situation beherrschen, als wären sie den beiden Männern und allem anderen, was die Nacht noch für sie bereithielt, nicht auf Gedeih und Verderb ausgeliefert.

»Klar doch.« Der Tankwart schaute wieder zum Fernseher. »Aber das kostet.«

Rebecca holte ungeduldig ihr Portemonnaie heraus. »Wie viel?« Der Tankwart warf einen Blick darauf – die meisten Prostituierten hatten keine Portemonnaies aus italienischem Leder – und verdoppelte offenbar spontan den Preis. Sollte er sie ruhig ausnehmen. Sie wollte einfach nur weg von hier.

»Sechzig Mäuse. Einschließlich Kanister, den die Ladys behalten können, falls Sie noch einmal in Schwierigkeiten geraten sollten.«

Scott trat vor. »Das sind hundert Prozent zu viel.«

Rebecca winkte ab. Es hatte keinen Sinn, sich zu streiten. Sie steckten in der Klemme, das wusste der Tankwart genau. Sie drückte ihm einige Scheine in die Hand und sah zu, wie er sie zählte.

»Na schön.« Er schlenderte nach hinten und tauchte ein paar Minuten später mit einem roten Kanister auf, den er Scott grummelnd überreichte.

»Das übernehme ich«, sagte Cait und streckte die Hand nach dem Kanister aus, doch Scott schüttelte den Kopf und hielt ihn außer Reichweite.

»Ein Gentleman lässt eine Dame nicht arbeiten. Ich mache ihn voll, dann geht's weiter.«

Cait wollte widersprechen, aber Rebecca legte ihr die Hand auf den Arm. »Lass gut sein«, hauchte sie, und Cait schaute sie verlegen an.

Dann standen sie draußen und sahen ihm bei der Arbeit zu.

Cait zog eine Packung Marlboro Light hervor, klopfte eine Zigarette heraus und hielt Rebecca die Packung hin. Rebecca schüttelte den Kopf. Sie hatte seit Jahren nicht geraucht, spürte aber ein sehnsüchtiges Ziehen in der Brust, als Cait sich die Zigarette anzündete. Eine Rauchwolke kringelte sich aus dem Mund des Mädchens, und Rebeccas Finger zuckten. Er konnte den Geruch von Zigarettenrauch nicht ausstehen. Er würde ihn an ihr wahrnehmen und Fragen stellen, die sie nicht beantworten konnte. Sie drehte sich weg, damit der Geruch nicht an ihr haftete.

»Ich zahle dir das zurück«, sagte Cait und trat die Zigarette aus.

»Ist okay. Lass nur.«

»Du warst gut. Vorhin im Laster. Er mag dich.«

»Es erschien mir klüger, mich freundlich zu geben. Ich dachte, dann ermordet er uns vielleicht doch nicht.«

Cait zog eine Augenbraue hoch. »Ich weiß nicht, ob das so funktioniert.«

»Mag sein. Aber immer noch besser, als sich ihn zum Feind zu machen.«

Als Scott fertig war, verstaute er den Kanister hinter den Sitzen und steckte den Zündschlüssel ins Schloss. Der Tankwart beobachtete sie noch immer durchs Fenster.

»Was jetzt, Ladys?«, fragte Scott, als er den Laster wieder auf die Straße lenkte. Er schaute Rebecca grinsend an. »Ihr wisst doch, eine Hand wäscht die andere. Ich hoffe, ihr habt noch ein Ass für mich im Ärmel.«

Rebeccas ganzer Körper spannte sich an, die Muskeln und Sehnen machten sich bereit, Adrenalin schoss heiß durch ihre Adern. Sie sah zur Beifahrertür. Sie saßen hoch oben im Fahrerhaus, und der Laster beschleunigte. Wenn sie rausspranGen, würden sie sich verletzen und wären viele Kilometer vom Jeep entfernt. Außerdem hatte er das Benzin. Sie konnten zur Tankstelle zurücklaufen – die Lichter waren im Rückspiegel noch zu sehen –, doch würde ihnen der Tankwart helfen? Vielleicht steckten die beiden unter einer Decke. Der Fahrer fuhr die Straßen ab, der Tankwart lag auf der Lauer.

Nein, das konnte nicht sein, dann hätten sie vorhin schon zugeschlagen. Zur Tankstelle zurückzulaufen war ihre einzige Chance. Sie mussten sich dem Tankwart ausliefern und hoffen, dass sich hinter seinem fiesen Blick ein Fünkchen Menschenfreundlichkeit verbarg.

Sie sah, wie Cait nach dem Türgriff tastete. *Los*, forderte sie sie im Geiste auf, *mach schon, wir schaffen das, wir können vor ihm fliehen, noch ist Zeit*, doch dann hob Cait die Hand, und etwas schimmerte silbrig auf.

Cait wickelte die Schokolade aus, brach eine Rippe ab und reichte sie Scott, der sie grinsend entgegennahm.

»Sind wir jetzt quitt?« Ein verstohlenes Lächeln umspielte Caits Lippen. Rebecca wurde von einer Welle der Zuneigung durchflutet.

Scott nahm die Schokolade und stopfte sich alles auf einmal in den Mund. »Gib mir noch mehr«, sagte er undeutlich mit vollem Mund, »dann sind wir quitt.«

Sechs Monate zuvor

»So, Leute, kann's losgehen?«, fragte Rich.

Patrick reckte den Daumen in die Höhe, Rebecca brachte ein gequältes Lächeln zustande. Sie fürchtete sich seit Tagen vor dem ersten offiziellen »Medientraining«, das sie auf Patricks Senatswahlkampf vorbereiten sollte. Rich hatte darauf bestanden, dass sie beide teilnahmen – »Wir spielen jetzt in der ersten Liga. Das ist eine ganz andere Nummer.« –, doch Rebecca wusste, dass es eigentlich nur um sie ging. Alle liebten Patrick. Das Problem war Rebecca.

»Okay«, sagte Rich, drehte sich auf dem Stuhl herum und klickte ein paar Mal auf die Maus. Der Bildschirm hinter ihm erwachte zum Leben.

ENGAGEMENT

Er wandte sich an sie. »Du fängst an. Was bedeutet dieses Wort für dich?«

»Hm. Es bedeutet …« Rebeccas Handflächen wurden feucht. Das ist doch lächerlich, sagte sie sich. Absurd. Sie war eine erwachsene Frau. Sie brauchte keine Schulung. »Es bedeutet Verbindung«, sagte sie so selbstbewusst wie möglich.

»Gut«, schnurrte Rich. »Und wie verbinden wir uns mit Menschen?« Seine Augen ruhten noch immer auf ihr.

»Indem wir eine gemeinsame Basis finden, würde ich sagen.«

»Genau!« Er lächelte, als wäre sie ein Welpe, der gerade auf Kommando gepinkelt hatte. »Und damit Menschen sich mit einem verbinden, müssen sie wissen, dass es diese gemeinsame Basis gibt. Wir haben uns mit einigen Fokusgruppen unterhalten, um ein Gefühl dafür zu bekommen, wie die Menschen euch sehen.«

Wie sie mich *sehen*, dachte Rebecca. *Wie sie Patrick sehen, wissen wir doch. Ich bin diejenige, die ein Problem darstellt.*

»Ich lese euch mal einige Rückmeldungen vor«, sagte Rich im Ton eines Arztes, der seiner Patientin eine besonders schlimme Diagnose überbringt. Er klickte wieder mit der Maus, und eine neue Folie erschien.

»›Kalt‹«, lass Rich laut vor. »›Zickig.‹ ›Hochnäsig.‹ ›Kalifornisch.‹« Er schaute sie lächelnd an. »Daran können wir wohl nichts ändern, du kommst nun mal aus Kalifornien.« Er konnte sein Bedauern nicht verbergen. »›Versnobt‹. ›Eisprinzessin‹.«

»Aber – das stimmt doch nicht«, empörte sich Rebecca. Ihre Stimme klang schrill. »Ich halte mich nicht für etwas Besseres.« *In Wahrheit*, dachte sie, *fühle ich mich sogar ziemlich wertlos.*

»Hey, ich weiß doch, dass das alles Schwachsinn ist. Und Patrick weiß es auch.« Er beugte sich vor, die Ellbogen auf die Knie gestützt, und sah sie eindringlich an. »Die Sache ist nur die, viele Leute halten das für wahr, und das ist unser Problem. Wir haben doch alle erlebt, was eine unbeliebte Ehefrau für die Umfragen bedeutet. Ich weiß, wir haben gerade eine neue feministische Welle – die wievielte noch mal?« Er grinste. »Die vierte? Fünfte? Aber die Leute stehen nicht auf Kampf-Emanzen. Du darfst gern klug sein, das ist nicht der Punkt, aber du musst auch etwas Weiches haben.« Er kehrte zur ersten Folie zurück, streckte die Hand aus und tippte mit dem Finger auf den Bildschirm. »Weißt du noch, was du über Engagement gesagt hast? Du musst eine Verbindung zu den Menschen aufbauen. Eine gemeinsame Basis finden.« Er beugte sich wieder vor. »Die müssen sehen, dass du genau wie sie bist, dass du die gleichen Probleme hast, die gleichen Fehler, die gleichen Sorgen …« Der blitzschnelle Blick, den er Patrick zuwarf, verriet ihr, was jetzt kommen würde.

»Nein«, sagte sie und schüttelte den Kopf. Sie schaute zu Patrick, der immerhin genug Anstand besaß, um verlegen auszusehen. »Bitte sag mir, dass du nicht mit ihm darüber gesprochen hast.«

»Hör zu«, sagte Rich und hob die Hände. »Patrick hat es nicht böse gemeint. Er wollte nur offen mit mir sprechen, als Freund. Er hat auch eine schwere Zeit durchgemacht, als du deine … Probleme hattest.«

Rebecca schoss herum. »Misch du dich da nicht ein. Du hast keine Ahnung, was ich in den letzten achtzehn Monaten durchgemacht habe. Du hast überhaupt keine Ahnung.«

Patrick drückte ihre Hand. »Liebes, bitte …«

Sie riss sich los. »Lass mich.«

»Hey, hey – nicht so hitzig«, sagte Rich. »Wir ziehen doch alle am selben Strang. Du hast recht, Rebecca, ich habe keine Ahnung, was du durchgemacht hast. Aber es muss die Hölle gewesen sein.«

Rebecca war ein kleines bisschen besänftigt.

»Die Sache ist nur die …« Er hielt inne. Sie konnte förmlich sehen, wie er sich die Worte zurechtlegte, sie zusammenfügte wie die Steinchen eines Mosaiks. Dafür sorgte, dass sie alle zusammen ein attraktives Bild ergaben. »Wir haben hier eine einzigartige Gelegenheit. Du hast eine Erfahrung gemacht, die du mit anderen teilen kannst – eine schreckliche und doch universelle Erfahrung. Überleg doch mal, wie viele Frauen etwas Ähnliches erlebt haben, und sie sind allein dort draußen und leiden.«

Patrick nahm ihre Hand, und sie ließ es zu.

»Ich will damit doch nur sagen, du könntest anderen Frauen helfen, indem du deine Erfahrungen teilst.«

»Du willst meine Fehlgeburten dazu benutzen, mich liebenswerter zu machen.« Ihre Stimme klang tonlos. Eigentlich hätte sie wütend sein müssen, aber sie fühlte sich einfach nur wie betäubt.

Patrick drehte sich zu ihr, drückte ihre Hand. »Ich würde dich nie um etwas bitten, das dir unangenehm ist, und wenn du das nicht willst, musst du es nur sagen, und wir vergessen das Ganze. Es ist nur ...« Er fuhr sich mit der Hand durch die Haare, wie immer, wenn er nervös war. »Ich glaube, Rich könnte recht haben, dass es gut wäre, wenn du davon erzählst, was du durchgemacht hast. Nicht, weil es dich liebenswerter macht, nicht einmal, weil es anderen Frauen helfen könnte, die in der gleichen Lage sind. Becs, du trägst diese Last schon so lange mit dir herum, und sie droht dich zu erdrücken. Ich habe versucht, dir zu helfen, aber das scheint nicht zu reichen, und ...« Er wiegte den Kopf. »Wenn du deine Geschichte mit der Welt teilst, würdest du auch die Last teilen.«

Schweigen. Der Computer surrte leise, die Neonleuchten summten. Das Blut rauschte in ihren Ohren. Fünf Fehlgeburten in achtzehn Monaten. Ihr Arzt hatte gesagt, das sei nichts Ungewöhnliches, kein Grund zur Sorge. »Bei manchen Frauen dauert es länger, bis ihr Körper den richtigen Dreh heraushat«, hatte er gesagt, als übte man einen netten Trick, verknotete den Stiel einer Kirsche mit der Zunge oder sagte das Alphabet rückwärts auf. Die Tests waren ohne Befund gewesen. »Nichts hindert Sie daran, ein Baby zu bekommen«, hatte der Arzt hinzugefügt. »Es dauert nur seine Zeit.«

Fünf Fehlgeburten. Fünf Träume, die für einen Moment zum Greifen nah schienen, um dann für immer verloren zu sein.

Patrick hatte recht: Sie hatte die Last allein getragen, die sie nun zu erdrücken drohte. Sie spürte, wie schwer ihre Gliedmaßen waren, wie sie sich mitten am Tag nach dem Bett sehnte, wie sie im grellen Sonnenlicht zusammenzuckte, als hätte sie sich verbrannt.

Vielleicht half ihre Geschichte einer anderen Frau, sich weniger allein zu fühlen.

Vielleicht würde sie sich dann selbst ein bisschen weniger betäubt fühlen.

»Na schön«, sagte sie schließlich. »Ich versuche es.«

Am Stadtrand von Fort Sumner, New Mexico
264 Kilometer bis Albuquerque

Cait wusste nicht, warum sie die Schokolade geklaut hatte.

Vor allem war sie wütend auf sich selbst, weil sie es vermasselt hatte. Sie hätte einen Ersatzkanister dabeihaben müssen, doch als Rebecca danach fragte, fiel ihr ein, dass er noch bei Alyssa in der Garage stand. Sie hatte ihn der Freundin für einen Campingurlaub geliehen. Wie dumm von ihr. Wie fahrlässig. Und dann dieser gruselige Tankwart, der sie angesehen hatte, als wären sie Dreck, und sie dann noch über den Tisch gezogen hatte. Scott, der ihr den Kanister aus der Hand genommen und darauf bestanden hatte, ihn selbst zu befüllen, was nett gemeint war, sie aber trotzdem genervt hatte, weil sie sich noch dümmer und nutzloser vorgekommen war. Es war ihr Auto, ihre Fahrt: Sie hätte es im Griff haben müssen, doch stattdessen hatte Rebecca das Benzin bezahlt und Scott Honig ums Maul geschmiert, weil sie es Cait nicht zutraute. Rebecca hatte ganz schön dick aufgetragen, ihn angehimmelt als ihren Retter in der Not, um auch Cait zu retten. Als müsste sie gerettet werden.

Jedenfalls war Cait sauer gewesen und hatte den beiden gesagt, sie müsse pinkeln gehen, und hatte auf dem Weg durch den Verkaufsraum eine Tafel Schokolade und ein Päckchen Kaugummi mitgehen lassen. Sie hatte seit Highschool-Zeiten nichts mehr geklaut, als sie mit ihren Freundinnen den armen Sicherheitsmann bei Walmart ausgetrickst hatte. Sie hatten vor allem Schminkzeug mitgehen lassen: klebrigen Lipgloss, schimmernden Selbstbräuner, Nagellack. Nichts Wertvolles, aber teurer, als sie sich leisten konnte.

Ihre Eltern konnten nichts dafür, dass sie arm waren. Beide arbeiteten hart, ihr Vater reparierte Überlandleitungen, ihre Mutter war Zahnarzthelferin. Sie hatten sich bemüht, im Leben voranzukommen – hatten sich so sehr bemüht –, doch wann immer sie kleine Fortschritte machten, warf sie irgendetwas wieder auf null zurück: Der Heizungskessel ging kaputt, das Dach wurde undicht, der Wagen ihres Vaters brauchte ein neues Getriebe.

Ihre Brüder schienen nicht zu merken, dass sie nichts hatten. Sie waren gute Sportler – alle drei spielten im Footballteam der Schule –, und darum kümmerte es auch niemanden, dass sie ihre Kleidung bei Walmart kauften. Cait aber war die Jüngste, die »kleine Überraschung« für ihre Eltern, und als sie auf die Highschool kam, war der sportliche Ruhm der Monaghan-Jungs verblichen. Einige Lehrer schwärmten noch davon, wie Kyle in einem Spiel ungebremst fast hundert Meter gerannt war oder wie Ben den Quarterback von Liberty Hill in den letzten Sekunden des vierten Viertels zu Fall gebracht hatte, doch die Jugendlichen interessierten sich nicht dafür. Die interessierten sich nur dafür, dass sie einen armeegrünen Rucksack statt einer ledernen Schultasche benutzte, Jeans vom Discounter trug und lieber Bücher las, als die Footballmannschaft anzufeuern.

Im Grunde war es ihr egal, was die anderen über sie dachten. Sie wusste, dass ihr Weg sie weit über Waco hinausführen würde. Sie liebte ihre Eltern, wollte aber nicht so leben wie sie und auch nicht wie ihre Brüder, die vier Jahre an der Baylor University studierten und danach beim Ölkonzern anheuerten.

Sie wusste, sie konnte mehr erreichen, wenn sie sich nur genug anstrengte. Denn so lief es doch, oder? Wenn man sich anstrengte und eine gute Uni besuchte, konnte man sich ein besseres Leben aufbauen.

Also hatte sie sich angestrengt und ein volles Stipendium an der University of Texas bekommen. Im September fuhr sie in dem Jeep, für den sie den ganzen Sommer gearbeitet hatte, nach Austin, im Kofferraum eine Duschablage, einen Schreibtisch-Organizer und den ganzen anderen Kram, den sie angeblich fürs erste Jahr im College brauchte.

Vier Jahre später hatte sie einen Abschluss in englischer Literatur und nicht den blassesten Schimmer, was sie damit anfangen sollte.

Sie hätte noch Jura studieren und eine Anwältin werden können, die für viel Geld Ölkonzerne verteidigte, aber selbst das war nicht mehr so sicher wie noch einige Jahre zuvor. Sie kannte Leute, die an guten Universitäten Jura studiert hatten und trotzdem keinen anständigen Job bekamen. Die Finanzkrise von 2008 hatte wie ein Erdbeben gewirkt, die einst verlässlichen Wege zu Sicherheit und Wohlstand zerstört und eine Ödnis voller Aasfresser und Leuten mit Doppel- und Dreifachjobs hinterlassen. Wer sich nicht anpassen konnte, war raus. Cait konnte es nicht.

Sie wollte eigentlich nur schreiben, also tat sie genau das. Tagsüber schrieb sie für lau, abends servierte sie Arschlöchern Drinks, und nach ein paar Jahren hatte sie endlich das Gefühl, dass es voranging. Die Redaktionen kannten ihren Namen und beantworteten ihre Mails. Sie bekam sogar ein paar Aufträge. Viel Geld verdiente sie damit noch nicht, aber sie hoffte, sich in einigen Jahren, wenn sie ein paar große Artikel veröffentlicht haben würde, Autorin nennen zu können, ohne sich wie eine Hochstaplerin vorzukommen.

Bisher hatte es nicht funktioniert.

Aber sie würde es schaffen. Bei Gott, sie würde es schaffen, und es war ihr egal, was sie dafür tun musste. Cait dachte an das Aufnahmegerät unter dem Armaturenbrett, das lief, seit sie vor Rebeccas Haus gehalten hatte. Klar, sie hatte Scheiße gebaut – hatte sich ablenken lassen, war nervös und unachtsam geworden –, doch sie würde das in den Griff bekommen. Sie würde tun, wozu sie hergekommen war, koste es, was es wolle.

Tief in ihrem Inneren wusste sie genau, warum sie die Schokolade geklaut hatte. Weil die Welt ihr freiwillig nichts geben würde. Sie musste es sich schon nehmen, egal wie.

Dann tauchte das Ortsschild von Fort Sumner auf und riss sie aus ihren Gedanken. Die Zeit lief ihr davon. Sie musste Rebecca endlich zum Reden bringen. Sie dachte an ihren Journalistik-Professor am College. »Baut eine Verbindung auf«, hatte er immer gesagt. »Wenn sie euch mögen, geben sie euch alles, was ihr wollt.«

Sie lächelte Rebecca reumütig an. »Mit Scott kam mir die Strecke länger vor.« Sie roch noch sein Aftershave, es schien an ihr zu kleben. Jetzt konnte sie sich eingestehen, dass sie Angst gehabt hatte.

Rebecca nickte. »Viel länger.«

Es war, als sähe man einen Film zum zweiten Mal. Billy the Kid glotzte noch immer vom Museumsschild, die Fahne vor der Highschool flatterte im Wind. Als sie an der Tankstelle vorbeikamen, bemerkte Cait eine an der Wand kauernde Gestalt, die rot glühende Zigarette zwischen den gewölbten Händen.

Rebecca murmelte »Arschloch« und zeigte dem Tankwart den Finger. Cait lachte und tat es ihr nach, obwohl er sie in der Dunkelheit natürlich nicht sehen konnte. Im Rückspiegel sah sie, wie er die Zigarette wegwarf und wieder hineinging. »Der Typ war so ein Drecksack.«

Die beiden Frauen begannen zu lachen, zuerst leise und dann lauter, bis sie fast hysterisch waren, und plötzlich entspannte sich die Atmosphäre zwischen ihnen.

Cait beobachtete, wie Rebecca sich die Tränen aus den Augen wischte, und fragte sich zum ersten Mal, ob sie unter anderen Umständen Freundinnen hätten sein können. Inzwischen mochte sie Rebecca ganz gern.

Sie schob den Gedanken beiseite. Es spielte keine Rolle, ob sie sie mochte. Sie war nicht hier, um sich mit ihr anzufreunden.

Sie war hier, um sich zu nehmen, was ihr zustand.

Fünf Monate zuvor

Cait fuhr auf den Parkplatz der Apotheke und stellte den Motor ab. Es war 8:32 Uhr an einem Samstagmorgen, und die Straßen im Zentrum von Austin waren verlassen bis auf erschöpfte Eltern, die ihre Babys zum nächsten Café schoben, und Frauen mit Pferdeschwanz, die Bio-Stoffbeutel und Yogamatten dabeihatten.

Sie wischte sich den Schlaf aus den Augenwinkeln. Die Kneipe hatte um zwei geschlossen, doch nachdem sie aufgeräumt und den Müll weggebracht hatte, war es fast drei gewesen. Sie hatte höchstens vier Stunden geschlafen, und das nicht mal besonders gut, weil sie die wenigen kostbaren Stunden damit verbracht hatte, auf die Uhr zu schauen, aus Sorge, den Wecker zu überhören. Lisa hatte erklärt, sie sei bereit für einen Samstag, doch Cait war sich da nicht so sicher. Sie hatte immer noch Albträume von dem Typen, der vor ein paar Wochen einen Topf mit roter Farbe nach ihr geworfen und geschrien hatte, an ihren Händen klebe Blut. Die Bullen hatten ihn mitgenommen – die Demonstranten durften niemanden berühren, obwohl sie einem verdammt nahe kamen, so nah, dass Cait riechen konnte, was sie am Vorabend gegessen hatten, so nah, dass die Spucke ihr ins Gesicht sprühte, wenn sie schrien –, doch der Vorfall hatte sie erschüttert. Dabei waren an dem Tag nur eine Handvoll Leute da gewesen. An Samstagen, hatte Lisa gesagt, kamen oft über hundert. Wie sollte sie die in Schach halten?

Aber Cait wusste auch, dass sie genau das wollte. Der vergangene Monat war befriedigender gewesen als alles Bisherige in ihrem Leben. Zum ersten Mal hatte sie das Gefühl, etwas bewirken zu können, so kitschig das auch klingen mochte. Und es stimmte: Sie las die Erleichterung nicht nur in den Gesichtern der Frauen, wenn sie ihnen aus dem Auto half und sie in die Klinik begleitete. Sie spürte sie auch, wenn sie bis zum letzten Moment ihre Hand hielt, sah ihr dankbares Nicken, wenn sie lautstark Pink oder Madonna auf dem Handy spielte, um das Geschrei der Demonstranten zu übertönen.

Als Lisa sie für eine Samstagsschicht einteilen wollte, hatte sie sofort zugesagt, obwohl sie nervös war und freitags lange arbeiten musste. Die Sisters of Service trauten es ihr zu, und sie wollte ihnen unbedingt glauben.

Sie streifte die Weste über und ging die wenigen Häuserblocks bis zur Klinik. Die Demonstranten versammelten sich schon, reichten Thermosflaschen mit Kaffee und Tupperdosen mit Muffins herum, als warteten sie auf den Einlass zu einer beliebten Fernsehsendung und nicht auf ein Häufchen verängstigter Frauen, um sie wild zu beschimpfen.

Cait drängte sich an ihnen vorbei, ohne auf das Gejohle zu achten, und überprüfte die Absperrungen. Sie mussten an den Demonstranten vorbeifahren, um zum Parkplatz zu gelangen, und dann noch die sechs Meter bis zum Eingang gehen. Ein paar Freiwillige bewachten die Absperrungen, damit die Demonstranten sie nicht überwanden, während andere, darunter Cait, die Frauen vom Auto zur Tür begleiteten.

Sechs Meter waren nicht viel, aber sie hatte gelernt, dass man auch auf einem so kurzen Stück großen Schaden anrichten konnte. Einige Demonstranten wollten den Frauen einreden, dass sie ihre Gesundheit schädigten, dass sie Krebs bekommen oder unfruchtbar würden. Andere gaben sich freundlich und boten ihnen Donuts an, wohl wissend, dass eine Frau, die einmal hineingebissen hatte, den Eingriff nicht durchführen lassen konnte. Man musste nüchtern sein, sonst war es zu gefährlich. Einige schrien ihnen direkt ins Gesicht, sie kämen in die Hölle, was die Patientinnen zwar nicht umstimmte, aber, wie Cait beobachtet hatte, am belastendsten für sie war.

Es würde heiß werden, schon jetzt waren es deutlich über dreißig Grad. Cait hatte gehofft, das Wetter könnte die Demonstranten abschrecken, aber sie kamen trotzdem, und bald standen sie dicht an dicht hinter den Absperrungen und bis auf den Gehweg. Was bedeutete, dass die Frauen bei ihrer Ankunft die Demonstranten nicht übersehen konnten.

Der erste Wagen des Tages rollte heran, ein Honda Civic mit einem Kennzeichen aus Alabama. Die Demonstranten standen stramm, die Schilder wie Speere erhoben, und begannen zu skandieren.

Cait machte sich bereit.

Die Frauen, die in die Klinik kamen, waren tapfer oder verängstigt, eingeschüchtert oder trotzig, verweint oder wie versteinert. Es gab junge Mädchen, die mit ihren Müttern kamen, und Frauen in den Dreißigern, die von ihren Männern begleitet wurden, und manche waren in Caits Alter und kamen mit einer Freundin. Einige waren ganz allein. Cait blieb stets in ihrer Nähe, schirmte sie so gut wie möglich ab, lenkte sie mit einem Scherz oder einem Lächeln ab oder lotste sie einfach schweigend bis an die Tür. Sie ahnte irgendwie, was jede Frau brauchte, und gab immer ihr Bestes, Stunde um Stunde auf dem aufgeheizten Asphalt, während die Demonstranten johlten.

Am Ende eines solchen Tages konnte sie sich an das Gesicht

jeder einzelnen Frau erinnern, die sie durch die Tür begleitet hatte, spürte noch ihre heißen Handflächen. Die Gesichter der Demonstranten hingegen vergaß sie sofort wieder. Sie waren in ihren Augen nur eine formlose Masse, ein verschwommener Fleck.

Vielleicht hatte sie deshalb nicht bemerkt, dass ein Demonstrant ihr die drei Häuserblocks bis zum Parkplatz folgte, auf dem sie den Jeep abgestellt hatte. Vielleicht lag es auch an der Hitze oder der Erschöpfung, die ihr tief in den Knochen saß. Sie wusste es nicht.

Sie wusste nur, dass der Stein mit einem widerlichen Knacken gegen die Windschutzscheibe prallte, dass das Glas zu einem Spinnennetz zersplitterte. Ihr Herz hämmerte heftig, als sie vom Parkplatz fuhr. Sie wagte nicht, sich umzudrehen.

Fort Sumner, New Mexico
253 Kilometer bis Albuquerque

Rebecca sackte auf dem Sitz zusammen. Das Adrenalin war abgebaut, sie fühlte sich erschöpft. Sie mussten gut die Hälfte geschafft haben. Sie holte ihr Handy aus der Tasche. Netz. Ein einzelner Balken. Sie wartete ab, ob verpasste Anrufe angezeigt würden, doch es tat sich nichts, und nach einer Weile gestattete sie sich zu glauben, dass er vielleicht doch nicht angerufen hatte. Vielleicht käme sie tatsächlich ungestraft davon.

Cait schaute sie an. »Gibt's was?«

Sie nickte. »Schwaches Netz.«

»Hat er angerufen? Dein Mann, meine ich.«

Rebecca schüttelte den Kopf. »Sieht nicht so aus.«

»Das ist gut, oder?«

»Ja«, sagte sie leise. »Das ist gut.«

»Er weiß also nicht, wo du bist.« Es war keine Frage.

Rebecca schüttelte den Kopf, wobei ihr ganz heiß wurde vor Scham. Cait würde die Situation nicht verstehen – sie konnte sie unmöglich verstehen. Rebecca verstand sie ja selbst nicht. Was machte sie hier? Was war aus ihr geworden? Was war aus ihrem Leben geworden?

»Wie lange seid ihr schon verheiratet?«

»Zehn Jahre.«

»Das ist eine lange Zeit.«

Rebecca versuchte, das strahlende Glück heraufzubeschwören, das sie an ihrem Hochzeitstag empfunden hatte. Sie hatten damals noch studiert, waren ständig klamm und hatten daher ihre Freunde gebeten, früh an einem Samstagmorgen im Washington Park eine kleine Fläche frei zu halten, und ein paar Klappstühle und Decken für die Gäste mitgebracht. Sie hatte ein weißes Etuikleid getragen, das sie gebraucht im Mission District gekauft hatte, und Schleierkraut im Haar. Patrick hatte von einem Freund einen Anzug geliehen und von einem Ohr zum anderen gelächelt. Sie hatte damals gedacht, sie seien die glücklichsten Menschen auf Erden.

»Was macht er beruflich?«

Rebecca schaute sie prüfend an, doch Cait schien einfach nur neugierig zu sein. Vielleicht wusste sie es wirklich nicht. Rebecca würde es ihr auch nicht sagen. »Ach, er arbeitet für die Regierung. Ich weiß nicht so genau, was. Was ist mit dir?«, wechselte sie rasch das Thema. »Bist du auch verheiratet?«

Cait lachte auf. »Ich? Gott, nein.«

»Du bist wohl noch zu jung.« Die Frauen in Caits Alter waren nicht mehr so wild aufs Heiraten. Ihre eigene Generation war die letzte, die das Lebensmodell ihrer Eltern übernommen hatte: Heirat, Hypothek, Kinder. Leuten in Caits Alter lag weniger daran oder sie hatten, besser gesagt, akzeptiert, dass diese Verheißungen oft leer und unerreichbar waren. Rebecca hatte irgendwo gelesen, dass ihre Generation als erste schlechter dran sei als die ihrer Eltern. Sie hatten die Warnung wohl zu spät erhalten. Caits Generation war da anders. »Hast du einen Freund? Oder eine Freundin?«, fügte sie hastig hinzu.

»Ich lege gerade eine Pause ein, was Beziehungen angeht.«

»Du hast noch viel Zeit.«

»Ja, vielleicht. Wie lange kanntest du deinen Mann, bevor ihr geheiratet habt?«

»Nur ein paar Monate.«

»Jesus. Ich muss sogar Schuhe ein paar Monate tragen, bevor ich weiß, ob sie mir gefallen. Ganz zu schweigen von einem Mann.« Sie zuckte zusammen. »Nicht dass ich deinen Mann mit einem Paar Schuhe vergleichen will.«

»Keine Sorge, ich weiß, was du meinst. Und ja, es ging schnell. Unsere Freunde haben uns damals für verrückt erklärt.«

»Zehn Jahre«, staunte Cait. »Wie alt warst du? Zwölf?«

»Sechsundzwanzig.«

»Nur ein Jahr älter als ich!« Ihr Tonfall machte deutlich, dass es ihr unbegreiflich vorkam. »Gott, das ist ... Ich komme mir vor, als wäre ich gerade erst erwachsen geworden. Ich bin noch immer beeindruckt, wenn ich eine Rechnung pünktlich bezahle oder den Jeep zur Inspektion bringe.«

»Wir waren wohl ziemlich jung, obwohl es sich damals nicht so anfühlte. Ganz im Gegenteil: Wir waren uns ganz sicher, dass wir zusammengehörten.«

»Aber woher wusstest du, dass er der Richtige ist? Dieser Typ, mit dem ich mich neulich mal getroffen habe – ich mag ihn, aber mich hat kein Blitz getroffen. Ich habe immer gedacht, wenn ich den richtigen Mann treffe, ist es wie ein Blitzschlag.«

»Bei uns war es wohl tatsächlich ein bisschen so«, sagte Rebecca. »Manche Leute würden es als Liebe auf den ersten Blick bezeichnen.« Sie erinnerte sich noch an die ersten Wochen, es hatte sich angefühlt, als wäre ihnen das ganze Universum wohlgesonnen. Sie schliefen wenig, gaben sich ganz der Entdeckung ihrer Körper und Köpfe und Herzen hin, als könnte ihnen etwas Kostbares entgehen. Als Patrick ihr bei einer Flasche Ernest & Julio Gallo den Antrag gemacht hatte, in der Hand einen Plastikring aus einem Billigladen, hatte es sich angefühlt, als würden zwei ausgebreitete Arme nur darauf warten, sie aufzufangen.

Rebecca sah zu Cait hinüber. Sie hatte eine Hand lässig am Lenkrad, die andere spielte mit ihren wirren Locken. Sie versuchte, sich in ihr Leben zu versetzen: alleinstehend, auf Trinkgelder angewiesen, lange Fahrten mit Fremden, ungeachtet der Gefahren, die an jeder Ecke lauerten. Rebecca hatte einmal ähnlich gelebt, aber nur darauf gewartet, dass ihr richtiges Leben anfing, und als sie dann Patrick begegnet war, hatte sie es als Zeichen gewertet. Mehr als alles andere hatte sie sich eine Liebe wie die zwischen ihren Eltern gewünscht. Es war ihr peinlich, sich das einzugestehen, und widersprach natürlich allem, wogegen sie und ihre Kommilitonen sich aufgelehnt hatten. Dennoch: Sie wollte immer nur eine Frau sein, die geliebt wurde.

»Wie ist er denn so?«

»Mein Mann?«

Cait nickte.

»Ach, weißt du. Er ist toll. Gewandt. Gut aussehend. Rücksichtsvoll.« Stimmte das? Gewiss, er war gewandt, und niemand konnte bestreiten, dass er gut aussah. Aber konnte sie ihn wirklich noch als rücksichtsvoll bezeichnen? Auf seine Weise, sagte sie sich. Auf seine Weise war er das. »Aber mein Vater hat ihn nie gemocht.«

»Ehrlich? Wie kommt's?«

Rebecca lächelte in sich hinein. »Hast du mal eine Waffe abgefeuert?«

Cait hob die Augenbrauen. »Nein. Wieso?«

Nun war es an Rebecca, überrascht zu sein. »Echt nicht? Du bist doch in Texas aufgewachsen. Ich dachte, das wäre hier eine Art Initiationsritus. Mein Mann stammt aus Texas, und seine Großmutter hat ihn mit einem Gewehr in den Garten geschickt, sowie er es allein halten konnte.«

»Meine Brüder schießen, aber ich wollte es nie lernen. Die

haben mich immer Wehrdienstverweigerer genannt.« Sie hielt inne. »Vermutlich tun sie das immer noch. Aber was hat das damit zu tun, dass dein Vater deinen Ehemann nicht leiden konnte?«

»Mein Dad hat mir mit sechzehn das Schießen beigebracht.«

Cait schüttelte ungläubig den Kopf. »Soll das heißen, ein Mädchen aus Kalifornien hat Schießen gelernt und ich nicht?«

»Er war bei der Marine. Er hielt es für seine Pflicht, mir beizubringen, wie ich mich schützen kann. Hat mir eine Waffe gekauft, als ich einundzwanzig wurde. Eine Smith & Wesson M&P 9 mm.«

»Du machst Witze. Was hast du gesagt?«

»Dass er sie behalten soll. Dass ich auf gar keinen Fall eine Waffe will.« Sie sah noch die hellblaue Schachtel mit der weißen Schleife vor sich. Ihr erster Gedanke war: Tiffany's! Doch dann hatte sie das Päckchen in die Hand genommen, das Gewicht gespürt und ihren Irrtum erkannt. Sie hätte es besser wissen müssen. Ihr Vater war praktisch veranlagt. Er wollte die Menschen, die er liebte, beschützen, nicht verwöhnen.

»War er enttäuscht?«

Sie dachte an das Gesicht ihres Vaters, als sie ihm die Schachtel wieder in die Hand gedrückt hatte, eine seltsame Mischung aus Ärger, Belustigung und Stolz. »Ich weiß nicht, ob er enttäuscht war, überrascht war er jedenfalls nicht. Dieses Geschenk war typisch für ihn. Er wollte, dass ich unabhängig bin, für mich selbst sorgen kann.« Sie lächelte gedankenverloren und fuhr dann fort: »Mein Mann ist einer dieser überlebensgroßen Menschen, und mein Dad hatte immer Bedenken, dass ich mich womöglich in ihm verliere.«

Cait musterte sie. »Und? Hast du?«

Rebecca schaute zum Fenster hinaus. »Das letzte Wort ist noch nicht gesprochen.«

Mike

Alles hatte mit einem Foto begonnen.

Er fuhr gerade durch Austin, um seine Schwester in Abilene zu besuchen, als er an einer Gruppe von Leuten vorbeikam, die Schilder in die Höhe hielten und etwas riefen, das er nicht verstand, weil das Radio zu laut war. Zuerst beachtete er sie nicht weiter. Er interessierte sich nicht für Politik, doch dann bemerkte er auf einem Schild ein Foto, auf dem ein winziges Baby, nicht größer als eine Walnuss, zusammengekrümmt in einem Mülleimer lag. Darüber prangte das Wort MORD, und er dachte an all die Babys, auf die er immer gehofft hatte, bis Bonnie gestorben und sein Herz in tausend Stücke zerbrochen war, und das reichte aus, um anzuhalten. Er parkte am Straßenrand und ging zu einem der Männer, die ein Schild hielten, und erkundigte sich, worum es ging, und der Mann sah ihn feierlich an, wie bei einer Beerdigung, und sagte: »Wir wollen den Mord an Millionen unschuldiger Kinder verhindern.«

Das war ja mal ein ziemlich überzeugendes Argument. Der Typ gab ihm einige Broschüren mit Fotos von wohlgenährten, lächelnden Babys und stellte sich als Ken vor und sagte, das Gebäude sei eine Klinik, in der Frauen ihre ungeborenen Babys umbrachten, und ob er wisse, dass das Herz eines Babys schon mit sechs Wochen zu schlagen beginnt, und angeblich könnten sie schon mit acht Wochen Schmerz empfinden, aber das sei diesen Frauen egal, und die Ärzte da drinnen hätten kein Gewissen, denn wie sonst könnten sie so etwas Schreckliches tun? Ein Baby aus dem Leib seiner Mutter zu reißen, es mit einer Schere zu zerschneiden und auf den Müll zu werfen, als wäre es Abfall. Als wäre das Leben gar nichts wert.

Mike musste an Bonnie denken und wie sie ihn immer zum Abschied geküsst hatte, wenn sie das Haus verließ, ja sogar das Zimmer. Dass der Mann, der sie getötet hatte, auch gedacht haben musste, dass das Leben nichts wert sei, als er sich hinter das Steuer gesetzt hatte, obwohl er die Promillegrenze um das Dreifache überschritten hatte – genau das hatte der Polizeibeamte beim Prozess gesagt, die Promillegrenze um das Dreifache überschritten –, und mit hundertzwanzig auf der falschen Straßenseite gefahren und geradewegs in Bonnies Auto gerast war.

Sein Gesicht sprach wohl Bände, denn Ken legte ihm die Hand auf den Arm und drückte ihn, und als er ihm wieder in die Augen sah, las er Verständnis in ihnen, was selten vorkam. Die meisten Leute verstanden nicht, wie er sich fühlte. Sie bemühten sich, das schon: Bonnies Freundinnen hatten ihn nach ihrem Tod ein paar Monate lang mit Essen versorgt, und seine eigenen Freunde waren fast jeden Abend mit einem Sixpack vorbeigekommen, doch er hatte gemerkt, dass sie seinen Schmerz nicht verstehen wollten, weil es ihn real gemacht hätte, und das hätte bedeutet, dass es ihnen auch widerfahren könnte, und daran wollten sie nicht denken. Das konnte er verstehen. Er hatte auch nicht daran denken wollen, dass so etwas geschehen konnte, aber es war geschehen, also blieb ihm keine andere Wahl.

Ken war ein netter Typ, der in Morgan City in Louisiana aufgewachsen war, wo Mikes Onkel in den Neunzigern eine Zeit lang gewohnt hatte, bis er die Nase voll hatte vom ewigen

Hochwasser und nach Norden gezogen war. Sie unterhielten sich eine Weile über den Morganza-Überlauf und ob er eine Verschwendung von Steuergeldern sei und wie die Saints in der letzten Saison mehr hätten herausholen können, aber die Spieler seien ja noch jung, und dann rollte ein Jeep auf die Klinik zu, und die Menge flutete nach vorn, und alle schrien gleichzeitig und schwenkten ihre Schilder, und das Mädchen, das am Steuer saß – sie konnte kaum älter als zwanzig sein –, zeigte ihnen den Finger und fuhr weiter. Fuhr fast eine arme Frau um, die nur ihren Widerwillen über das, was im Gebäude vorging, ausdrücken wollte, was immer noch ihr gutes Recht als Amerikanerin war.

Sie sahen zu, wie das Mädchen an der Fahrerseite ausstieg und zur Beifahrertür ging und einer Frau heraushalf, die ihren Mantel über den Kopf gezogen hatte, damit keiner ihr Gesicht sah, und das Mädchen und zwei Frauen in Sicherheitswesten schoben sie durch die Tür der Klinik, und keine von ihnen hörte den Leuten draußen zu oder schaute sich die Fotos der unschuldigen Babys an oder beachtete sie überhaupt in irgendeiner Weise, sie gingen einfach mit gesenkten Köpfen rein, als könnten sie es gar nicht erwarten, noch ein Baby zu ermorden. Als wäre es ihnen völlig egal.

Er hatte genug gesehen. Er nahm die Broschüren und Kens Telefonnummer und gab den Leuten, die in der brütenden Hitze draußen standen, die Hand, und versprach ihnen, dass er das alles nachlesen und vielleicht beim nächsten Mal dabei sein würde. Das waren solche netten Leute. Sehr herzlich, was heutzutage selten vorkam.

Seine Schwester war nicht sonderlich erfreut, als er nach dem Essen die Broschüren herausholte und darin blätterte. Sie sagte, es wären Fanatiker, und die hätten kein Recht, über ihren Körper zu bestimmen, und dass sie diese Propaganda nicht im Haus haben wolle und dass Bonnie ganz ihrer Meinung gewesen wäre, was ihn so richtig wütend machte, denn warum musste sie Bonnie da mit reinziehen? Wie konnte sie behaupten, mehr über seine Frau zu wissen als er selbst?

Er hätte ihr eine ganze Menge sagen können, doch stattdessen stand er vom Sofa auf, gab seinem Schwager die Hand und sagte ihm, er solle seinen Nichten beim Frühstück einen Kuss von ihm geben, und dann ging er zur Tür raus, wobei ihn seine Schwester erst anschrie und dann sagte, er solle doch kein Idiot sein, es sei dunkel und auch viel zu spät, um den weiten Weg bis Columbus zu fahren, aber er drehte sich nicht mal zu ihr um, weil er so wütend war. Noch nie in seinem ganzen Leben war er so wütend gewesen. Auf der Heimfahrt musste er immer wieder daran denken und an die Fotos auf den Schildern, die Fotos der armen hilflosen Babys, und an das Mädchen, das den Jeep gefahren hatte, und wie sie ihnen allen die kalte Schulter gezeigt hatte, als wären sie gar nicht da.

Am nächsten Morgen rief er Ken an und nahm sich vor, am nächsten Wochenende nach Austin zu fahren.

Er gewöhnte sich ziemlich schnell an den neuen Rhythmus. Samstagsmorgens stand er früh auf, fuhr zur Tankstelle, tankte voll, schüttete sich ein paar Becher Kaffee in die Thermosflasche und machte sich auf den Weg. Meistens fuhr er nach Austin, wo Ken und der Rest der Gruppe sich vor dem Eingang der Klinik versammelten.

Betsy backte immer was für sie, Cookies oder Brownies – etwas Süßes zur Stärkung –, und reichte sie herum, während sie auf den ersten Wagen warteten. Diese Augenblicke mochte er am liebsten. Witzigerweise erinnerten sie ihn an die Stimmung in der Umkleidekabine vor einem großen Spiel. Er hatte auf der Highschool Football gespielt – war im dritten Jahr sogar in der Schulmannschaft gewesen – und hatte immer die Minute geliebt, bevor sie das Spielfeld betraten und er die Menge johlen hörte und sich die Cheerleader vorstellte, wenn der Trainer mit ihnen einen Kreis bildete und die Erwartung wie dichter Dampf von ihm und seinen Teamkameraden aufstieg. Das war der beste Augenblick überhaupt, da konnte nicht einmal ein Sieg mithalten, denn da waren sie noch strahlend und vollkommen, und sobald sie das Spielfeld betraten, verblasste der Glanz.

Klar, er hatte seinen Job, aber das war nicht das Gleiche. Da gab es noch den Boss über ihm, der sich in sein Büro zurückzog und die Tür zumachte, und es gab die Typen unter ihm, die aufhörten zu witzeln, wenn er auftauchte, und sich plötzlich ernst und fleißig gaben. Seine Leute mochten ihn – er war freundlich, faltete sie nur zusammen, wenn es gar nicht anders ging, gab ihnen Urlaub, wann sie wollten –, doch er gehörte eben nicht zum Team.

Der einzige Mensch, der zu seinem Team gehört hatte, war Bonnie. Sie waren ein Zweierteam gewesen – sie brauchten niemand sonst. Immer wieder hörten sie Bemerkungen, es sei nicht normal, dass zwei Menschen ihre ganze Zeit miteinander verbrachten. »Habt ihr denn keine Freunde?«, hatte seine Schwester mal gefragt, und er und Bonnie hatten einander nur lächelnd angesehen. Wozu brauchte er Freunde, wenn der einzige Mensch, mit dem er Zeit verbringen wollte, Bonnie war?

Wenn er samstagsmorgens dort stand, die Luft noch kühl, den Atem als Wölkchen vorm Gesicht, in einer Hand die Thermosflasche mit Kaffee, in der anderen einen von Betsys Brownies in einer Papierserviette, fühlte er sich wieder als Teil von etwas Größerem, als Teil eines Teams, das sich zu einem Kreis zusammendrängte, kampfbereit und erwartungsvoll.

Er bezweifelte, dass andere Leute das verstanden, besser gesagt, dass seine Schwester es verstand. Nach dem Streit hatte er sie ein paar Tage lang nicht angerufen. Sie war immer ein Hitzkopf gewesen – als Kind hatte ihre Mutter sie in den Garderobenschrank gesteckt, wenn sie einen Tobsuchtsanfall hatte, weil die Mäntel ihren Kopf schützten, wenn sie mit dem Kopf gegen die Wand schlug. Er hatte mit den Jahren gelernt, dass sie mindestens drei Tage brauchte, um sich abzukühlen.

Sein eigener Zorn war verflogen, sowie er zu Hause angekommen war. Er hatte sich aufgelöst wie ein Alka-Seltzer, und er hatte nur noch seinen leeren Magen und ein vages Bedauern gespürt. Er brachte seine Schwester ungern auf die Palme. Er brachte niemanden gern auf die Palme.

Als er sie schließlich angerufen hatte, merkte er sofort, dass er recht gehabt hatte: Sie war nicht mehr sauer. Sie erzählte ihm eine lange Geschichte: dass ihr Hund von einem Stinktier besprüht worden sei und ihr Sohn den Hund in Tomatensaft habe baden wollen und der Hund sich geschüttelt und das ganze Badezimmer mit Tomatensaft vollgespritzt habe, und wie sollte sie den jetzt bitte von der Decke kriegen? Er hatte gesagt, dass sie es beim nächsten Mal mit Essig versuchen solle, und sie hatte gesagt: »Ich hätte dich gleich anrufen sollen, du kennst dich ja mit solchen Sachen aus«, und da wusste er, dass sie ihm verziehen hatte. Darum hatte er auch verneint, als sie gefragt hatte, ob er zu einer dieser dämlichen Demos gegangen sei, und dass er es auch gar nicht vorhabe, obwohl er sich drei Abende hintereinander die Internetseiten angeschaut hatte, die Ken ihm empfohlen hatte, und er Ken schon eine SMS geschickt hatte, dass er nächsten Samstag dabei sein werde.

Seine Schwester hatte nämlich ihr eigenes Team. Sie hatte ein ganzes gottverdammtes Footballteam: ihren Mann und die Kinder und den Hund und ihre Schulfreundinnen und ihre Freundinnen von der Arbeit und ihre Freundinnen von Gott weiß woher. Seine Schwester fand problemlos Freunde, und das erklärte vielleicht auch, warum sie nie ihr Temperament gezügelt hatte: Es wartete schon immer jemand Neues, um ihr zu sagen, wie toll sie war.

Bei ihm war das anders. Er hatte nur das Footballteam gehabt und dann Bonnie und dann niemanden mehr. Bis Ken und Betsy und alle anderen, die sich samstagsmorgens vor der Klinik versammelten, ihn mit offenen Armen aufgenommen und in ihren Kreis eingeladen hatten. Etwas, das ihm schon so lange gefehlt hatte, war endlich wieder da.

Am Stadtrand von Yeso, New Mexico
237 Kilometer bis Albuquerque

Am Horizont tauchten eckige Umrisse auf. Yeso war eine Geisterstadt, fast verlassen und ausgesprochen gruselig. Cait erinnerte sich von früheren Fahrten gut an den Ort. Sie wusste auch, dass die Stadt genau auf halbem Weg nach Albuquerque lag.

Sie hatte erwartet, Rebecca würde sich ein bisschen öffnen, nachdem sie mit ihr über den Tankwart gelacht und eine Weile vertrauensvoll die Augen geschlossen hatte. Cait wendete die Taktik an, die sie gelernt hatte, als sie während ihrer Highschool-Zeit bei *The Catch* in der Küche gejobbt hatte: das Messer an der Muschelschale entlanggleiten lassen und den Muskel lockern. Sanft, ganz sanft. Bloß nicht die Schale zerbrechen.

Aber dann hatte sie Rebeccas Ehemann erwähnt, und sie hatte wieder dichtgemacht.

Allmählich lief ihr die Zeit davon.

Das ganze Affentheater war ohnehin lächerlich. So zu tun, als wüsste sie nicht schon aus dem Internet, dass Rebecca mit Patrick McRae verheiratet war, der sich um einen Sitz im Senat bewarb und den die *Washington Post* als »elektrisierend« beschrieben hatte.

Der Mann, der in ihrem Leben eine Atombombe gezündet hatte.

Zwei Monate zuvor

Cait wachte auf, weil ihr Handy summte. Sie schaute im Dämmerlicht aufs Display und entdeckte neun verpasste Anrufe, dreizehn SMS und zahllose WhatsApp-Mitteilungen. Immer mit derselben Frage: »Hast du das Video gesehen?«

Alyssa hatte einen Link geschickt. Cait schlurfte in die Küche, stellte den Wasserkessel auf den Herd und drückte auf Play.

Jemand aus dem Publikum hatte mit dem Handy gefilmt. Das Bild wackelte, wann immer Applaus aufkam. Ein Mann im Anzug stand auf der Bühne, die Krawatte gelockert, die Haare dunkel vom Schweiß. Als das Video begann, war er schon in vollem Gange und seine Stimme steigerte sich, bis er zur Pointe kam. »Das steht unserem Land zu, weniger wird nicht akzeptiert!«

Die Menge tobte.

Der Kessel pfiff.

Cait goss kochendes Wasser in die Stempelkanne und fragte sich, warum zum Teufel alle wollten, dass sie sich diesen Typen anschaute. Sie drückte Pause, während sie ihren Kaffee machte. Es war eine ihrer kleinen Freuden im Leben, morgens in der winzigen dottergelben Küche zu sitzen und einen guten Kaffee zu trinken. Dabei würde sie sich nicht hetzen lassen.

Sie trank einen Schluck und drückte wieder auf Play. Der Mann im Anzug erwachte zum Leben. Eine Frage aus dem Publikum. »Kongressabgeordneter McRae, was halten Sie von der MeToo-Bewegung?«

»Nun, Sir, ich hatte das Glück, von einer starken Frau großgezogen worden zu sein, und jetzt bin ich mit einer verheiratet.« Er nickte zu der hübschen Blondine, die hinter ihm stand. »Ich glaube, Frauen verdienen Respekt, und ich glaube auch, dass jeder Mann, der eine Frau vergewaltigt oder sexuell angreift, weniger wert ist als ein Hund.« Er wartete den Applaus ab. »Allerdings denke ich auch, dass manche Leute ein bisschen zu weit gehen. Meiner Ansicht nach ist jeder Mensch – Mann, Frau, homosexuell, heterosexuell, schwarz, weiß – für seine eigenen Handlungen verantwortlich und auch für deren Konsequenzen. Zu oft erlebe ich, dass die Namen anständiger, ehrlicher Menschen im Internet und in den sozialen Medien in den Dreck gezogen werden. Diese Dinge machen es einem allzu leicht, mit dem Finger auf jemanden zu zeigen und – bumm!« Er beschrieb mit den Händen einen Atompilz. »Das ganze Leben geht in Rauch auf. Falls jemand etwas falsch gemacht hat, muss derjenige bestraft werden, aber hier in Amerika gilt immer noch der Grundsatz der Unschuldsvermutung. Wir stehen für einen respektvollen Umgang miteinander. Wir glauben, dass beide Seiten einer Geschichte gehört werden müssen, bevor wir den Ruf eines Menschen zerstören.«

Cait stellte ihren Kaffee ab. Sie hatte ein ungutes Gefühl im Magen. Sie wusste, was als Nächstes kam. Es war, als raste ein Güterzug auf sie zu, während sie an die Gleise gefesselt war.

»Nehmen wir den Fall des Musikers Jake Forsythe. Ich kenne Jake, bin seit Langem ein großer Fan seiner Musik und versuche immer, seine Konzerte in Austin zu besuchen. Nun kann ich zwar nicht behaupten, dass ich wüsste, was in jener

Nacht zwischen ihm und dem Mädchen vorgefallen ist. Vielleicht hat er tatsächlich eine Grenze überschritten. Vielleicht hat er etwas getan, das ihr nicht gefallen hat. Vielleicht, Gott behüte, hat er ihr sogar wehgetan, obwohl ich glaube, dass es keine Absicht gewesen wäre. Ich weiß es nicht. Das weiß keiner von uns, sondern nur die beiden Menschen, die an jenem Abend in ebenjenem Schlafzimmer waren. Allerdings hat Jake mir erzählt, dass sie ihm nie die Gelegenheit gegeben hat, sich zu rechtfertigen oder sich für das Geschehene zu entschuldigen. Sie ist aus seinem Bett gestürzt und hat ihre Geschichte ins Internet gestellt, wo ihn die öffentliche Meinung gehängt und gevierteilt hat. Am meisten stört mich daran, dass sie es anonym getan hat, sodass man sie nicht dazu befragen oder ihre Glaubwürdigkeit überprüfen kann.« Er fuhr sich mit der Hand durch die Haare und schüttelte den Kopf. »Ich behaupte nicht, dass sie lügt, aber etwas daran gefällt mir nicht. Ich finde, wenn man jemanden öffentlich eines Vergehens beschuldigt, sollte man zu seinen Worten stehen. Ich persönlich glaube, dass vernünftige Erwachsene ihre Schlafzimmerangelegenheiten – außer bei einem Verbrechen – für sich behalten sollten, statt sie im Internet vor Fremden breitzutreten.« Er holte tief Luft. »Ich glaube an Frauen, und ich glaube auch, dass Männer, die Frauen nachweislich verletzen, dafür bestraft werden müssen. Aber ich glaube ebenso an Verantwortung und Höflichkeit und das Recht auf Privatsphäre, auch in unseren Schlafzimmern. Denn wenn wir das alles aufgeben«, erneutes Kopfschütteln, »geben wir die höchsten Prinzipien auf, die uns als Nation vereinen.«

Der Applaus war ohrenbetäubend. Wer immer es gefilmt hatte, klatschte so sehr, dass das Handy zu Boden fiel. Das Video endete abrupt.

Sie schaute auf den Zähler in der Ecke. 700 000 Klicks, und es wurden ständig mehr.

Yeso, New Mexico
226 Kilometer bis Albuquerque

Sie kamen an einem ausgebrannten Schuppen vorbei, dessen geschwärzte Fenster sie blicklos anstarrten. Vor der vernagelten Haustür stapelten sich aufgerollte Gummischläuche. Niedrige Backsteinbunker verfielen neben der Straße, die Metalltüren waren verrammelt und verrostet und mit verblichenen Graffiti besprüht.

Rebecca wirkte im Mondlicht ziemlich blass. »Wo sind wir hier?«

»Im Dorf der Verdammten. Keine Sorge, wir sind gleich durch.«

Sie kamen an einer baufälligen Scheune vorbei, deren Tür schräg in den Angeln hing, der Holzrahmen ausgeblichen im Scheinwerferlicht. Davor verharrte ein Traktor schräg auf dem einzigen verbliebenen Reifen. »Sieht aus, als wäre der Ort an einem einzigen Tag ausgelöscht worden«, sagte Rebecca staunend. Eine Fabrik tauchte vor ihnen auf, der Betonschornstein rissig und schief. Auch sie war verlassen. »Ob die Fabrik dichtgemacht hat?«

»Kann sein. Ich bin schon ein paar Mal hier durchgekommen und habe nie Anzeichen von Leben bemerkt.«

Rebecca erschauerte.

Sie kamen am ehemaligen Postamt vorbei. Das aufgemalte

Hinweisschild war zu einem Schmierfleck verblasst. Hier hatten sie nichts zu suchen, ganz im Gegenteil. Es fühlte sich an, als würde etwas sie beobachten. Etwas, nicht jemand.

»Bloß weg hier«, flüsterte Rebecca.

Cait gab Gas. Sie erreichten den Stadtrand. Noch ein letztes Gebäude, dann wären sie wieder in der kalten, leeren Wüste.

Sie fuhren an einem Holzhaus vorbei, dessen Veranda in den Boden sackte. Zwei Schaukelstühle standen darauf, reglos in der windstillen Nacht. Wenn man die Augen zusammenkniff, konnte man sich vorstellen, wie es einmal ausgesehen haben mochte: ein überdimensionales Puppenhaus mit Spitzenvorhängen und bunt bemaltem Holz, das einen reizenden, folkloristischen Charme verströmte.

Nun aber sah es aus wie der Rest der Stadt: gähnende Fensterhöhlen und ein windschiefes Dach, die Farbe von der erbarmungslosen Wüstensonne weggefressen, das Holz gesplittert und morsch. Vergessen und ungeliebt.

In einem Fenster flackerte eine einzelne Kerze.

»Da wohnt doch niemand mehr, oder?«

Cait zuckte mit den Schultern. »Keine Ahnung. Aber irgendjemand muss die Kerze ja angezündet haben.«

»Jesus.«

Plötzlich tauchten Scheinwerfer hinter dem Haus auf.

»Jemand ist wach.« Cait schaute in den Rückspiegel.

Die Scheinwerfer färbten den schwarzen Asphalt silbergrau.

»Wer ist das?« Panik stahl sich in Rebeccas Stimme.

»Keine Ahnung.«

Cait trat aufs Gaspedal. Das Häuschen war bald verschwunden, doch die Scheinwerfer blieben unbeirrbar hinter ihnen.

»Vielleicht haben wir ihn geweckt«, sagte sie. Ihr Herz hämmerte in der Kehle. Sie konnte die Motorhaube des Autos nicht sehen, weil die Scheinwerfer sie blendeten, doch sie ahnte etwas.

Rebeccas Gesicht war eine Maske des Entsetzens, sie hatte die Hände zu Fäusten geballt. »Kannst du was erkennen?«

Cait sah wieder in den Rückspiegel. »Nein. Gar nichts.«

Die Scheinwerfer kamen nicht näher. Zehn Minuten vergingen, dann eine Viertelstunde. Der Abstand blieb konstant.

»Womöglich hat derjenige was zu erledigen.« Caits Stimme klang seltsam in ihren Ohren, hoch und ein bisschen gepresst.

»Um diese Uhrzeit?«

»Vielleicht ein Notfall. Es ist ja nicht so, als gäbe es hier was zu kaufen.«

»Wie schnell fährst du?«

Cait schaute auf den Tacho. »Knapp hundert.« Der Motor brummte unter ihren Füßen.

»Wenn es ein Notfall wäre, hätten sie uns längst überholt. Die Straße ist leer – der könnte viel schneller fahren.«

»Was weiß ich«, knurrte Cait. »Keine Ahnung, was der da macht. Keine Ahnung, ob er uns ermorden oder zur Apotheke will oder einfach nur beschlossen hat, um fünf Uhr morgens eine Spritztour zu unternehmen. Ich weiß es nicht, okay?« Sie schloss einen Moment die Augen. »Tut mir leid. Ich wollte nicht – ich habe nur …«

»Angst.«

Cait nickte.

»Ich auch.«

Sie schauten wieder in den Rückspiegel. Die Scheinwerfer waren immer noch da, beobachtend, abwartend.

»Wie weit ist es wohl noch bis zur nächsten Stadt?«

Cait zuckte mit den Schultern. »Ich bin mir nicht sicher. Vielleicht eine halbe Stunde.« Der Tank, der sich auf unerklärliche Weise geleert hatte. Der Pick-up, der sie von der Straße drängen wollte. Der gruselige Tankwart, der Mann aus dem Restaurant … Sie hätte längst die Straße verlassen müssen. Sie fuhren seit Stunden wie lebende Zielscheiben durch die Gegend, und Cait hatte nichts unternommen, um Rebecca zu beschützen. Dabei war das ihre einzige Aufgabe. Und die hatte sie alles andere als gut erfüllt. »Hast du Netz?«

Rebecca holte ihr Handy aus der Tasche. »Nein.«

Die Stille senkte sich über sie, man hörte nur die beiden Motoren und das leise Rauschen des Radios. Und jede lauschte bang ihrem eigenen Herzschlag.

Zwei Monate zuvor

Rebecca wusste, dass sie ihn nicht hätte kaufen sollen.

Sie war bei Target, um Süßigkeiten für Halloween zu besorgen. Es war unwahrscheinlich, dass Kinder vorbeikamen – heutzutage lief das organisierter ab, die Eltern ließen ihre Kinder nur zu Leuten gehen, die sie kannten, und nicht an jede Tür in der Nachbarschaft klopfen, wie sie es früher gemacht hatte. Trotzdem wollte sie gerüstet sein. Sie wollte den Kindern auf gar keinen Fall zerknitterte Dollarscheine als Trostpreis geben. Oder, schlimmer noch, einen Apfel.

Insgeheim wünschte sie sich, dass ein ganzer Haufen Kinder vorbeikäme. Sie hatte sogar einen Kürbis vor die Tür gestellt und dafür gesorgt, dass im Haus Licht brannte, damit alle wussten, dass sie daheim war. Sie wollte die Tür aufmachen und einen ganzen Haufen Kinder mit roten Wangen sehen, verkleidet als kleine Einhörner und Cowboys und Prinzessinnen und Dinosaurier, die ihr die Eimerchen in Kürbisform entgegenstreckten. Sie wollte die Eltern dahinter sehen, ermattet und mit schmerzenden Füßen, die sich wegen zu viel Zucker und zu wenig Schlaf sorgten und trotzdem ihren Spaß hatten. Sie stellte sich vor, wie sie in ein paar Jahren mit ihrem eigenen Kind dabei wäre, das als Erbsenschote oder *Mein kleines Pony* oder was auch immer verkleidet war.

Sie war wieder schwanger. Sie hatte den Test in dieser Woche gemacht, hatte auf dem kalten Badezimmerboden gehockt und zugesehen, wie die beiden blauen Linien erschienen. Am selben Tag hatte sie einen Arzttermin vereinbart, und auch die Blutuntersuchung war positiv ausgefallen. »Sie sind ganz am Anfang«, hatte der Arzt gesagt, »erst ein paar Wochen.« Er behandelte sie seit zwei Jahren und musste sie daher nicht warnen, sich falsche Hoffnungen zu machen.

Sie warf eine Tüte Snickers in den Einkaufswagen, bevor ihr einfiel, dass viele Kinder eine Erdnussallergie hatten, und tauschte sie gegen andere Riegel aus. Sie kaufte einen neuen Kaffeebecher, weil sie einen zerbrochen hatte, mehrere Rollen Küchentücher und eine Tube Zahnpasta. Sie schob den Wagen wie auf Autopilot, kannte den Supermarkt wie ihre Westentasche.

Sie mied die Babyabteilung, hatte aber das gefährliche Niemandsland an den Kassen vergessen. Die Weihnachtsdekoration war schon im Angebot, und neben der Kasse stand ein ganzer Behälter voller Plüschtiere. Die meisten waren etwas unheimlich aussehende Weihnachtsmänner, aber es gab auch Rentiere und Eisbären mit gestreiften Schals.

Dem Eisbären konnte sie schließlich nicht widerstehen. Sie hatte als Kind einen Teddybär gehabt, braun mit strubbeligem Fell und schwarzen Knopfaugen, und ihr Baby sollte auch einen Bären bekommen. Sie legte einen aufs Kassenband. Als sie die Tüte zu Hause auspackte, nahm sie den kleinen Bären in die Hand und streichelte das weiche weiße Fell, bevor sie ihn in einer Schublade im Gästezimmer verstaute. Im Kinderzimmer, wie sie insgeheim dachte.

Sie zeigte ihn Patrick nicht, als er von der Arbeit kam. Sie waren beide angespannt, schlichen auf Zehenspitzen um den winzigen Samen herum, der in ihr keimte, sorgten sich, dass eine falsche Bewegung alles verändern könnte. Aus Aberglauben hatte keiner von ihnen das Wort »schwanger« in den Mund genommen. Stattdessen nannten sie es ihre »Lage« oder ihren »Zustand«. Mit dem Eisbären forderte sie das Schicksal heraus. Das wusste sie nur zu gut und auch, dass Patrick es genauso sehen würde. Also blieb der Bär in der Schublade.

Seit das Video viral gegangen war, hatte er kaum noch Zeit zum Durchatmen. Natürlich war er begeistert über die Schwangerschaft – er hatte geweint, als er davon erfuhr –, doch seine Aufmerksamkeit wurde von so vielen Dingen in Anspruch genommen. Gestern Abend war er nach New York geflogen und hatte ein Interview in der *Today Show* gegeben. Normalerweise hätte es ihr nicht gefallen, dass er so viel unterwegs war, doch diesmal freute sie sich für ihn. Denn es war ja nicht so, als ließe er sie ganz allein. Ihr Baby war bei ihr. Und diesmal war sie ganz sicher, dass ihr Baby bei ihr bleiben würde.

Jeden Morgen holte sie den Bären aus der Schublade und nahm ihn in den Arm. Sie stellte sich vor, wie er an den Hals ihres Babys geschmiegt lag oder wie die Kleine ihn in ihren pummeligen Fingerchen hielt. (Sie hatte beschlossen, dass das Baby ein Mädchen war. Auch das hatte sie Patrick nicht gesagt.) Eines Tages würde ihre Tochter dem Bären einen Namen geben – etwas Einfaches wie Flocke –, und sie würde weinen, wenn er verloren ging, und vor Freude jubeln, wenn Rebecca ihn unter dem Sofa fand. Sie stellte sich vor, wie sie einen Schmutzfleck aus dem weißen Pelz rubbelte, bevor sie ihrer Tochter den Bären zurückgab, und wie die Augen ihrer Tochter – kornblumenblau wie Patricks – sie anstrahlten.

Nach ein paar Minuten zwang sie sich, den Bären wieder in die Schublade zu legen. Sie musste sich die Augenblicke der Freude sorgsam einteilen, womöglich waren sie wieder nicht von Dauer. Sie hoffte, damit die Trauer lindern zu können, falls sie das Kind verlieren sollte, so als wäre die Trauer ein Fluss, den man eindämmen und in Schach halten konnte, und kein wilder, weiter, unbezähmbarer Ozean.

Doch insgeheim wusste sie, dass man ihr dieses Baby nicht rauben würde. Dieses Baby – dieses kleine Mädchen – dürfte sie behalten.

Am Stadtrand von Yeso, New Mexico 208 Kilometer bis Albuquerque

»Na los, Baby«, murmelte Cait. Rebecca verfolgte mit, wie sich die Tachonadel nach rechts bewegte. Bald fuhren sie über hundert. Der Pick-up blieb hinter ihnen, die Scheinwerfer tauchten den Innenraum des Jeeps in ein grelles, blendendes Licht, das die Windschutzscheibe milchig und undurchsichtig machte.

Plötzlich knirschte Metall auf Metall, ein entsetzliches Geräusch. Der Pick-up rammte sie, sodass sie ins Schleudern gerieten und aufs Bankett rutschten.

»Scheiße!« Cait lenkte dagegen. Die Reifen drehten durch, wirbelten Staub auf, bevor sie wieder Grip hatten. Die Scheinwerfer wichen zurück. Cait trat das Gaspedal durch. Der Motor heulte auf.

Wieder schaute Rebecca in den Rückspiegel. Sah nichts als die von Lichthöfen umgebenen Scheinwerfer, die schnell wieder näherkamen.

Ein heftiger Ruck, als der Pick-up sie erneut erwischte. Der Jeep stöhnte, die Räder rutschten über die Fahrbahn.

Rebecca stieß einen Laut aus, halb Schluchzen, halb Wimmern. Sie suchte den Horizont ab. Nichts als Gebüsch, das lang gestreckte Band der Straße und der weite schwarze Himmel. Kein Auto, dem sie mit Lichthupe ein Zeichen hätten geben können.

Es gab keinen Ausweg.

Rebecca hatte es geahnt, sowie die Scheinwerfer aufgetaucht waren, auch wenn sie den Wagen im Dunkeln nicht erkennen konnte. Es war derselbe Pick-up, der sie vorhin schon von der Straße gedrängt hatte. Und er war zurückgekommen, um sie zu holen.

Sie hatte geglaubt, ihr bliebe mehr Zeit, hatte nicht damit gerechnet, dass sich die Maschinerie so schnell in Gang setzen würde. Doch ein Blick zurück zu den Scheinwerfern machte ihr klar: Ihre Zeit war abgelaufen.

In diesem Augenblick wünschte sie, sie könnte beten, an irgendetwas glauben. Doch sie konnte es nicht. Darum war sie ja hier draußen. Sie wusste, dass kein Wunder auf sie wartete, so flehentlich sie auch darum bitten mochte.

Sie stellte sich vor, sie wäre wieder in der Kirche, die nach Weihrauch und Holzpolitur roch, ihre Mutter kniete neben ihr, die Hände fest gefaltet. Ihre Mutter hatte die ganze Krankheit hindurch an ein Wunder geglaubt, hatte die Versprechungen eines jeden Quacksalbers für bare Münze genommen, hatte das Haus mit Kerzen und Kristallen und Tee gefüllt, der nach Schwefel stank und sie würgen ließ, wenn sie davon trank. »Ich spüre schon, wie es wirkt!«, hatte sie nach jeder neuen Kur verkündet, die Augen fiebrig und übergroß, aber in Wahrheit fühlte sie sich nicht besser, und selbst wenn, es *ging* ihr nicht besser. Nachdem sie gestorben war, hatte ihr Vater den ganzen Kram wortlos in den Müll geworfen.

Wieder stieß der Pick-up gegen die Stoßstange. Glas splitterte, als ein Rücklicht herausbrach. Er spielte mit ihnen. Ließ sich Zeit. Hatte seinen Spaß daran.

Rebecca spähte nach hinten, versuchte das Gesicht des Fahrers zu erkennen. Doch hinter der Windschutzscheibe war alles dunkel.

Zwei Monate zuvor

Die Nachricht ihrer Redakteurin war kurz und bündig. »Ruf mich an. Es gibt ein Problem.«

Cait wählte die genannte Nummer, ihr war ganz schlecht vor Angst. Die Redakteurin meldete sich gleich beim ersten Klingeln.

»Ich habe schlechte Neuigkeiten.«

In den vergangenen vierundzwanzig Stunden war Patrick McRaes Rede viral gegangen. Sie hatte jetzt über drei Millionen Klicks, und es wurden ständig mehr. Die Leute schrieben, sie habe ihn »zum Star gemacht«, und priesen ihn als Helden. »Patrick McRaes starke Antwort auf die MeToo-Ära« titelte das *Wall Street Journal*, und *Fox News* feierten ihn als Retter. »Endlich«, jubelten die Moderatoren, »ist jemand mit gesundem Menschenverstand bereit, ein offenes Wort zu sprechen.« Die Kommentare schossen wie Pilze aus dem Boden. »Umfragen zeigen, dass die Mehrheit der Frauen McRae zustimmt.« Sie brauchten nicht hinzuzufügen, dass das auch für die Mehrheit der Männer galt. Das verstand sich von selbst.

Cait hatte die rasante Entwicklung geradezu ehrfürchtig verfolgt. Das ganze Theater wegen etwas, das sie in kaum zwanzig Minuten für eine Website runtergenudelt hatte, die Artikel über die zehn Pflegeschritte zur perfekten Haut brachte. Die

Geschichte war in die landesweiten Nachrichten gelangt, die Startrampe für jede politische Karriere, und sie zapfte noch immer während der Happy Hour Bier für einen Dollar. In gewisser Weise fand sie es lustig. Die ganze Sache war doch absurd. Eine Farce.

Doch die Stimme ihrer Redakteurin verriet, dass ihr das Lachen gleich vergehen würde.

»Man hat uns gehackt.«

»Was heißt das?« Doch sie ahnte es schon.

»Die wissen, wer du bist, Cait. Es tut mir so leid.«

Damit war ihr Leben, wie sie es gekannt hatte, vorbei.

Sie löschte sofort ihre Accounts bei Twitter und Instagram, aber sie waren schon jetzt mit Nachrichten überflutet. Ihr Twitter-Feed war voller Trolle, die ihr den Tod wünschten, aber die Kommentare auf Instagram schmerzten noch mehr. Fremde posteten Kommentare unter alte Urlaubsfotos, nannten sie fett und hässlich. »Ich kann nicht glauben, dass Jake Forsythe mit so ETWAS Sex gehabt haben soll. Er muss sturzbetrunken gewesen sein.« »Kein Wunder, dass sie sich all die LÜGEN ausgedacht hat. Wie sonst sollte eine Schreckschraube wie die einen abbekommen?«

Die vertrauten Gefühle überkamen sie. Scham. Zorn. Scham. Verzweiflung.

Es gab schon einen eigenen Thread auf *4chan*, der nur ihr gewidmet war. 4chan/Caitlyn_Monaghan. Sie scrollte zu den Kommentaren und wollte den Zorn heraufbeschwören, den sie beim letzten Mal empfunden hatte, doch als sie ihren Namen überall auf der Seite sah, bekam sie es mit der Angst zu tun. Zehntausende Fremde lechzten nach ihrem Blut. Leute wollten wissen, wo sie wohnte, wo sie arbeitete. »Wir finden die Schlampe und sorgen dafür, dass sie bezahlt.«

Da begriff sie, dass es diesmal anders laufen würde. Ihr Artikel generierte nicht einfach Klickzahlen, wurde nicht nur gelesen, gehasst und schnell wieder vergessen. Die wussten jetzt, wer sie war, und hassten sie mehr denn je.

Das war etwas Großes. Es war gefährlich.

Vor Vaughn, New Mexico
205 Kilometer bis Albuquerque

Cait konnte den Blick kaum vom Rückspiegel lösen. Der Pick-up war nur noch wenige Wagenlängen hinter ihnen, immer noch nah genug, um den Jeep mit seinem Scheinwerferlicht zu erreichen. Sie mussten dringend Abstand herstellen.

Die Gabelung kam näher. Cait dachte fieberhaft nach. Falls der Fahrer es auf sie abgesehen hatte – und dessen war sie sich mittlerweile sicher –, kannte er womöglich ihre Route nach Albuquerque. Er würde damit rechnen, dass sie auf der 60 blieb und durch die Stadtmitte von Vaughn fuhr. Sie erinnerte sich an den Ort, er war gar nicht mal so klein, es gab einige Motels und Tankstellen.

Vielleicht konnte sie an einer Tankstelle halten und um Hilfe bitten, doch falls der Typ im Pick-up bewaffnet war, konnte er sie erschießen, noch bevor sie den Verkaufsraum erreicht hätten. Sie schaute wieder in den Rückspiegel. Er ließ sich zurückfallen und wartete ab.

Der Ort war weitläufig und ohne Erhebungen, die meisten Gebäude waren niedrige Betonkästen. Selbst mitten in der Nacht wäre es eine echte Herausforderung, den Jeep dort zu verstecken.

Sie könnte auf die 285 oder die 54 nach Süden biegen. Oder nach Norden auf der 54 in Richtung Santa Rosa fahren. Sie könnte auch anhalten, wenden und ihn zu einer Konfrontation herausfordern, die stählerne Karosserie des Jeeps als Schutz benutzen und ihn mit seinen eigenen Waffen schlagen.

Sie schaute zu Rebecca. Nein, das ging nicht. Sie durfte das Leben dieser Frau nicht aufs Spiel setzen. Cait war überzeugt, dass der Fahrer des Wagens es auf sie abgesehen hatte. Sie hatte sich in Sicherheit gewähnt. Man konnte die Nummernschilder nicht zu ihr zurückverfolgen, und sie hatte sich bei der Abfahrt in Austin vergewissert, dass niemand sich an ihre Fersen heftete. Und dennoch hatte man sie aufgespürt und jagte sie wie einen Hasen.

Ihr blieb nur eine Möglichkeit. Sie musste sich und Rebecca verschwinden lassen.

»Vertraust du mir?«

Rebecca sah sie an. »Wie meinst du das?«

»Vertraust du mir?«, wiederholte Cait, und diesmal nickte Rebecca knapp.

Cait schaltete das Licht aus und gab Gas. Die Straße vor ihnen wurde schwarz, nur ein schwacher Umriss in der Dunkelheit, und sie musste blinzeln, um überhaupt etwas zu erkennen. Einzig die Bremsleuchten würden sie verraten. Mit anderen Worten: Sie durfte nicht bremsen.

»Was machst du da?«

Cait sah immer wieder in den Rückspiegel. Er fiel weiter zurück. Sie hatte ihn verwirrt, immerhin vorübergehend. Gut.

»Halt dich fest.«

Sie bog abrupt auf die 54, ging in die Kurve, ohne auf die Bremse zu treten. Die Schwerkraft drückte sie gegen die Tür. Dann wurde die Straße wieder gerade. Sie trat das Gaspedal ganz durch.

Und schon war er verschwunden.

Zwei Monate zuvor

4chan/Caitlyn_Monaghan

Anonymus: geil dass die bitch die aufmerksamkeit kriegt die sie verdient. Eine nationale schande.

Cucks_Suck: Patrick McRae sollte Präsident werden, weil er gezeigt hat, was für ein mieses Stück sie ist.

TruePatriot368: die sollte im Gefängnis sein wollte einen unschuldigen Mann ruinieren … ich schwöre das Mädchen bezahlt eines Tages für was sie getan hat, so wie alle verlogenen Bitches bezahlen müssen.

Anonymus: Ich weiß, wo sie wohnt. Vielleicht sollte jemand bei ihr vorbeischauen.

Darunter prangte ein Screenshot mit ihrer Adresse.

»Kein Handy hinter der Theke.« Stacy funkelte sie aus dem Büro heraus an. Cait schluckte ihren Ärger hinunter, hob entschuldigend die Hand und steckte ihr Handy in die Gesäßtasche.

Seit die Hacker ihren Namen geleakt hatten, lief ihr Leben

völlig aus dem Ruder. Die überregionalen Medien ließen sie nicht in Ruhe – *New York Times, Washington Post, Time* –, und man hatte sie in die *Today Show* und zu *The View* eingeladen. Sie hatte alles abgelehnt und, als sie weiterhin anriefen, ihre Nummer geändert. Ihre Redakteurin hatte sich noch einmal gemeldet, um zu berichten, dass ihr Artikel noch mal an Zugkraft gewonnen hatte. »Unser Server ist zweimal zusammengebrochen!«, hatte sie mit unverhohlener Freude geschrieben und dann noch ein halbherziges »Denk an dich« angehängt.

Die Redakteurin hatte Cait gefragt, ob sie noch einen Artikel schreiben wolle, und sie war nicht die Einzige. Menschen, die noch vor wenigen Monaten ihre Mails ignoriert hatten, überschwemmten plötzlich ihren Posteingang. Alle heuchelten Interesse an den Pitches, die sie geschickt hatte, aber im Grunde ging es doch immer nur um eins: Ob sie in einem Artikel auf Patrick McRaes Rede reagieren würde, den sie exklusiv veröffentlichen durften. Cait sah förmlich die Dollarzeichen in ihren Augen, wenn sie an die Anzeigenumsätze dachten. »Nein, danke«, schrieb sie ihnen wieder und wieder. »Ich konzentriere mich zurzeit auf andere Dinge.«

Die Einzigen, die nichts von ihr verlangten, waren die Sisters of Service. »Besser, du gehst ein paar Wochen auf Tauchstation«, sagte Lisa zu ihr. »Es ist momentan zu gefährlich, dich auf dem Parkplatz einzusetzen.«

Cait hatte verzweifelt versucht, sie umzustimmen, obwohl sie sich eingestehen musste, dass Lisa recht hatte: Sie war eine Belastung. Aber ihre Arbeit für die Sisters of Service war das einzig Wertvolle in ihrem Leben, und in den dunkleren Augenblicken kam es ihr vor, als wäre dies ihre letzte Verbindung zur Wirklichkeit. Sie wusste nicht, was sie ohne diesen Anker machen sollte. Schließlich bekam Lisa Mitleid und gab ihr einen

Bürojob. »Wir könnten dein Schreibtalent in unserer Kommunikationsabteilung gebrauchen«, hatte sie gesagt und ließ es damit eher nach Beförderung als nach Verbannung klingen.

Ein paar Tage lang hatte sie die Situation einigermaßen im Griff. Die Anrufe hörten auf. Ihr Engagement bei den Sisters of Service lief weiter. Sie arbeitete regelmäßig in der Kneipe, schloss sich nach der Schicht in ihrer Wohnung ein und war halbwegs ruhig. Oder einfach nur erschöpft.

Aber damit war es jetzt vorbei. Die wussten, wo sie wohnte. Sie konnten in diesem Moment in ihrer Wohnung sein, die Tür aufbrechen, alles verwüsten. Oder, schlimmer noch, unbemerkt eindringen und sich verstecken. Sie würden warten, bis sie eingeschlafen war, und dann unter dem Bett hervorkriechen und sie ermorden. Oder noch Schlimmeres tun.

»Ich brauche eine Pause.« Sie drängte sich an den anderen vorbei, stürzte durch die Personaltür und den Hintereingang in die schwülwarme Nachtluft. Es war Ende Oktober, doch in Austin herrschte noch der Altweibersommer, sie hatten die ganze Woche über dreißig Grad gehabt. Sie zog ihr Handy heraus und schickte Alyssa eine Nachricht.

Kann ich heute bei dir übernachten?

Sie rauchte eine Zigarette, während sie auf die Antwort wartete.

Meine Schwester ist da, das Sofa gehört ihr, aber wenn du magst, kannst du in meinem Bett schlafen. Alles klar bei dir????

Cait schloss die Augen. Sah sich schon nach der Schicht bei Alyssa auftauchen, verschwitzt und müde und nach abgestandenem Alkohol riechend, und die Schwestern würden sie mitleidig ansehen. Das konnte sie nicht ertragen. *Keine Sorge, alles gut – dann bleibe ich heute Nacht daheim. Viel Spaß mit deiner Schwester!*

Melde dich, wenn du es dir anders überlegst! Trinken wir nächste Woche einen?

Klaro xx

Sie schob das Handy wieder in die Hosentasche und ging zurück hinter die Theke. Stacy wartete schon auf sie, die Arme verschränkt, die Mundwinkel nach unten gezogen. »Du musst um Erlaubnis fragen, bevor du in die Pause gehst. Du kannst nicht einfach die Theke im Stich lassen.«

»Ich weiß, tut mir leid. Es war eine Art Notfall.«

Doch Stacy blieb hart. »Selbst wenn es ein *echter* Notfall gewesen wäre, musst du um Erlaubnis bitten. Ich weiß, du hältst dich für was Besseres, weil du letzte Woche den meisten Umsatz gemacht hast, aber es gibt ein Dutzend Mädchen, die für deinen Job hinter der Theke einen Mord begehen würden.« Sie tippte gegen Caits Hutkrempe. »Schalt einfach mal deinen hübschen kleinen Kopf ein.«

Cait musste die Hände in die Taschen stopfen, um nicht zuzuschlagen. In solchen Augenblicken wünschte sie, der Boss hätte JB nie dabei erwischt, wie er sich im Büro einen runterholte. Klar, er war ein Widerling gewesen, aber ein fauler Widerling und ein sehr viel angenehmerer Chef als Stacy mit ihrem Kontrollwahn.

Sie riskierte noch einen letzten Blick aufs Handy. Drei verpasste Anrufe, lauter unbekannte Nummern. Vor einer Stunde war der Post auf *4chan* erschienen. Bevor die Nacht vorbei war, würde sie noch viel mehr Anrufe erhalten.

»Kopf hoch, vielleicht passiert ja gar nichts!« Ken grinste ihr entgegen, wurde aber ernst, als er ihren Gesichtsausdruck bemerkte. »Hey, alles in Ordnung? Du siehst gar nicht gut aus.«

»Alles gut«, sagte Cait, schnappte sich sein leeres Glas und zapfte ihm ein frisches Bier.

Er stieß Nick mit dem Ellbogen an. »Was meinst du? Liebeskummer?«

Nick knurrte nur, die Augen auf den Fernseher gerichtet.

Cait unterdrückte ihren aufflammenden Zorn. »Ich habe einfach einen schlechten Tag.«

»Und wie heißt der schlechte Tag? Joe? Fred?«

»Halt's Maul, Ken.« Er sah aus, als hätte sie ihm eine Ohrfeige versetzt, und sie bereute es sofort. Sie hatte gegen eine der Grundregeln ihres Jobs verstoßen: nie den Humor verlieren. »Tut mir leid, ich wollte nicht … Ich habe nur einen richtig beschissenen Tag, das ist alles.«

Er machte eine wegwerfende Handbewegung, war aber sichtlich verletzt.

Sie deutete auf sein Bier. »Einen Shot dazu? Geht aufs Haus.«

»Nein, lass mal. Meine Frau würde den riechen.«

»Ich wusste gar nicht, dass du verheiratet bist.«

»Na ja.« Er nahm einen großen Schluck Bier und schaute zum Fernseher hoch. Er lächelte seltsam, als wüsste er etwas, das niemand sonst wusste und das er ganz besonders komisch fand. »Wir wissen wohl so einiges nicht voneinander.« Er schaute sie an. »Ich habe gehört, du steckst in Schwierigkeiten«, sagte er leise. Nick hatte jetzt die Augen vom Fernseher gelöst und schaute sie abwartend an.

Angst durchfuhr sie wie ein Messerstich. Bisher hatte man sie in der Kneipe nicht mit dem Artikel über Jake in Verbindung gebracht, aber sie wusste, dass es nur eine Frage der Zeit war. Stacy wäre nicht begeistert. Es war die falsche Art von Aufmerksamkeit, und sie suchte seit ihrem ersten Tag nach einem Grund, um Cait zu feuern. Darum stellte Kens loses Mundwerk ein echte Gefahr für sie dar. »Ach ja?« Sie kehrte ihm den Rücken zu und richtete die Flaschen im Regal. »Was für Schwierigkeiten denn?«

Er sah sie eindringlich an. Da war etwas Ungewohntes in seinem Blick, eine unbekümmerte Bosheit, die sie nicht von ihm kannte. Er wusste, dass er ihr auf die Nerven ging, und genoss es sehr. Doch der Augenblick verflog so schnell, wie er gekommen war, und Ken wirkte wieder gutmütig und polterig wie immer. »Als ich letzte Woche hier war, hat Stacy gesagt, du wärst nicht zur Arbeit gekommen. Irgendein zahnärztlicher Notfall.« Er zwinkerte ihr zu. »Hast wohl blaugemacht.«

»Eine Krone ist rausgefallen. Hab auf einen Plombenzieher gebissen, und das war's.« Das stimmte sogar fast, auch wenn der Zahnarzt, der die provisorische Krone eingesetzt hatte, gesagt hatte, es käme davon, dass sie im Schlaf mit den Zähnen knirschte. Das hatte sie in der letzten Zeit ziemlich häufig getan und war dann schweißgebadet und panisch mit schmerzendem Kiefer hochgeschreckt.

Er pustete ungläubig die Wangen auf. »Erinnert mich an die Geschichte von dem Hund, der die Hausaufgaben gefressen hat.«

»Sieh her.« Sie beugte sich über die Theke, riss den Mund auf und deutete auf einen der hinteren Backenzähne, der zu weiß und etwas plump aussah. »Nächste Woche wird die neue Krone eingesetzt.«

Ken wirkte beeindruckt. »Dann entschuldige ich mich. Sieht aus, als hätten wir ganz ohne Grund über dich gelästert.«

Sie drohte ihm mit dem Zeigefinger. »Wäre ja nicht das erste Mal. Willst du noch eins?«

»Ja, Ma'am«, sagte er und schob ihr sein Glas hin. Nick tat das Gleiche, sein Blick hing schon wieder am Fernseher.

Hoffentlich merkten sie nicht, wie sehr ihre Hände zitterten, als sie ihnen noch ein Bier zapfte.

Vaughn, New Mexico
176 Kilometer bis Albuquerque

Cait rieb die Stelle an ihrem Schlüsselbein, wo der Gurt ins Fleisch geschnitten hatte. Sie brachte es nicht über sich, in den Rückspiegel zu schauen, auf das, was gerade eben noch eine Straße gewesen war, nun aber wie ein uferloses schwarzes Meer hinter ihnen lag.

»Ich – ich glaube, wir haben ihn abgehängt.«

Sie sah zu Rebecca hinüber, die gequält in den Rückspiegel spähte. Cait folgte ihrem Blick. Es war nichts zu sehen, keine Scheinwerfer, kein silbrig schimmernder Kühlergrill. Nur Dunkelheit, die schützend und furchteinflößend zugleich war.

Cait nickte. »Ich habe gesehen, wie er die Sechzig genommen hat. Er fährt jetzt nach Vaughn.«

Es war vorbei, einfach so. Sie waren verschont geblieben. Vorerst jedenfalls. Sie drehte sich zu Rebecca. »Alles gut bei dir?«

»Denke schon. Und bei dir?«

Cait antwortete nicht. Wie konnte irgendetwas gut sein? Jemand hatte soeben versucht, sie zu töten. Wieder einmal. Sie mochten ihn fürs Erste abgehängt haben, doch es war nicht ausgeschlossen, dass er zurückkam. Und sie allein war für all das verantwortlich.

»Ich muss mal kurz anhalten.« Schon lenkte sie den Wagen an den Straßenrand.

Rebecca zuckte zusammen. »Das ist keine gute Idee. Wir sollten lieber weiterfahren. Er könnte wiederkommen …«

»Ich brauche nur eine kurze Pause, das ist alles.« Cait brachte den Jeep zum Stehen.

Die beiden Frauen saßen schweigend da. Das Radio fand ein Signal, und plötzlich erfüllte Van Morrison mit einem Lied über wunderbare Nächte den Innenraum. Draußen war es pechschwarz. Cait schaltete die Scheinwerfer ein, und der vernarbte Asphalt wurde sichtbar. »Ich sehe mir den Schaden mal an.« Sie hatte schon die Hand am Türgriff. Sie musste unbedingt an die frische Luft.

Rebecca umfasste ihr Handgelenk. »Du solltest nicht aussteigen.« Im Mondlicht sah ihr Gesicht blass und mitgenommen aus. »Bitte.«

Cait entzog sich ihr. »Ich muss nachsehen, wie schlimm der Schaden ist, bevor wir weiterfahren. Was, wenn die Benzinleitung kaputt ist?«

»So fest hat er uns nicht gerammt. Da dürfte eine Delle in der Stoßstange sein, mehr nicht. Wir sollten bis in die nächste Stadt fahren. Hier draußen ist es zu gefährlich.«

»Ich muss einfach mal raus, okay?« Cait öffnete die Tür und hoffte, dass Rebecca nicht bemerkte, wie ihre Hände zitterten. »Scheiße, ich brauche eine Zigarette.«

»Na schön. Dann steige ich mit aus.«

Cait wollte schon etwas sagen, hielt sich aber zurück. Es hatte keinen Sinn, deswegen zu streiten. Vermutlich musste Rebecca auch mal an die frische Luft.

Draußen war es eisig kalt. Cait schüttelte eine Zigarette aus dem Päckchen und hielt es dann Rebecca hin. Rebecca wollte zuerst nicht, überlegte es sich dann aber anders. Sie nahm einen Zug und musste husten. Cait schaute sie belustigt an. »Nicht gerade die geborene Raucherin.«

»Das hab ich seit Jahren nicht gemacht.«

Die beiden zogen schweigend an ihren Zigaretten, der Rauch vermischte sich mit dem weißen Nebel ihres Atems.

Rebecca drehte sich zu ihr, die Zigarettenspitze ein roter Punkt in der Dunkelheit. »Ich konnte sein Gesicht nicht erkennen. Du?«

»Nein, es war zu dunkel.« Cait nahm einen tiefen Zug. »Ich bin mir aber ziemlich sicher, dass es der Pick-up von vorhin war.«

»Ich auch.«

Nach dem nächsten Zug warf Cait die Kippe weg. Sie erglühte rot auf dem Boden. Es war Zeit, die Reißleine zu ziehen. Sie war zu weit gegangen, hatte zu viele Risiken in Kauf genommen, die sie beide in Gefahr brachten. Sie mochte zwar gegen alle Regeln verstoßen haben, gehörte aber immer noch zu den Sisters of Service. Es war ihre Pflicht, sich um diese Frau zu kümmern, egal wer ihr Mann war oder was für eine Heuchlerin sie sein mochte oder wie gut ihre Story hätte werden können. Es war Zeit, alles in Ordnung zu bringen. »Wir müssen die Polizei rufen.«

Rebecca wich zurück, als hätte man sie geohrfeigt. »Das geht nicht.«

»Jemand hat versucht, uns von der Straße zu drängen. Das müssen wir der Polizei melden.« Sie holte tief Luft. »Vermutlich sollten wir einfach zurückfahren. Wenn er uns schon zweimal erwischt hat, kann es auch ein drittes Mal passieren. Vor allem, wenn er meine Strecke kennt.«

»Aber du hast die Strecke geändert. Wir könnten einen anderen Weg nach Albuquerque nehmen, mit dem er nicht rechnet. Wir könnten …«

Cait hob die Hand. »Tut mir leid, aber das können wir nicht riskieren.«

Es widerstrebte ihr, die Fahrt abzubrechen, aber die Sache drohte ihr zu entgleiten. Der Typ im Pick-up, wer immer er sein mochte, hatte ihr verdammte Angst eingejagt. Auch wenn Rebecca ihr nicht sonderlich sympathisch war, umkehren wollte sie nicht. Aber sie hatte keine andere Wahl, ihrer beider Leben war in Gefahr. Solche Fälle waren im Handbuch klar geregelt:

»Sisters of Service behält sich das Recht vor, eine Fahrt jederzeit abzubrechen, wenn die Sicherheit der Klientin oder der Fahrerin unmittelbar gefährdet ist.«

Sie hätte längst umdrehen müssen. Sie hatte gehofft, dass es sich um ein Missverständnis oder einen unglücklichen Zufall gehandelt hatte und danach alles wieder normal weiterlief. Jedenfalls so normal, wie diese Fahrten überhaupt sein konnten.

Cait wollte die Fahrt eigentlich auch nicht abbrechen, zumal sie überdies mit leeren Händen dastünde. Sie würde am Dienstag wieder im *Dark Horse* arbeiten, für Ken und Nick und einen Haufen betrunkener College-Typen, die ihre Hemdkragen hochstellten und die Baseballkappe verkehrt herum trugen, Budweiser zapfen. Vielleicht würde sie sich um die Geschäftsführung bewerben, nun, da Stacy zu der Weinbar in der Second Street gegangen war. Sie könnte endlich aufhören, die dämlichen Hotpants zu tragen. Sie wurde nächstes Jahr sechsundzwanzig. Wie lange wollte sie sich noch einreden, dies sei nicht ihr echtes Leben?

Wenn sie umkehrte, wäre sie in zehn Stunden in ihrer Wohnung in Austin. Säße in ihrer winzigen gelben Küche, machte sich einen guten Kaffee und schaute zu, wie Adam die Müllsäcke auf die Straße schleppte. Würde sich fragen, ob heute der Tag wäre, an dem jemand eine Todesdrohung unter ihrer Tür hindurchschieben oder sich an der Tankstelle anschleichen oder ihr auf einem dunklen Parkplatz auflauern würde.

Sie würde wieder ihren Namen googeln und die grauenhaften Dinge lesen, die Wildfremde über sie schrieben, nur weil sie einen Artikel veröffentlicht und ein Politiker, dem sie nie persönlich begegnet war, sie daraufhin zum nationalen Hassobjekt gemacht hatte.

»Bitte nicht. Wenn wir die Polizei rufen, müssen sie eine Anzeige aufnehmen, und die kann man im Internet suchen. Wenn mein Name da auftaucht …«

Cait schaute sie an. Das war die Enthüllung, auf die sie gewartet hatte. »Du hast Angst vor deinem Mann.«

Rebecca fuhr entsetzt zurück. »Nein! Gott, nein. Es ist nur … kompliziert. Bitte. Ich flehe dich an. Keine Polizei. Ich muss morgen früh in Albuquerque sein. Falls nicht …« Sie fing an zu weinen.

So durcheinander hatte Cait sie bisher noch nicht erlebt, nicht einmal, als ein mörderischer Irrer versucht hatte, sie von der Straße zu drängen. Hier ging es um etwas Größeres, das Cait noch nicht ermessen konnte.

Etwas, das größer war als jede Story, die sie hätte schreiben wollen. »Rebecca«, sagte sie sanft. »Was ist wirklich los?«

Rebecca wischte sich über die Augen. »Es ist nur … Ich muss dahin, das ist alles. Du musst mich dahin bringen. Bitte. Ich weiß, es ist viel verlangt – das weiß ich nur zu gut – aber … Mir bleibt keine andere Wahl. Du musst mir helfen. Ich muss morgen früh in Albuquerque sein. Das ist meine einzige Chance.«

Auf einmal war sie nicht mehr die arrogante Politikerfrau oder Gegenstand einer brisanten Story oder auch nur eine Klientin, die Cait beförderte. Sie sah Rebecca nun so, wie sie wirklich war: als verängstigte, verzweifelte Frau, die ihre Hilfe brauchte. Sie holte tief Luft. »Na gut. Keine Polizei. Wir fahren nach Albuquerque.«

Zwei Wochen zuvor

Der Arzt hatte zwar seinen Gesichtsausdruck unter Kontrolle, aber er schien sich unbehaglich zu fühlen. »Ich habe leider schlechte Neuigkeiten.«

Rebecca richtete sich ruckartig auf und zog den Papierkittel um ihren Körper. Sie wünschte, sie hätten ihr nach der Untersuchung Zeit gegeben, sich anzuziehen. Sie fühlte sich entblößt, als sie da so halbnackt auf dem Tisch saß, den Bauch noch voller Gel und mit baumelnden Füßen in Socken wie ein Kind.

»Der Ultraschall zeigt, dass der Fötus einige … Auffälligkeiten aufweist.«

Sie war alarmiert. Bisher hatte er von einem Baby gesprochen. Auf einmal war es ein Fötus. »Was für Auffälligkeiten?«

Der Arzt legte die Fingerspitzen aneinander. »Rebecca, haben Sie schon einmal von einer Fehlbildung namens Anenzephalie gehört?«

Sie schüttelte den Kopf. Dabei müsste sie es wissen. Sie müsste über alles Bescheid wissen, was ihrem Baby möglicherweise zustoßen könnte. Warum wusste sie es nicht?

Er runzelte die Stirn. »Es bedeutet, dass sich das Gehirn des Fötus in der Gebärmutter nicht entwickelt, wie es sollte.«

»Was heißt das? Ist das Baby krank?«

Er zog die Augenbrauen zusammen. »Es ist leider sehr schwerwiegend. Falls die Schwangerschaft ausgetragen wird, besteht eine fünfundsiebzigprozentige Wahrscheinlichkeit, dass das Baby tot geboren wird. Falls es die Geburt überlebt, dann vermutlich nur wenige Tage, vielleicht Wochen.« Er hob bedauernd die Hände. »Es gibt keine Heilung.«

Die Welt rutschte von ihr weg, die Wände des Untersuchungszimmers fielen wie ein Kartenhaus in sich zusammen. Sie vernahm ein lautes Rauschen in den Ohren, als stünde sie neben einem Wasserfall, und dann wurde alles schwarz um sie herum. Als sie die Augen wieder öffnete, beugte sich der Arzt über sie, besorgt, die Maske war gefallen und hatte einen traurigen, hilflosen Mann zurückgelassen. »Ich hole Ihnen etwas zu trinken, und dann können wir die nächsten Schritte besprechen«, sagte er leise, nachdem sie sich wieder aufgesetzt hatte. Die Tür fiel mit einem Klicken hinter ihm zu.

In der Stille hörte sie nur das leise Surren der Klimaanlage und das Piepsen von Geräten im Nebenzimmer. Sie zog die Knie an die Brust und umschlang sie fest. Wenn sie sich nur klein genug machte, konnte sie ihr Baby beschützen. Es mit ihrer Willenskraft heilen. Sie stellte sich die kleine Bohne vor, die in ihr herumschwamm, die Vorstufe von Fingern und Zehen, die winzige Stupsnase, die runden Augen. Erst vor wenigen Minuten hatte sie all das auf dem Monitor gesehen. Ein Wunder. Doch dann fiel ihr ein, wie der Atem der Arzthelferin beim Blick auf den Monitor gestockt hatte. Rebecca hatte angenommen, es sei eine natürliche Reaktion auf den Anblick eines Babys im Mutterleib. Wie sollte man da keine Ehrfurcht empfinden? Nun aber war ihr klar, warum die Arzthelferin ihrem Blick ausgewichen war, als sie mit der Sonde über ihren Bauch geglitten war, warum ihr Lächeln sich abrupt aufgelöst hatte. Sie hatte erkannt, dass ihr Baby todgeweiht war.

Rebecca zog sich eilig an, ihre Finger kämpften mit den Knöpfen an der Bluse, ihre Schuhe hingen bleischwer an ihren Füßen. Die Papierunterlage knisterte, als sie von der Liege aufstand. Sie wollte nicht mehr da sein, wenn der Arzt zurückkam. Wenn sie nicht mit ihm darüber sprach, wäre es vielleicht nicht wahr. Sie griff nach ihrer Tasche und lief aus dem Untersuchungszimmer, achtete nicht auf den Ruf der Arzthelferin am Empfang, die den nächsten Termin vereinbaren wollte. Sie würde nie wieder in diese Praxis zurückkehren, beschloss sie, öffnete die Autotür und sank auf den Fahrersitz. Sie würde nach Hause fahren und dort bleiben, bis das Baby auf die Welt kommen wollte, und dann würde sie es allein gebären und in die Arme nehmen, und sie wusste – sie wusste! –, dass sie es beschützen konnte. Sie würde ihr Baby gesund machen.

Sie drehte den Schlüssel herum, brachte es aber nicht fertig, auszuparken. Sie saß bei laufendem Motor reglos im Auto und beobachtete, wie andere werdende Mütter die Praxis betraten und herauskamen, die Gesichter gerötet vor Aufregung oder blass vor Übelkeit, und alle verströmten sie Glück. Keine von ihnen sah aus wie die Frau, die ihr aus dem Rückspiegel entgegenblickte, aschfahl und zutiefst erschüttert.

Sie holte das Handy heraus und googelte Anenzephalie. Unzählige Fotos tauchten auf, Babys mit eingefallenen und deformierten Köpfen, die Augen geschlossen, den Mund offen. Sie hätte besser damit aufgehört, aber sie konnte es nicht, sie musste immer wieder hinschauen, bis ihre Augen brannten. Sie wusste nicht, wie lange sie so dasaß. Eine Stunde? Zwei? Irgendwann klopfte es ans Fenster, und sie zuckte zusammen, das Handy fiel ihr aus der Hand und rutschte unter den Beifahrersitz. Als sie wieder hochschaute, sah sie in das Gesicht der Arzthelferin, die beim Ultraschall dabei gewesen war. Sie machte ihr ein Zeichen, sie solle das Fenster öffnen, und

Rebecca drückte gedankenlos den Knopf. Die Scheibe fuhr herunter.

»Alles in Ordnung mit Ihnen?« Die Antwort erübrigte sich, natürlich war gar nichts in Ordnung, und die Frau wusste auch, warum.

Rebecca schwieg. Etwas Dunkles, Schweres steckte in ihrer Kehle. Dieser Kummer würde sie von nun an begleiten und sie langsam ersticken. Sie hätte weinen müssen, doch auch das konnte sie nicht.

Die Arzthelferin öffnete die Tür und hockte sich neben sie. »Möchten Sie wieder reinkommen?« Ihre Augen blickten so freundlich, dass Rebecca gleich wieder wegsehen musste. Sie schüttelte den Kopf. »Na gut«, sagte die Arzthelferin und nahm Rebeccas Hand. »Dann bleibe ich eine Weile hier bei Ihnen. Wenn Ihnen danach ist, können wir ein bisschen reden. Aber nur, wenn Sie möchten.«

Rebecca nickte und ließ die Frau ihre Hand halten. Es kam ihr vor, als wäre sie gar nicht mehr in ihrem Körper, als schwebte sie irgendwo darüber und wartete darauf, dass das – was es auch sein mochte – vorüberging. Ihre Seele weigerte sich, die Realität anzuerkennen. Unmöglich. In der realen Welt wuchs ein Baby in ihr heran, gesund und kräftig, wackelte mit seinen kleinen Bohnenfüßchen und winkte mit seinen kleinen Händen, und bald, in nur wenigen Monaten, würde es in einem Strom aus Blut und Schmerzen und Liebe aus ihr hinausgleiten und die Augen öffnen und sie anschauen, und sie würde ihre Tochter besser kennen als irgendeinen anderen Menschen, sich selbst eingeschlossen. Ihr Baby war keines dieser Ungeheuer auf dem Display. Ihr Baby war vollkommen.

Nach einer Weile stellte die Arzthelferin den Motor aus, und noch eine Weile später rief sie eine Kollegin und bat sie, Patrick zu verständigen. Als er kam, ließ sie sich von ihm in die Arme nehmen und zurück in die Praxis führen, wo sie auf einem harten Plastikstuhl sitzen und warten musste, während er drinnen mit dem Arzt sprach. Die Arzthelferinnen brachten ihr immer wieder süßen Tee, der neben ihr auf dem Tisch kalt wurde. Als Patrick endlich herauskam, sah er irgendwie älter aus, die Falten um seinen Mund wirkten tiefer, die Haut unter seinen Augen war geschwollen und dunkel. Er nahm ihre Hand und brachte sie zu seinem Auto, und dann fuhren sie gemeinsam schweigend nach Hause.

»Wir suchen einen anderen Arzt«, sagte er, als er sie ins Bett gebracht hatte. »Der weiß doch nicht, wovon er redet. Keine Sorge, Becca«, sagte er und beugte sich vor, um sie auf die Stirn zu küssen. »Alles wird gut.«

Doch Rebecca wusste mit einer plötzlichen, durchdringenden Klarheit, dass es nicht gut würde, dass sie ihr Baby verlieren und dass danach nichts mehr so sein würde wie vorher.

Pastura, New Mexico
219 Kilometer bis Albuquerque

Rebecca wusste nicht, warum Cait es sich anders überlegt hatte, doch es war ihr auch egal. Sie war zu erschöpft, verängstigt und erleichtert, um darüber nachzudenken.

Fast eine halbe Stunde war vergangen, und der Pick-up war nicht wieder aufgetaucht. Vielleicht hatte Cait ihn durch den Trick mit dem ausgeschalteten Licht tatsächlich abgeschüttelt. Vielleicht würden sie nie erfahren, wer am Steuer gesessen hatte. Auch das war ihr egal. Jetzt zählte nur, dass sie unterwegs nach Albuquerque waren. Morgen um diese Zeit wäre sie wieder in ihrem Bett in Lubbock, der Albtraum wäre vorüber, und sie könnte die langwierige, unmögliche Aufgabe in Angriff nehmen, ihr zerbrochenes Herz wieder zusammenzufügen.

Patricks Stimme drängte sich in ihren Kopf. *Du musst nur dran glauben, Baby. Nur dran glauben.*

»Glaubst du an Wunder?« Erst als sie ihre Stimme hörte, wurde ihr bewusst, dass sie die Frage laut ausgesprochen hatte.

Cait schaute sie an und schüttelte den Kopf. »Nein, ich nicht, aber meine Mom. Als ich klein war, sah sie überall Zeichen Gottes: in einem Regenbogen nach dem Gewitter oder einer einzelnen Blume, die mitten im Winter blühte. Sie zeigte drauf und meinte, auf diese Weise würde Gott uns sagen, dass er auf uns aufpasst. Bei meiner Oma war es ähnlich, allerdings waren es bei ihr Federn. Wann immer sie eine Feder fand, hob sie sie auf, schaute zum Himmel und sagte: ›Hi, Momma. Ich hoffe, es geht dir gut.‹« Cait lächelte bei der Erinnerung. »Und was ist mit dir?«

»Meine Mutter hat auch dran geglaubt.« Rebecca atmete durch. »Sie ist gestorben, als ich achtzehn war.«

»O Gott. Das tut mir leid.«

»Hast du mal miterlebt, wie jemand an Krebs stirbt?«

Cait schüttelte den Kopf.

»Dann wünsche ich dir, dass es auch nie passiert. Er frisst einen Menschen von innen auf, bis nichts mehr von ihm übrig ist. Bei meiner Mutter ging es erst ganz langsam, ein Jahr lang, und dann plötzlich ging es ganz schnell, und nach zwei Wochen war alles vorbei. Am Ende lag nur noch ein Skelett im Bett. Ihre Haare waren weg, und ihre Lippen bluteten die ganze Zeit, und sie hatte immer und immer Schmerzen.« Rebecca schloss die Augen bei der Erinnerung. »Die ganze Zeit hat sie mir erzählt, ein Wunder würde sie retten. Der Geistliche kam und segnete sie mit Weihwasser, und sie hat Zeug online gekauft – speziellen Tee und Öle und Salben, die angeblich über magische Heilkräfte verfügten, aber in Wahrheit nur Mist waren. Sie hat die ganze Zeit um Erlösung gebetet und bis zum allerletzten Tag gehofft, dass Gott sie rettet.« Ihr Gesicht war nun tränennass, und Cait musste den Impuls unterdrücken, ihr die Tränen wegzuwischen. »Sie ist in der Annahme gestorben, dass Gott sie verlassen hat. Sie hat keinen Frieden gefunden. Hat die ganze Zeit dagegen angekämpft. Weißt du, was sie am Ende gedacht hat?«

»Was?«, flüsterte Cait.

»Sie hat gedacht, es sei ihre Schuld. Dass sie nur ein bisschen mehr hätte beten oder fester glauben müssen, und dann wäre sie gerettet worden.« Sie schüttelte den Kopf. »Natürlich hätte nichts sie retten können. Sie starb kurz vor ihrem fünfundvierzigsten Geburtstag.«

»Das ist furchtbar. Es tut mir so leid.« Cait schwieg einen Moment. »Ich habe nie an Wunder geglaubt.«

»Ich auch nicht.« Rebecca betrachtete ihr Spiegelbild in der Seitenscheibe. »Das Baby ist krank«, sagte sie schließlich. »Sie hat eine Fehlbildung, was bedeutet, dass sie nicht lebensfähig ist oder nur ein paar Tage lang, und die Tage, die sie erleben würde ...« Sie schloss die Augen. »Es wäre nicht das Leben, das ich ihr wünsche. Darum mache ich das.«

Auf Caits Gesicht spiegelte sich Mitgefühl. »O Gott. Ich – das tut mir so leid.«

Rebecca lächelte traurig. »Mir auch.«

Caits Miene verriet, dass sie versuchte, sich die Geschichte zusammenzureimen. »Dein Mann weiß also nicht, dass das Baby krank ist?«

»O doch. Aber mein Mann glaubt fest an Wunder und daran, dass auch unser Baby ein Wunder erleben wird.«

»Und du nicht?«

»Ich weiß es besser.«

Elf Tage zuvor

Patrick kniete neben dem Bett und nahm sie in die Arme. »Bitte, Liebes. Du musst nur daran glauben.«

Drei Arztbesuche in drei Tagen, und alle Ärzte hatten das Gleiche gesagt: Es gab keine Hoffnung für ihr Baby. Die Kleine würde sterben, entweder vor oder während der Geburt. Selbst wenn sie die Geburt überlebte – was ein »Wunder« wäre, wie ein Arzt es ausgedrückt hatte, obwohl Rebecca wünschte, er hätte es anders formuliert –, wäre das Leben ihres Babys sehr kurz. Wenige Stunden, vielleicht ein Tag. Und dann würde sie ihnen genommen.

»Es gab ein Kind in Frankreich«, sagte Patrick. »Ich habe im Internet über ihn gelesen. Er hatte die gleiche Krankheit und ist drei Jahre alt geworden.« Er drückte ihre Hände. »Wir könnten drei Jahre mit ihr haben, Becs. Vielleicht sogar mehr.«

Sie kannte den Bericht auch, so wie zahllose andere. Über Frauen, die ihre Babys ausgetragen, ihnen selbst gestrickte Wollmützchen aufgesetzt, sie geküsst und im Arm gehalten hatten, bis sie starben. Das konnte sie nicht. Sie wusste, sie würde daran zerbrechen. Davon würde sie sich nie wieder erholen.

»Das kann ich nicht«, sagte sie, und Patrick vergrub sein Gesicht in den Händen.

Vielleicht war sie feige.

Nein, das war es nicht. Oder nicht nur. An diesem Verlust würde sie so oder so zerbrechen. Sowie ihr Arzt sein Bedauern ausgedrückt hatte, war ihr klar gewesen, dass man sie in eine Schattenwelt verbannte.

Wenn sie geglaubt hätte, dass ihr Kind auch nur einen glücklichen Moment auf Erden erleben würde, hätte sie sich anders entschieden. Aber ihr Baby würde sie weder hören noch sehen oder auch nur ihre Berührung spüren können. Sie würde in eine kalte, leere Welt geboren, ohne die Liebe ihrer Mutter spüren zu können, und dann würde sie sterben.

Immerhin konnte sie ihr Baby jetzt noch sicher und warm halten. Immerhin konnte sie entscheiden, welchen Tod sie für ihr Baby wollte. Einen, der sie warm und sicher in ihrem Körper hielt, bis zum allerletzten Moment.

Patrick glaubte an Wunder und seine Macht, sie heraufbeschwören zu können. Ihr Mann war gläubig. Er glaubte an Gott. An das Schicksal. An sich selbst. Eigentlich liebte sie das an ihm.

Aber sie hatte jetzt keinen Sinn für Glauben oder Gott oder Wunder. Nichts davon spielte eine Rolle. Nichts davon war wirklich. Wirklich war nur das Kind, das in ihr heranwuchs und das so ebenso unwiderruflich beschädigt war wie ihr eigenes Herz.

Sie war die Mutter und musste dafür sorgen, dass ihre Kleine einen gnädigen Tod bekam.

Arabella, New Mexico
205 Kilometer bis Albuquerque

Cait schaute verstohlen zu Rebecca. Sie hatte die Augen geschlossen und das Gesicht zum Fenster gewandt. Sie sah so schmal aus, so zerbrechlich …

Sie dachte an das Aufnahmegerät unter dem Armaturenbrett. Wenn sie angestrengt lauschte, meinte sie die Spulen surren zu hören. Welcher Mensch kam auf so eine Idee? Ein erbärmlicher Mensch. Ein Mensch, der die ganze Scheiße verdiente, die das Leben ihm servierte, und noch mehr. Sie war hier die Verräterin, nicht Rebecca. Sie hatte diese Frau getäuscht, sie in Gefahr gebracht. Sicher sein konnte sie nicht, dass der Mann im Pickup hinter Rebecca her war. Es gab schließlich so einige Menschen auf der Welt, die sie tot sehen wollten. Mehr als genug.

Sie malte sich den Moment aus, in dem Lisa merkte, dass Cait und nicht Pat Rebecca abgeholt hatte. Sie würde toben, und das zu Recht. Cait hatte sie ganz übel im Stich gelassen und das Vertrauen enttäuscht, das für die Sisters of Service die Leitlinie war. Sie hatte sich für clever gehalten. Das war immer ihre Schwäche gewesen. Wann würde sie das endlich begreifen?

Sie war bei Lisa im Büro gewesen, als der Anruf kam. Sie hatte sofort gemerkt, dass etwas in der Luft lag, weil Lisa sich von ihr weggelehnt hatte. »Natürlich«, hatte sie in beruhigendem Ton gesagt. »Wir garantieren Anonymität.« Lisa hatte etwas in ihr Notizbuch gekritzelt und doppelt unterstrichen. »Wir melden uns, sobald wir alle Vorbereitungen getroffen haben.« Dann hatte sie eingehängt.

Caits Journalistik-Professorin hatte immer wieder betont, wie wichtig es sei, Schrift auf dem Kopf lesen zu können – »eine wertvolle Methode, um von ahnungslosen Personen Informationen zu erhalten« –, und es hatte sie beinahe der Schlag getroffen, als sie den Namen REBECCA MCRAE in Lisas präziser Handschrift gelesen hatte. »*Die* Rebecca McRae?«, hatte sie gefragt, doch Lisa hatte den Kopf geschüttelt und das Notizbuch zugeklappt.

»Vergiss es. Du kennst die Regeln.«

Natürlich kannte sie die. Die Fahrerinnen durften keine persönliche Verbindung zu den Klientinnen unterhalten. Und ihre Verbindung zu Rebecca konnte man in Caits Augen durchaus als persönlich bezeichnen. Darum hatte sie gewusst, dass sie schnell handeln musste, nachdem Lisa Rebecca angerufen und bestätigt hatte, dass Pat sie in einer Woche zu der Klinik in Albuquerque fahren würde. Als sie Pat vorgeschlagen hatte, ihre Klientinnen zu tauschen, hatte diese sich zuerst gesträubt, war aber einverstanden gewesen, nachdem Cait ihr auseinandergesetzt hatte, dass ihre eigene Fahrt viel kürzer und reine Routine war, von einem Vorort von Austin zur Klinik, während Pat die Nacht durchfahren müsste. Cait hatte versprochen, Lisa Bescheid zu geben, es dann aber praktischerweise »vergessen«.

Ja, ihre Zeit bei den Sisters of Service war definitiv abgelaufen.

Manchmal konnte sie sich selbst nicht leiden.

Rebecca öffnete die Augen. »Wie lange habe ich geschlafen?«

»Nicht lange. Vielleicht zehn Minuten oder so.«

»Irgendwas von ihm zu sehen?«

Cait schüttelte den Kopf. »Bisher läuft alles glatt. Wir müssten bald in Santa Rosa sein. Dort können wir uns überlegen, wie wir weiter nach Albuquerque fahren.«

»Ich bin wirklich froh, dass du das machst«, sagte Rebecca leise. »Ich weiß, es ist viel verlangt, weiterzufahren. Ich kann dir gar nicht genug dafür danken.«

»Es ist das Mindeste, was ich tun kann«, erwiderte Cait beschämt. Sie hatte die Dankbarkeit dieser Frau nicht verdient, nicht nach dem, was sie ursprünglich vorhatte.

»Ich meine es wirklich ernst. Danke.« Sie reckte sich und gähnte. »Hast du ein Kaugummi? Ich dachte, ich hätte welche in der Tasche, kann sie aber nicht finden.«

»Klar, da sind welche in der Ablage unter dem Armaturenbrett.« Kaum hatte sie die Worte ausgesprochen, überkam sie blankes Entsetzen. Danach schien alles wie in Zeitlupe abzulaufen. Rebecca tastete nach der Kaugummipackung. Ihre Finger stießen gegen das Aufnahmegerät, das im Fach befestigt war. Sie zog es heraus, ihre Verwirrung ging in Angst über, und dann wurde sie wütend.

»Nimmst du uns etwa auf?«

Cait überlegte fieberhaft, suchte nach einer Entschuldigung, irgendeiner Erklärung … aber ihr fiel nichts ein. Da war nur nacktes, lautes Schweigen und ein flaues Gefühl im Magen.

Wie erstarrt schaute sie zu, als Rebecca erst zurückspulte und dann auf Play drückte. Zwei Frauenstimmen ertönten. »O mein Gott.« Rebecca ließ das Aufnahmegerät in den Schoß fallen, als stünde es in Flammen. »Du hast uns die ganze Zeit über aufgenommen.« Sie schaute Cait aus großen, glänzenden Augen an. »Warum hast du das getan?«

»Es ist nicht so, wie du glaubst.« Eine glatte Lüge. Es war ganz genau so, wie sie glaubte. »Hör zu, Rebecca …«

»*Wer* bist du?« Es war ihr ausgesprochen unangenehm zu

sehen, wie verstört Rebecca war. Und das war ihre Schuld. Das war noch unangenehmer.

»Ich bin Cait! Ich bin genau die, als die ich mich vorgestellt habe!«

»Lass mich sofort aussteigen.«

»Wir sind mitten im Nirgendwo –«

»Das ist mir egal!« Rebeccas Gesicht war kalkweiß. »Ich will, dass du auf der Stelle anhältst.«

»Aber wir sind hier nicht sicher.«

»Sag du mir nicht, was sicher ist«, zischte Rebecca. »Halt an.«

Cait lenkte den Jeep an den Straßenrand und stellte den Motor ab. »Rebecca, lass mich dir erklären …«

Doch die Beifahrertür schwang auf, und Rebecca marschierte geradewegs in die Wüste. Ihre blonden Haare schimmerten silbern im Mondlicht.

Cait löste ihren Gurt, ging ihr aber nicht nach. Ihr Herz hämmerte, ihr Magen zog sich zusammen. Sie kniff die Augen zu, doch gegen die Schuldgefühle konnte sie nichts ausrichten. Sie hatte es versaut. Daran war nicht zu rütteln. Rebecca hatte allen Grund, sie zu hassen – Cait hatte ihren Abscheu verdient. Plötzlich hörte sie die Stimme ihrer Mutter. »Mach es gut«, hatte sie immer gesagt, wenn Cait morgens zur Schule ging. »Mach dich selber stolz.«

Ihr war glühend heiß vor Scham. Cait konnte sich nicht daran erinnern, wann sie das letzte Mal jemanden stolz gemacht hatte – und schon gar nicht sich selbst.

Sie sah aus dem Fenster und beobachtete Rebeccas Silhouette draußen in der Wüste. Sie konnte nichts ungeschehen machen, aber immerhin versuchen, es wiedergutzumachen. Sie konnte Rebecca wenigstens aus der Kälte zurück in den Jeep holen und sicher nach Albuquerque bringen. Das würde sie doch schaffen. Es war nicht viel, aber ein Anfang.

Doch dazu musste sie ihr reinen Wein einschenken.

Ihre Schritte hallten durch die Nacht, als sie Rebecca hinterherlief. Die war inzwischen stehen geblieben, die Arme um den Körper geschlungen, mit bebenden Schultern, wegen der Kälte oder weil sie lautlos weinte. Sie drehte sich nicht um, als Cait ihren Arm berührte.

»Rebecca …« Was jetzt? Wie sollte sie dieser Frau, deren Leben sie in Gefahr gebracht hatte, das alles erklären? Sie holte tief Luft. »Ich bin Journalistin.«

Rebecca ließ den Kopf hängen. »Du hast gesagt, du bist Barkeeperin.«

Cait trat einen Schritt vor. »Das ist richtig. Aber ich bin auch Journalistin und wollte einen Artikel über dich schreiben. Über das hier«, sagte sie mit einer unbestimmten Geste.

»Du wolltest über mich schreiben. Über das hier.« Rebeccas Stimme klang tonlos. Wie tot. Als hätte sie schon mit so etwas gerechnet. Als wäre sie gar nicht überrascht.

Das Schuldgefühl nagte an ihr. Cait suchte nach den passenden Worten, doch ihre ganzen wohlüberlegten Argumente fielen in sich zusammen. Was war nur los mit ihr? Sie hatte das Vertrauen einer Frau ausgenutzt, als diese besonders verletzlich war, hatte die Organisation betrogen, die ihr einen neuen Lebenssinn geschenkt hatte, und wofür das alles? Für eine fehlgeleitete Rachefantasie. Und hatte sie es sich nicht überhaupt selbst zuzuschreiben? Hatte sie nicht genau gewusst, was sie tat, als sie den Artikel losschickte? Was hatte sie denn erwartet, als sie an jenem Abend mit zu Jake gegangen war? Vielleicht hatte Patrick sie zu Recht feige genannt. Sie hatte andere für ihre eigenen Fehler zahlen lassen. War das nicht geradezu typisch für einen Feigling?

»Ich weiß, wer du bist und dass du mit Patrick McRae verheiratet bist.«

Rebecca stieß einen schmerzlichen Laut aus. »Was willst du von mir? Geld?«

»Ich will kein Geld.«

»Bist du überhaupt bei dieser Organisation? Sisters of Service? Oder war das auch gelogen?«

»Ich gehöre dazu.«

»Man hat mir gesagt, alles sei anonym. Sie haben es mir *versprochen.*« Rebeccas Schultern bebten noch stärker, sie schluchzte. »Du zerstörst mein Leben.«

Cait schüttelte den Kopf. »Nein, das stimmt nicht – ich dachte nur …«

Rebecca stieß ein bitteres Lachen aus. »Weißt du was? Nur zu. Schreib den verdammten Artikel. Es ist ohnehin zu spät. Mein Leben ist sowieso im Arsch.«

»Hör auf, Rebecca. Ich werde nicht über dich schreiben. Ich fahre dich nach Albuquerque und zurück nach Lubbock, wie man es dir versprochen hat, und ich schwöre bei Gott, dass ich keiner Menschenseele davon erzählen werde. Einverstanden?«

Cait ertrug es nicht, noch länger mit Rebeccas Hinterkopf zu sprechen, und drehte sie zu sich herum. Tränen liefen über ihr Gesicht, ihre Augen waren rot und verschwollen. Sie wirkte untröstlich. »Was willst du von mir?«, rief sie mit kummervoller Stimme. »Mein Baby stirbt. Reicht das nicht? Warum tust du das?«

Cait senkte den Kopf. »Nicht wegen dir. Es geht um deinen Mann.«

Rebecca war jetzt aufgebracht. »Ach, das war mir schon klar. Du hoffst aufs schnelle Geld, indem du darüber schreibst, wie die Frau des berühmten Patrick McRae abgetrieben hat. Ich sehe schon die Schlagzeilen vor mir: ›Politikerfrau ermordet eigenes Baby‹. Ich wette, das bringt dir genügend Geld, um eine Zeit lang nicht hinter der Theke stehen zu müssen, oder?« Sie spuckte vor Cait aus. »Du widerst mich an.«

Cait spürte, wie Zorn in ihr hochstieg. Es war die Wahrheit. Leute wie Cait hatten Leute wie Rebecca schon immer angewidert. Na schön, dann hatte sie es eben versaut. Und zwar so was von. Sie hatte die Frau für ihre Zwecke ausnutzen wollen, als sie besonders verletzlich war, doch hatte ihr Mann nicht genau das Gleiche getan, während dieselbe Frau hinter ihm gestanden und freundlich gelächelt hatte? Sie verstärkte ihren Griff. »Erinnerst du dich an die Rede, in der er über MeToo und Jake Forsythe gesprochen hat, die dann viral gegangen ist? Ich habe diesen Artikel geschrieben. Nachdem dein Mann diese Dinge über mich gesagt hatte, hat jemand die Website gehackt und meinen Namen publik gemacht. Sie haben auch herausgefunden, wo ich wohne, ich werde terrorisiert. Ich bekomme Morddrohungen mit der Post, Unbekannte rufen mich rund um die Uhr an, tauchen vor meiner Wohnung auf ... Ich lebe jeden einzelnen Tag in Angst, und dein Mann ist schuld daran. Ich dachte, du wärst nur eine heuchlerische Politikergattin, die eine Schmach unter den Teppich kehren will. Ich wusste nichts von der ... Krankheit deines Babys. Hätte ich es gewusst, hätte ich das niemals getan.« Sie holte Luft. »Es tut mir leid, dass ich mich so arschig verhalten und dich ohne dein Wissen aufgenommen habe, und es tut mir auch leid, dass ich den Artikel schreiben wollte, aber eins musst du begreifen: Patrick McRae hat *mein Leben zerstört.*«

Einen Moment lang waren nur die fernen Schreie eines Rotluchses und die schweren Atemzüge der beiden Frauen zu hören.

»Es tut mir leid, was dir passiert ist«, erwiderte Rebecca steif. »Das hat Patrick sicher nicht absichtlich getan.«

Cait zwang sich, ihr nicht zu widersprechen. »Es tut mir leid, dass ich dein Vertrauen missbraucht habe.« Sie hielt Rebecca das Aufnahmegerät hin. »Hier. Nimm es. Ich brauche es nicht mehr.«

Rebecca sah sie eindringlich an. »Aber den Artikel wirst du trotzdem schreiben?«

Cait schüttelte den Kopf. »Was? Nein! Natürlich nicht.«

»Und du fährst mich trotzdem nach Albuquerque?«

Cait nickte. »Wenn du mich lässt.«

Rebecca nahm das Aufnahmegerät, warf es auf den Boden und trat es kaputt. Dann wischte sie sich mit dem Handrücken über die Augen und ging zum Jeep zurück. Cait folgte ihr. »Es tut mir wirklich leid, Rebecca. Ich schwöre, wenn ich gewusst hätte ...«

Rebecca hob die Hand, um ihre Einhalt zu gebieten. »Lass uns einfach weiterfahren. Wir haben schon viel zu viel Zeit verloren. Mehr Verzögerung kann ich mir nicht leisten.«

Die beiden Frauen stiegen wortlos in den Jeep und fuhren weiter Richtung Westen.

Patrick

Patrick saß im Aufenthaltsraum eines TV-Lokalsenders und wartete darauf, dass ihn der Mann mit dem Klemmbrett zur Aufnahme winkte. Es war sein drittes Interview in drei Tagen, und er war inzwischen an dem Punkt, an dem er sich selbst imitierte. Die Worte, die aus seinem Mund drangen, kamen ihm fremd und sonderbar vor, und er fühlte sich vom Klang seiner eigenen Stimme losgelöst, als hörte er sie im Radio.

Seit einer Woche wusste er, dass ihr Baby krank war, und hatte seither kaum geschlafen.

Letzte Nacht hatte er gar nicht geschlafen, genau wie in der Nacht davor. Stattdessen hatte er wach gelegen und darauf gehorcht, wie Rebecca starr und schlaflos neben ihm lag. Er hatte still gebetet. *Gib mir Kraft*, hatte er gefleht. *Weise mir den Weg.*

Er wusste, wenn er nur inbrünstig genug betete, würde der Herr ihm geben, was er brauchte. Das hatte er immer getan.

Er war in so vieler Hinsicht gesegnet, selbst wenn er es gelegentlich vergaß. Es gab Tage, an denen er über ein schlammiges Feld stapfte, um mit einem halben Dutzend gelangweilter Bauern zu reden, oder sich auf einen Gerichtstermin vorbereitete – derzeit musste er auch noch seinen eigentlichen Job erledigen –, und dann kam es ihm vor, als wäre Gottes warmes

Licht weniger intensiv. Dann erinnerte er sich daran, wie oft Gott ihm bereits Gnade erwiesen hatte, und das Licht leuchtete wieder kräftiger.

Es hatte ihm immer geleuchtet, auch wenn er es nicht immer wahrgenommen hatte. Als Kind hatte ihn seine Mutter jeden Sonntag mit in die Kirche geschleppt, doch seine Handflächen begannen zu jucken, sowie er einen Fuß ins Gebäude setzte, und das blieb die ganze Predigt hindurch so, bis der Gottesdienst vorbei war und er mit den anderen Kindern auf dem Parkplatz spielen durfte, während seine Mutter sich unterhielt. Sie schnalzte immer missbilligend, wenn sie ihn einsammelte, musterte streng sein verknittertes Hemd und die Grasflecken auf seiner Hose. »Du hast keinen Respekt«, sagte sie, während er sich auf dem Rücksitz anschnallte. Sie mochte es nicht, wenn er neben ihr saß, das sei unangemessen. Er senkte den Blick und entschuldigte sich, meinte es aber nie aufrichtig, denn er wusste, dass sie ihm zu Hause ein Glas kalten Kakao geben und ihn vor den Fernseher setzen und die Sache bis zum nächsten Sonntag vergessen würde.

Auch während der Schulzeit hatte er das Licht nicht erkannt, wenn ihn seine Lehrer als »begabt« und »brillant« bezeichnet hatten. Er musste sich nicht anstrengen: Sein Gehirn lief wie eine nahezu wartungsfreie, gut geölte Maschine. Nachdem er die Eingangsprüfung fürs College mit Bravour bestanden hatte, schlug eine Lehrerin ihm vor, sich um ein Stipendium zu bewerben. Sie hatte ihm geholfen, die Colleges aus den Hochglanzbroschüren anzuschreiben, in denen lächelnde Studenten mit strahlend weißen Zähnen und mit Mappen unterm Arm in üppig grünen Parks zu sehen waren. Als die Zusagen ins Haus flatterten, hatte seine Mutter stolz, aber distanziert gewirkt. Sie hatte ihn behandelt, als wäre er ein Würdenträger auf Besuch und nicht ihr eigener Sohn. Irgendwie konnte er es verstehen.

Er würde als Erster in der Familie aufs College gehen und dafür die Heimatstadt verlassen, in der die Familie seit vier Generationen lebte. Er gehörte nicht mehr zu ihr, sondern zu etwas Größerem, das sie nicht verstehen konnte, in einer Welt, die sie respektierte und zugleich fürchtete.

Er hatte beschlossen, an die Westküste zu ziehen, weil sie ihm vertrauter und anheimelnder als der Osten erschien, doch als er den gewaltigen Pazifik und die Berge gesehen hatte, die wie aus dunkelgrünem Filz geschnitten waren, die Frauen mit ihren langen blonden Haaren und dem unbeschwerten Lächeln, hatte er begriffen, dass Kalifornien ganz anders war als Texas. Aber er hatte sich problemlos in die neue Umgebung eingefügt, hatte sich die Haare wachsen lassen, damit sie sich über den Ohren lockten, was den Mädchen zu gefallen schien, hatte seinen Akzent heruntergeschraubt und Surfen gelernt. Ihm fiel alles leicht, auch das Studium. Ein paar Seminare und danach Freizeit? Was sollte daran auch weiter schwierig sein?

Natürlich, dachte er und lächelte bei der Erinnerung an sein jüngeres Selbst, war das pure Arroganz gewesen. Er war damals ein aufgeblasener Hurensohn gewesen, kein Zweifel, doch wie hätte es ihm nicht zu Kopf steigen sollen, dass ihm alles in den Schoß zu fallen schien? Sogar Rebecca.

Der Augenblick der Erkenntnis kam spät in seinem Leben, doch als er kam, durchdrang er jede Zelle seines Körpers. Es war eigentlich ganz einfach: Er unterwarf sich. Und mit der Unterwerfung kamen weitere Segnungen. Die Rückkehr nach Texas. Die Bewerbung für den Senat. Ein Baby.

Und nun hatte Gott ihm die schwerste Prüfung seines Lebens auferlegt.

Wenn seine Frau das durchzog, würde er alles verlieren. Sein Kind. Seine politische Karriere. Die reine, unverfälschte Liebe, die er empfand, wenn er Rebecca anschaute. Vor allem aber die Gnade Gottes.

Dies waren seine vierzig Tage in der Wüste. Sein Kampf gegen die Finsternis. Sein Glaube wurde im Feuer gestählt und sein Wille in den Flammen geschmiedet.

Dies war der Augenblick, in dem er über sich hinauswachsen musste.

Zehn Tage zuvor

In Caits Nacken knackte es, als sie aus dem Jeep stieg. Sie hatte die vergangenen zehn Stunden damit verbracht, Collegekids Billigbier und aufgewärmte Käsestangen zu verkaufen, während das Team der Texas A & M die Longhorns zu Hackfleisch verarbeitete. Die Football-Schichten waren hart – die Leute betranken sich zu schnell, und es gab immer mindestens ein Arschloch, das sie rausschmeißen, und mindestens eine Kotzlache, die sie aufwischen musste –, aber es war besonders schlimm, wenn die Heimmannschaft verlor. Dann tranken die Leute, bis sie unangenehm wurden, bis sie jemandem eine reinhauten, nur weil er sie komisch angesehen hatte, oder das Mädchen am Nachbartisch als Schlampe beschimpften. Dann gaben die Leute ihrer freundlichen Barkeeperin auch kein Trinkgeld mehr. An diesem Abend ging Cait mit mageren dreiundvierzig Dollar und einem schmerzenden Rücken heim.

Also war sie nicht sonderlich begeistert, als ihr Nachbar die Tür öffnete und sie zu sich winkte. Adam war eigentlich ganz nett – er rollte ihr die leere Mülltonne zurück vors Haus und erinnerte sie daran, den Jeep wegzusetzen, bevor die Straßenreinigung kam –, neigte aber dazu, im falschen Moment aufzutauchen. Und das hier war das perfekte Beispiel. »Hey«, rief sie auf dem Weg zur Haustür, »ich hab's ein bisschen eilig, daher …«

»Jemand hat nach dir gesucht.«

Sie erstarrte. »Wie meinst du das?«

»Vorhin war ein Typ bei deiner Wohnung. Ich hatte ihn schon ein paarmal vorbeifahren sehen, und er bremste immer ab, wenn er zu deinem Haus kam. Ich dachte erst, er hätte was verloren, aber dann hat er angehalten und bei laufendem Motor im Auto gesessen. So an die zwanzig Minuten.«

»Woher weißt du, dass er zu mir wollte?« *Natürlich wollte er das*, dachte Cait.

»Ich bin hingegangen und habe ihn gefragt, ob ich ihm helfen kann.«

»Tatsächlich?« Cait spürte, wie Angst in ihr aufstieg. »Das hättest du nicht tun sollen. Das hätte ein Irrer sein können.« Die Frage war nur: Welcher Irre? Es gab zurzeit so viele, die auf *4chan* und ihrem Handy Gift und Galle spuckten und Drohmails schickten. Einer hatte ihr sogar einen Schweinekopf zustellen lassen. Ohne Nachricht, was es irgendwie noch schlimmer machte. Sie schlief oft bei Freundinnen oder blieb lange in der Kneipe, trank mit den Kollegen Freibier und wartete, bis die Sonne aufging. Wenn sie in ihrem eigenen Bett schlafen musste, hatte sie ein Messer unter dem Kissen und die Hand am Griff.

»Es war keine große Sache«, sagte Adam achselzuckend. »Mir hat bloß nicht gefallen, wie er sich hier herumdrückte.«

»Hat der Typ irgendwas gesagt?

»Er hat gefragt, wann du nach Hause kommst.«

»Was hast du gesagt?«

»Dass es ihn nichts angeht.«

»Ist er danach gefahren?«

»Ja, nach einer Weile. Ich habe aus dem Fenster gesehen, bis er weg war.«

Cait war speiübel. »Danke, Adam. Wenn das noch mal passiert, ruf die Polizei. Hast du meine Nummer?«

Er schüttelte den Kopf. Sie kritzelte sie auf einen alten Kassenbon. »Ich meine das wirklich ernst. Versuch nicht, mit ihm zu reden. Er könnte gefährlich sein.«

Er nickte. »Alles in Ordnung mit dir? Möchtest du dich einen Moment setzen?«

»Nein, alles bestens, danke. Ich gehe jetzt rein. Gute Nacht und danke, dass du den Typen vertrieben hast.« Sie rang sich ein Lächeln ab. »Mein Held.«

Sie zog die Tür hinter sich zu und prüfte, ob sie wirklich abgeschlossen hatte.

Am Stadtrand von Santa Rosa, New Mexico 200 Kilometer bis Albuquerque

Die Atmosphäre im Jeep war angespannt. Weder Cait noch Rebecca hatte seit der Auseinandersetzung in der Wüste viel gesagt. Jede hing ihren Gedanken nach.

Fünfzehn Kilometer. Zwanzig. Dreißig. Dann tauchte eine Plakatwand am Straßenrand auf, die ein BBQ-Restaurant ankündigte. Zuerst hielt Cait es für Einbildung, weil sie so lange schon keine Werbung mehr gesehen hatte. Aber es hatte auch wenig Sinn, an diesen Highways Reklametafeln aufzustellen. Hier kamen zu wenige Leute vorbei, es zahlte sich nicht aus.

»In Santa Rosa tanke ich und frage nach dem kürzesten Weg.«

»Meinst du, dass etwas geöffnet hat?«

Cait zuckte mit den Schultern. »Die Stadt scheint nicht so klein zu sein.« Am Horizont tauchten Gebäude auf. Sie kamen an Betonkästen vorbei, die wie Bürogebäude aussahen, an einer Scheune aus Wellblech, sogar an einer Art Vorstadtstraße mit Häusern, vor denen Autos ordentlich geparkt waren. »Ich glaube, hier leben tatsächlich Menschen.«

»Meinst du wirklich, wir sollten anhalten?«

»Ich möchte nicht riskieren, dass wir uns in der Wüste verirren und wieder mit leerem Tank dastehen.« Weitere Häuser, eine Mittelschule, einige Schuppen. »Hier ist genügend Zivilisation vorhanden. Hier dürften wir sicher sein.«

Dann kam eine Tankstelle, und Cait hielt an der Zapfsäule. »Willst du mitkommen?«

Rebecca zögerte, nahm ihre Tasche und öffnete die Tür. »Lass dir Zeit. Ich schnappe inzwischen ein bisschen frische Luft.«

Cait zog die Kreditkarte durchs Lesegerät und sah zu, wie Rebecca auf und ab lief. Sie wirkte mitgenommen und ängstlich, ihre Augen waren noch verquollen. Die Zapfsäule beendete den Tankvorgang mit einem Klicken. Cait steckte den Stutzen in die Halterung und schraubte den Tankdeckel zu. »Ich gehe kurz rein und frage nach dem Weg«, rief sie. Rebecca hob die Hand, ohne hinzusehen.

Die Tankstelle nahm ihre Lage sehr wörtlich. Die Wände des Ladens waren mit einem roten Schachbrettmuster bemalt, das an Autorennen erinnern sollte, und mit Aufklebern von Chevy und Ford übersät. Hinter die Kasse hatte jemand eine passable Kopie des klassischen Route-66-Schildes gemalt, darunter prangten die Worte AMERIKAS STRASSE DER FREIHEIT. Der Tankwart blickte lächelnd hoch.

»Guten Morgen. Gab's beim Tanken ein Problem?«

Cait schüttelte den Kopf. »Nein. Ich habe schon an der Zapfsäule bezahlt. Können Sie mir sagen, wie ich am besten nach Albuquerque komme?«

Der Mann strich sich über den Bart. »Am schnellsten geht es nach Westen auf der 66. Die ist manchmal als 40 ausgeschildert. Kümmern Sie sich nicht drum. Auf der geht's direkt ins Zentrum, wenn ich mich nicht täusche.«

Cait bedankte sich und kaufte ein Päckchen Kaugummi und eine Cola light, um ihm einen Gefallen zu tun. Diesen Mann würde sie nicht bestehlen. Sie streckte den Kopf aus der Tür, um Rebecca zu fragen, ob sie auch etwas haben wolle, als ein Schrei die Luft zerriss. Sie stellte die Cola ab und rannte nach draußen, der Tankwart folgte ihr auf dem Fuß.

Rebecca schrie noch immer, während ein magerer Jugendlicher in schlabbriger Jogginghose und Muskelshirt davonrannte. Er hielt ihre Tasche in der Hand.

Cait überlegte nicht lange. Sie rannte dem Jungen hinterher, die Sohlen ihrer Turnschuhe schlappten auf dem Beton, sie keuchte. Er war schnell, hatte aber weniger Ausdauer als sie, und nach einigen Blocks wurde er langsamer. Sie nutzte ihre Chance und spurtete los, bis sie dicht hinter ihm war. Dann warf sie sich auf seinen Rücken und riss ihn mit sich zu Boden. Sie schlug mit den Fäusten auf ihn ein. »Scheiße, wer bist du?«, kreischte sie. »Was zum Teufel willst du?« Ein unangenehmer Geruch stieg von ihm auf, animalisch und feucht, und ihr drehte sich der Magen um. In diesem Augenblick war sie davon überzeugt, dass er der Typ war, der sie verfolgte.

Eine Hand packte Cait an der Schulter und zog sie von ihm weg. Sie trat in die Luft. »Lassen Sie's gut sein«, sagte der Tankwart. »Das reicht. Er hat es nicht böse gemeint, oder, Billy? Er kann nichts dafür, ist halt ein gottverdammter Blödmann.«

Der Junge – und er war noch ein Junge, das sah sie jetzt, höchstens fünfzehn – hob den Kopf vom Gehweg und schüttelte ihn feierlich. Er hielt ihr die Tasche hin. »Tut mir leid, Miss.«

»Warte, bis ich das deiner Mutter erzähle«, sagte der Tankwart, zog den Jungen auf die Füße und versetzte ihm eine Kopfnuss. »Die prügelt dich windelweich.«

Der Junge geriet ins Stottern. »Bitte, Jeff, sag's nicht Ma. Bitte.«

Cait ließ die beiden das unter sich ausmachen und kehrte zur Tankstelle zurück, wo Rebecca leichenblass auf sie wartete. Cait streckte ihr wortlos die Tasche hin.

Rebecca nahm sie mit zitternden Händen entgegen. »War er das? Der Mann aus dem Pick-up?«

Cait schüttelte den Kopf. »Nur ein dummer Junge.«

»Ich habe sein Gesicht nicht gesehen. Er kam einfach angerannt und hat mir die Tasche weggerissen, und ich dachte – ich dachte …«

Cait legte ihr eine Hand auf den Arm. »Ich weiß, aber es ist gut. Jetzt ist alles gut.«

Rebecca nickte. »Danke, dass du ihm nachgerannt bist.« Sie hielt die Tasche hoch. »Du bist richtig schnell.«

»In der Highschool bin ich gejoggt. Und das mache ich immer noch, um nicht durchzudrehen.«

»Das sieht man.« Rebecca schaute zu dem Jungen und dem Tankwart, die immer noch hitzig miteinander stritten. »Meinst du, ich sollte etwas sagen?«

Cait zog eine Augenbraue hoch. »Was denn zum Beispiel?«

»Ich weiß nicht … so was wie ›Und jetzt werden keine Taschen mehr geklaut, du kleiner Scheißer‹?«

Cait lachte. »Unser Freund da drüben hat das schon im Griff. Ich glaube, der Junge klaut so bald nichts mehr.«

Rebecca schaute sie an. »Ich meine es ernst, Cait. Danke.«

Plötzlich war die Anspannung verflogen, die Luft rein wie nach einem Gewitter. Cait atmete tief durch und nickte. »Kein Thema.«

Die beiden Frauen stiegen in den Jeep und fuhren ohne ein weiteres Wort Richtung Westen.

Neun Tage zuvor

»Kann ich dir etwas anbieten? Einen Kaffee? Wasser?«

Rich hob die Hand. »Danke, nein.«

Rebecca setzte sich vorsichtig auf das Zweiersofa. Rich saß bereits – er war einfach ins Wohnzimmer marschiert und hatte es sich in einem der beiden Sessel bequem gemacht. Rebecca hatte ewig lange in der Tür gestanden und nach einer Ausrede gesucht, um ihn nicht hereinbitten zu müssen. Sie war noch nie mit dem Wahlkampfmanager ihres Mannes allein gewesen und hatte bisher auch wenig Gefallen daran gefunden. Er hatte sie schon immer nervös gemacht, und nun war er unangekündigt bei ihr zu Hause aufgekreuzt, während Patrick arbeitete. Sie hätte am liebsten die Flucht ergriffen.

»Danke, dass du mich empfängst«, sagte Rich, als hätte sie eine Wahl gehabt. »Ich weiß ja, dass du viel zu tun hast.« Er sagte es mit ernster Miene, doch Rebecca bemerkte einen Funken Belustigung in seinen Augen, als hätte er sich selbst einen Witz erzählt.

Er mochte sie nicht sonderlich gern. Das hatte sie gleich bei ihrer ersten Begegnung festgestellt. Er hatte ihr zu fest die Hand gedrückt, sie gemustert und war offensichtlich zu dem Schluss gelangt, dass sie definitiv fickbar und als Frau eines Senators völlig ungeeignet war. Rebecca mochte ihn auch nicht. Er sah aus wie ein schmieriger Geschäftsmann mitsamt dem dazu passenden Charme. Patrick hatte wiederholt gesagt, er könne sich glücklich schätzen, Rich im Boot zu haben, doch ihr war sofort klar gewesen, dass Rich in Wahrheit der Glückspilz war, weil es ihm gelungen war, sich an einen kommenden Politstar zu hängen.

»Wie geht es dir?«, fragte er mit gekünstelter Anteilnahme. Er beugte sich vor, stützte die Ellbogen auf die Knie.

Da begriff Rebecca, weshalb er gekommen war. Sie hätte sich treten können, weil sie so lange gebraucht hatte, es zu kapieren. Sie hätte es wissen müssen, sowie sein Auto (Audi TT, was sonst) in die Einfahrt gebogen war. Patrick hatte ihm erzählt, was sie vorhatte, und er wollte sie daran hindern.

»Danke, es geht mir gut«, sagte sie knapp. Sie würde ihm nicht die Genugtuung geben, ihren Schmerz zu sehen. »Und wie geht es dir?«

»Ach, du weißt schon. Kann nicht klagen. Aber ich will nicht über mich reden. Heute geht es um dich.« Seine Augenbrauen wanderten noch näher aufeinander zu. Sie sahen aus wie zwei Raupen, die an Schnüren gezogen wurden, dachte Rebecca. »Patrick hat mir von deiner … Neuigkeit erzählt.«

Rebeccas Fingernägel gruben sich in ihre Handflächen. »Welche Neuigkeit meinst du?«

Er nickte zu ihrem Bauch. »Dass euer Baby … krank ist.«

Sie sagte nichts. Scheiß auf ihn. Sollte er ruhig zappeln.

»Er hat gesagt, du erwägst, die Schwangerschaft abzubrechen. Stimmt das?«

Rebecca stand auf. »Ich glaube, wir sind fertig.«

Rich erhob sich ebenfalls. »Schön wäre es, aber dem ist leider nicht so. Ich finde deine Entscheidung ein bisschen voreilig. Und Patrick denkt genauso.«

»Was mein Mann denkt, geht dich nichts an.«

»Und ob es mich was angeht.«

»Nicht bei Privatangelegenheiten.«

Er schüttelte traurig den Kopf, als wäre sie ein dummes kleines Mädchen. »Für Patrick gibt es keine Privatangelegenheiten mehr und somit auch nicht für dich. Er bewirbt sich um ein öffentliches Amt. Damit wird er öffentliches Eigentum und seine Familie ebenfalls.« Er setzte sich wieder und bedeutete ihr, sich ebenfalls zu setzen, was sie auch tat, weil ihre Beine sie nicht mehr trugen. »Wenn du diese Abtreibung durchziehst, nimmst du Patrick jede Chance, jemals gewählt zu werden. Ich rede hier nicht nur vom Sitz im Senat. Ich rede von jedem öffentlichen Amt, und zwar für immer. Seine ganze politische Karriere wäre auf der Stelle tot.« Er unterstrich seine Worte, indem er mit den Fingern eine Pistole bildete und auf sie richtete. »Du willst doch nicht den Traum deines Mannes zerstören, oder?«

»Die Krankheit unseres Babys ist tödlich. Hat er dir das nicht erzählt? Wenn ich das Kind austrage –« sie wollte ihm nicht verraten, dass es ein Mädchen war, wollte ihm keine einzige kostbare Information liefern – »stirbt es wenige Stunden nach der Geburt. Oder wenige Tage, wenn es besonders schlimm kommt. Es wird nur geboren, um zu sterben, und vorher schrecklich leiden.«

Er breitete die Hände aus. »Werden wir nicht alle nur geboren, um zu sterben? Geht es im Leben nicht letztlich nur darum?«

»Ich soll also ein Baby austragen, das leiden und sterben wird, nur damit mein Mann die Wahl gewinnt?«

»Patrick will es so.«

»Patrick will auch glauben, dass das Baby gesund wird. Denn *darum* geht es ihm. Wenn es in seiner Macht stünde, dieses Baby in ein gesundes, gedeihendes Kind zu verwandeln, würde er es tun, selbst wenn er dafür die Politik aufgeben müsste.«

»Rebecca, was glaubst du, warum ich hier bin?«

»Weil du ein Arschloch bist?«

Er gestattete sich ein kleines Lächeln. »Davon abgesehen.«

»Weil du um jeden Preis die Wahl gewinnen willst. Warum sonst solltest du hier sein?«

Er beugte sich vor. »Warum hat Patrick mir wohl von der Schwangerschaft erzählt?«

»Weil sie möglicherweise politische Konsequenzen haben könnte. Und weil er deinen Rat wollte.«

»Er wollte mehr als meinen Rat, Rebecca. Er wollte, dass ich etwas unternehme.« Rich legte den Kopf schief. »Du bist in einer heiklen Lage, Schätzchen. Ich habe einflussreiche Freunde in der Justiz, die mir nur zu gern einen Gefallen tun.«

»Willst du mir drohen?«

Er streckte bittend die Hände aus. »Na, das ist aber gar kein schönes Wort. Ich will nicht, dass du dich *bedroht* fühlst. Ich will nur, dass du dir deiner Situation bewusst wirst. Im Land weht allmählich ein anderer Wind. Jeden Tag treten neue Gesetze in Kraft, und es ist nur eine Frage der Zeit, bevor das, was du vorhast, endlich als Verbrechen gilt.« Er lächelte gehässig. »An deiner Stelle würde ich mich diesem Wind nicht entgegenstellen, Rebecca. Du weißt nicht, wie stark er noch blasen wird.«

Santa Rosa, New Mexico
192 Kilometer bis Albuquerque

Sie waren schon einige Kilometer von der Tankstelle entfernt, als Cait einfiel, dass sie die Cola und das Kaugummi vergessen hatte. »Scheiße.«

Rebecca schaute sie besorgt an. »Was ist los? Wieder der Tank?«

Cait machte eine wegwerfende Handbewegung. »Nicht so wichtig. Ich habe meine Cola an der Tankstelle vergessen.«

»Oh.« Rebecca drehte den goldenen Ring an ihrem Finger. »Ich habe tatsächlich gedacht, das wäre er. Der Fahrer des Pick-ups. Als er mich gepackt hat, dachte ich, er hätte uns gefunden und würde uns töten.«

Cait nickte. »Ich auch.«

»Meinst du, er sucht noch nach uns?«

»Vermutlich.« Es hatte keinen Sinn, Rebecca anzulügen. Es hatte keinen Sinn, überhaupt zu lügen. Sie saßen im selben Boot, bis zum bitteren Ende. »Aber bisher hat er uns nicht gefunden. Hoffentlich bleibt das so.«

Sie hörte, wie Rebecca tief Luft holte, um sich auf ihre nächsten Worte vorzubereiten. »Du hast gesagt, du würdest bedroht. Glaubst du …?«

Was sie meinte, war klar. »Ich weiß es nicht. Von Austin aus ist mir niemand gefolgt, ich habe genau drauf geachtet. Das

Kennzeichen kann man auch nicht mit mir in Verbindung bringen. Also kann man mich hier draußen eigentlich nicht ausfindig machen.« Sie sah zu Rebecca hinüber. »Bist du dir sicher, dass dein Mann nicht weiß, wo du bist?«

»Ja«, sagte Rebecca ein wenig zu schnell.

»Würde er nach dir suchen, wenn er es wüsste?«

»Nein.« Pause. »Jedenfalls nicht selbst.«

Cait warf ihr einen Blick zu.

»Sein Wahlkampfmanager. Er hat Verbindungen. Er könnte so was veranlassen, wenn er wollte.«

Cait behielt sie im Blick. »Glaubst du, er will es?«

Noch eine Pause. Dann nickte Rebecca.

Cait stieß die Luft aus. »Warum sollte dein Mann das zulassen?«

»Weißt du noch, was ich über Wunder gesagt habe?«

Cait nickte.

»Er meint, wir könnten unser Baby retten, wenn unser Glaube nur fest genug ist. Er will, dass ich sie austrage, damit er recht behält. Sein Wahlkampfmanager interessiert sich natürlich nur für die Umfragewerte. Anscheinend macht es sich besser, wenn eine Frau ein Kind in die Welt setzt, das leidet und stirbt, als wenn sie sich für eine Abtreibung entscheidet.« Sie schüttelte den Kopf. »Ich will nicht, dass er sie als politisches Pfand oder Beweis seines Glaubens benutzt. Das hat sie nicht verdient.«

»Du auch nicht.«

Rebecca zuckte mit den Schultern. »Was ich verdiene, spielt keine Rolle. Ich würde alles geben, um mein Kind gesund zu machen, aber es ist unmöglich. Glaub mir, wenn auch nur die geringste Chance bestünde …«

Cait nickte. »Was wirst du ihm sagen?«

»Dass ich eine Fehlgeburt hatte, während er unterwegs war.«

»Und das wird er glauben?«

»Ich weiß es nicht. Hoffentlich.«

»Du willst also mit ihm zusammenbleiben. Trotz allem«, stellte Cait in neutralem Ton fest.

»Ich liebe ihn«, erwiderte Rebecca schlicht. »Er ist ein guter Mensch. Daran muss ich glauben.«

Cait unterdrückte ihre Fassungslosigkeit. Sie hatte sich vorgenommen, nicht mehr über andere zu urteilen. Schließlich war sie selbst nicht besser. »Meinst du, er gewinnt?«

Rebecca sah sie an. »Was?«

»Dein Mann, ob er die Wahl gewinnt.«

»Ach so, ich weiß nicht. Kann sein. Die Umfragen sehen gut aus.«

»Ich denke, er gewinnt.«

»Tatsächlich?«

Cait nickte. »Er ist ein Siegertyp. Das sieht man ihm an. Wirst du ihn wählen?«

Niemand hatte Rebecca je danach gefragt, und sie hatte nie darüber nachgedacht. »Ob ich ihn wählen werde?« Sie spielte auf Zeit.

Cait konnte ihr Lächeln nicht verbergen. »Klar. Gehst du im März in die Wahlkabine und kreuzt den kleinen Kreis neben dem Namen deines Mannes an?«

Rebecca öffnete den Mund. Zögerte. »Nein.«

Cait hob erstaunt die Augenbrauen. »Echt nicht?«

Rebecca schüttelte den Kopf.

»Aber du wirst ihm erzählen, du hättest ihn gewählt?«

»Im Ernst, ich glaube nicht, dass er mich danach fragt.«

»Aber ihr macht doch sicher das übliche Foto, wie ihr Hand in Hand ins Wahllokal geht und in die Kameras lächelt.«

»Er hält mich lieber aus der Politik heraus. Ich war bei einigen Wahlkampfveranstaltungen dabei, habe aber noch keine Pressetermine gehabt.«

»Das ändert sich, wenn er gewählt wird. Dann bist du die Frau eines Senators. Öffentliches Eigentum.«

Rebecca zuckte zusammen. »Sag so was nicht.«

»Es stimmt aber.«

»Es tut mir leid, was dir nach seiner Rede passiert ist. Er hatte bestimmt keine Ahnung, was er da lostritt.«

Noch während sie es sagte, kamen ihr Zweifel. Es gab vieles, das sie Patrick nicht zugetraut hätte und jetzt für durchaus wahrscheinlich hielt.

»Ich werde ihn auch nicht wählen«, sagte Cait. »Obwohl ich nicht glaube, dass ihn das irgendwie aufhält.«

Rebecca sah aus dem Fenster. »Da hast du recht. Nichts kann ihn aufhalten.«

Acht Tage zuvor

Cait war sich sicher, dass ihr jemand folgte. Es war ein sonniger Montagnachmittag. Sie beobachtete im Rückspiegel, wie ein schwarzer Dodge Durango sich durch Windsor Park schlängelte, dabei aber immer einige Wagenlängen hinter ihrem Jeep blieb. Schließlich überfuhr sie eine gelbe Ampel an der Manor Road und wartete hinter dem *Dairy Queen*, bis sie den Wagen vorbeifahren sah.

Es war zwei Tage her, seit laut Adam jemand nach ihr gesucht hatte. Zwei Tage, in denen nichts geschehen war. Die Internetforen hatten sich beruhigt. Das Messer lag noch immer griffbereit unter dem Kopfkissen. Letzte Nacht hatte sie sogar einige Stunden geschlafen, bevor sie das Geräusch eines herumstreifenden Tieres aus dem Bett befördert hatte.

Die Leute vergaßen sie. Wie immer hatten sie jemand anderen gefunden, den sie hassen konnten. Sie hatte sich gestattet zu glauben, dass sie in Sicherheit war.

Doch dann war im Rückspiegel der Dodge Durango mit der getönten Windschutzscheibe aufgetaucht. Da wusste sie, dass sie sich getäuscht hatte.

Sie wartete zehn Minuten auf dem Parkplatz und beobachtete zwei Mädchen mit Zöpfen, die einen Blizzard-Eisbecher durch Strohhalme schlürften, bevor sie vorsichtig zurück auf die Straße rollte. Sie fuhr auf Umwegen nach Hause, konnte den Dodge aber nicht mehr entdecken. Wer immer es war, hatte aufgegeben. Vorerst jedenfalls.

Adam harkte Laub, als sie vor dem Haus anhielt. Er winkte ihr zu, ließ aber den Rechen fallen, als er ihren Gesichtsausdruck sah, und kam zum Jeep herüber. Sie saß noch angeschnallt auf dem Fahrersitz, die Hände am Steuer.

»Alles in Ordnung?«

»Ja, danke!« Sie gab sich fröhlich, hörte aber selbst, dass ihre Stimme bebte. Sie griff nach der Schließe des Gurtes, doch ihre Hände zitterten so sehr, dass sie sie nicht öffnen konnte.

Adam beobachtete sie durchs Fenster. »Soll ich dir helfen?«

Sie schüttelte den Kopf. Sobald ihre Hände wieder funktionierten, würde sie aussteigen und über den Rasen in ihre kleine Wohnung gehen und hinter sich abschließen. Sie würde alle Fenster überprüfen und die Jalousien herunterlassen und sich ins Bett verkriechen und die Decke über den Kopf ziehen und – was dann? Warten, bis sie kamen?

Wie dumm von ihr zu glauben, es wäre vorbei. Es wäre nie vorbei, das begriff sie jetzt. Sie würden nie aufhören, nach ihr zu suchen.

Adam öffnete die Fahrertür und löste den Gurt. »Na komm.« Er streckte die Hand aus und half ihr beim Aussteigen.

Er nahm sie mit in seine Wohnung und goss ihr in der Küche Wodka in ein Glas. »Tut mir leid, was anderes habe ich nicht«, sagte er, als sie den Alkohol hinunterkippte und das Gesicht verzog.

Sie saßen eine Weile schweigend da, während der Wodka seine Wirkung entfaltete. »Danke«, sagte sie schließlich. »Tut mir leid, dass ich so komisch drauf war.«

»Keine Sorge. Willst du noch einen?« Sie schüttelte den

Kopf, und er nahm das leere Glas, spülte es aus und setzte sich wieder hin. »Was ist passiert?«

»Ach, nichts. Ich dachte, jemand wäre mir gefolgt, aber …« Es war ihr jetzt richtig peinlich: die zitternden Hände und die hauchdünnen Nerven und ihre überaktive Fantasie. Sie sollte tougher sein. Stärker. »Es war dumm. Ich war einfach paranoid.«

Er beobachtete sie aufmerksam. »Hat das mit dem Kerl zu tun, der neulich nach dir gesucht hat?«

Plötzlich schienen die Wände auf sie zuzukommen. »Ich gehe jetzt besser.« Sie schob den Stuhl nach hinten. »Danke noch mal für deine Hilfe und den Wodka. Tut mir leid, wenn ich …« Sie sprach den Satz nicht zu Ende. Inzwischen tat ihr so vieles leid, dass sie gar nicht wusste, wo sie anfangen sollte. »Ich schulde dir einen Drink.« Sie lächelte gezwungen und eilte zur Tür.

Ihre Haustür war nicht verschlossen. Hatte sie das heute Morgen etwa vergessen? Sie konnte darüber jetzt nicht nachdenken. Sie knallte die Tür hinter sich zu und schloss ab. Gegenüber konnte sie Adams Silhouette am Fenster erkennen. Er wollte sehen, ob sie sicher in der Wohnung angekommen war. Sie hob die Hand, und er verschwand.

Den Rest des Tages verbrachte sie im abgedunkelten Wohnzimmer und wartete darauf, dass etwas an ihrer Tür kratzte und hereinwollte.

Am Stadtrand von Santa Rosa
176 Kilometer bis Albuquerque

Die Wüste wurde jetzt wellig und stieg zu sanften Hügeln an, die mit Gebüsch und Kaktusfeigen bewachsen waren. Es war, als würde das Land nach einem langen Schlaf wieder zum Leben erwachen.

Der Verkehr hatte zugenommen, meist Sattelzüge, deren Fahrer über Nacht irgendwo geparkt hatten und jetzt der Rushhour entgehen wollten.

Es war kurz nach halb sechs, doch der Himmel blieb hartnäckig dunkel. Rebecca wusste, dass es um diese Jahreszeit noch gut zwei Stunden dauerte, bis die Sonne auftauchte. Sie erwachte nämlich seit Wochen in pechschwarzer Dunkelheit, tastete nach Patrick und fand nur das kalte Bettlaken. Er stand gern früh auf und fuhr vor der Arbeit noch ins Fitnessstudio. Früher hatte er sie immer zum Abschied geküsst, doch jetzt schlüpfte er einfach aus dem Bett und verschwand.

Ihr fiel ein, was Cait gesagt hatte: Patrick sei ein Siegertyp. Sie hatte recht, und das war auch etwas, das sie sehr liebte an ihm. Er war eigentlich nicht arrogant (außer manchmal), sondern glaubte derart fest an den Erfolg, dass das Leben für ihn so lief, wie er es sich wünschte, wenn er sich nur genug anstrengte. Als sie ihn kennengelernt hatte, fand sie dieses Selbstvertrauen geradezu berauschend. Er nahm selbstbewusst seinen

Platz in der Welt ein und ermutigte sie, es auch zu tun. Jedenfalls bis ihre Lebensentwürfe auseinanderdrifteten.

Früher war er nicht sonderlich religiös gewesen. Er erwähnte manchmal seinen Glauben, ging am Aschermittwoch in die baptistische Kirche am Hamilton Square und trug für den Rest des Tages einen Rußfleck zwischen den Augen. Bei ihrem ersten gemeinsamen Weihnachtsfest hatten sie die Christmette in Alameda besucht. Ihr Vater hatte zu Hause auf dem Sofa gedöst, während sie in der dunklen Kirche Händchen hielten und den Weihrauch und den Duft der frisch geschlagenen Kiefer neben dem Altar einatmeten. Sie hatte angenommen, für Patrick sei es mehr Tradition als echter Glaube, doch dann hatte er in der Staatsanwaltschaft angefangen und die Unterhaltung beim Abendessen hatte deutlich biblischere Züge angenommen.

In Texas hatte sich Patricks Glaube weiter vertieft. Er ging jeden Sonntag in die Kirche und bat sie immer wieder, mitzukommen. Schließlich erklärte sie sich bereit, nur um zu sehen, wie es war. Patrick hatte sich einer Megakirche angeschlossen, wie es sie in Lubbock an jeder zweiten Straßenecke gab, und stolz erklärt, diese sei die beliebteste von allen. »Es ist wie eine große Party«, sagte er mit glänzenden Augen. »Du wirst begeistert sein.«

Als sie zum ersten Mal durch die Doppeltür in die gewaltige Halle getreten war, in der sich Tausende von Menschen drängten, die sangen und beteten und die Hände gen Himmel streckten, während Musik aus den Lautsprechern drang, fühlte sie sich berührt. Es war ganz anders als die katholischen Messen, die sie als Kind besucht hatte, mit ihren endlosen, eintönigen Liedern und dem erstickenden Weihrauchdunst und dem Priester, der in seinen goldbestickten Gewändern wie ein Pfau umherspazierte.

Der hiesige Pastor war ein junger Mann in Jeans und Hemd, der mit Begriffen wie »Kumpel« und »chillen« um sich warf. Er sprach davon, dass alle Menschen versagten und dass es uns menschlich und schön mache und Gott uns dennoch liebe. »Gott verlangt keine Vollkommenheit«, sagte er, während ein Mann hinter ihm Akkorde auf einer E-Gitarre anschlug. »Er verlangt Liebe, genau wie wir alle.«

Sie hatte darüber nachgedacht, während eine leicht rockige Version von »How Great Thou Art« einsetzte und die Menge sich im Takt zu wiegen begann. Sie überließ ihren Körper der Musik und hielt Patricks Hand, die er andächtig anhob, und einen Moment lang spürte sie, wie es sich anfühlte, so geliebt zu werden, wie alle Patrick liebten: unermesslich und vorurteilslos.

Doch das Gefühl war nicht von Dauer. Beim nächsten Mal sah sie nur noch den billigen Synthetikteppich und die Klappstühle aus Plastik und die verzweifelten Gesichter der Menschen, die dem Mann in der Jeans, der die Leute Kumpel nannte, die Hände entgegenreckten, und das alles machte sie so tieftraurig, dass sie die Augen schließen musste, um nicht zu weinen. Natürlich bemerkte Patrick es und schien zu glauben, sie sei soeben bekehrt worden. Nie würde sie die pure Freude in seinem Gesicht vergessen, als sie die Augen geöffnet und er sie angeschaut hatte wie einen verirrten Hund, der endlich nach Hause gefunden hatte.

Als er abends eingeschlafen war, hatte sie wach gelegen und die Bilder heraufbeschworen, die an den Wänden ihrer Sonntagsschulklasse gehangen hatten. Jesus, den Kopf von einem goldenen Heiligenschein umgeben, das entblößte Herz eine rote, von Dornen umrankte Masse. Sie zwang ihre eigene Brust, sich zu öffnen; ihre Rippen, sich zu weiten; ihr Herz, sich bereit zu machen, mit Gottes Liebe gefüllt zu werden.

»Du musst einfach nur glauben.« Das sagte Patrick immer, wenn er seine Hände auf ihren wachsenden Bauch legte und betete, wobei sich seine Lippen lautlos bewegten und er die Augen fest vor dem Bösen verschloss, das sie bedrängte. Sie saß dann da wie betäubt und wartete, dass er damit aufhörte. Selbst nach dem Ultraschall, als jede Zelle ihres Körpers an das versprochene Wunder glauben wollte, blieb ihre Seele hartnäckig ungerührt. »Du musst nur daran glauben«, hatte er gesagt und ihr Gesicht mit den Händen umfangen. »Bitte, Baby. Wage den Schritt.«

Nichts. Ihr Herz war fehlerhaft, ein ehernes Gewicht, das schwer in ihrer Brust lag und das keine Anstrengung der Welt in Fleisch verwandeln konnte.

»Glaubst du an Gott?« Rebecca war von sich selbst überrascht, als sie sich diese Frage stellen hörte.

Cait schaute sie aufmerksam und besorgt an. »Was du tust, ist nicht falsch.«

»Das habe ich nicht gefragt. Glaubst du an Gott?«

Cait zögerte. »Als Kind bin ich oft in die Kirche gegangen. Texas, du weißt schon«, fügte sie grinsend hinzu. »Ich war bei der Bibelstunde, im christlichen Ferienlager, das ganze Programm. Ich habe in der Highschool sogar einen dieser Keuschheitsringe getragen.« Ihre Blicke begegneten sich. »Aber nur, weil die coolen Mädchen das taten, nicht, weil ich wirklich gedacht habe, ich sei mit Jesus verheiratet.«

»Gehst du noch in die Kirche?«

Cait schüttelte den Kopf. »Schon seit dem College nicht mehr. Es hatte für mich eher soziale als religiöse Bedeutung. Meine Eltern waren nicht begeistert, haben es aber akzeptiert. Meine Brüder und ihre Familien gehen ja noch hin.«

»Hast du engen Kontakt zu deiner Familie?«

Cait schüttelte den Kopf. »Nicht so richtig. Meine Arbeitszeiten machen das schwierig, und ich habe auch nicht mehr viel mit ihnen gemeinsam. Versteh mich nicht falsch, ich liebe sie total. Wir sind nur … unterschiedlich.«

Rebecca dachte an Patrick, der sich jeden Abend neben das Bett kniete, um zu beten.

»Ich weiß, was du meinst. Aber du hast meine Frage nicht beantwortet. Glaubst du an Gott?«

Lange Pause. »Ich glaube, es gibt etwas«, sagte Cait schließlich und nickte zur Wüste hinaus. »Ich weiß nicht, ob es Gott ist oder etwas anderes, aber wir lösen uns nicht einfach auf, wenn wir gestorben sind. Ich glaube schon, dass wir eine Seele haben, die irgendwie weiterlebt.« Sie schaute nervös zu Rebecca. »Machst du dir Sorgen um dein Baby? Ich glaube nicht an diesen Schwachsinn von wegen Vorhölle. Ich glaube auch nicht, dass Gott Kinder bestraft, weil sie nicht getauft wurden, oder dass Babys unrein geboren werden und so Zeug. Mach dich bloß nicht verrückt damit.«

Rebecca wusste, was mit ihrer Tochter geschehen würde, wenn das alles vorbei war. Sie hatte ihren Frieden damit gemacht. Und doch wünschte sie sich, jemand würde ihr eine Antwort geben, an der sie sich festhalten, eine Rettungsleine zuwerfen, an die sie sich im eiskalten Meer klammern konnte. »Was glaubst du, wohin wir gehen, wenn wir sterben?« Doch sie wusste schon, dass es sinnlos war. Sie kannte die Wahrheit; sie ertrank darin.

»Keine Ahnung. Hoffentlich kommen wir an einen besseren Ort als diesen. Wie steht's mit dir? Glaubst du an Gott?«

Rebecca dachte an das Gesicht ihrer Mutter in dem mit Seide ausgekleideten Sarg, an die blicklosen Augen des Fuchses, der am Straßenrand lag, an den weichen, schlaffen Körper ihres Kaninchens, das sie als Kind in ihren kleinen Händen gehalten hatte.

Sie griff in die Handtasche und berührte das weiche Fell des Eisbären. Sie hatte ihn aus der Schublade genommen, als Cait vor dem Haus gehalten hatte. Er sollte ihre Tochter noch ein bisschen länger begleiten.

»Nein«, sagte sie leise. »Aber manchmal würde ich es gern.«

Acht Tage zuvor

Rebecca ging zum Recherchieren in die Bibliothek, weil sie sicher sein konnte, dort von niemandem erkannt zu werden. Sie setzte sich auf einen harten Plastikstuhl und tippte die Suchbegriffe in den steinalten Computer, während die Klimaanlage im Hintergrund surrte. Die Ergebnisse waren entmutigend. Die nächstgelegene Klinik war in Dallas, fünf Stunden Autofahrt entfernt, und sie müsste auf jeden Fall über Nacht wegbleiben, um die vorgeschriebene »Bedenkzeit« von vierundzwanzig Stunden zu erfüllen. Unmöglich.

Sie hatte die Entscheidung getroffen, nachdem Rich bei ihnen zu Hause aufgetaucht war. Obwohl sie ihn nicht mochte, musste sie ihm recht geben: Falls herauskäme, dass Patricks Frau eine Schwangerschaft abgebrochen hatte, wäre seine politische Karriere am Ende, und zwar ungeachtet der Gründe. Also würde sie heimlich abtreiben. Es war die einzige Möglichkeit, ihrem Baby großes Leid und Patrick eine Wahrheit zu ersparen, die ihn vernichten würde. Sie würde es allein durchziehen und das Geheimnis bewahren, bis sie tot und begraben war.

Doch als sie die Landkarte studierte und die wenigen roten Markierungen, die Kliniken in Texas anzeigten, war sie nicht sicher, ob sie es allein schaffen würde. Es war zu kompliziert, und sie stand zu sehr unter Beobachtung. Sie musste einen anderen Weg finden.

Als sie den Zettel am Schwarzen Brett entdeckte, durchzuckte es sie wie ein Blitz.

VERTRAUE FRAUEN. VERTRAUE UNS.

WIR SIND EINE GEMEINNÜTZIGE FRAUENORGANISATION, DIE FRAUEN HILFT. WIR STELLEN KEINE FRAGEN. ANONYMITÄT GARANTIERT.

Darunter eine Telefonnummer. Sie wusste nicht, ob man ihr dort helfen könnte, doch der Zettel war wie ein Rettungsring. Sie riss eine der Telefonnummern zum Mitnehmen ab und steckte sie ins Portemonnaie.

Sie wartete, bis Patrick bei der Arbeit war, und fuhr zu Walmart, wo sie das billigste Prepaid-Handy kaufte, das sie finden konnte. Sie zahlte und ging dann noch einmal in den Supermarkt, um Reinigungsmittel, Weihnachtsdekoration und allen möglichen anderen Kram zu besorgen. Sie musste einen unverdächtigen Kassenbon vorlegen können, falls jemand Fragen stellte.

Die Frau, mit der sie telefonierte, war freundlich, zugewandt und fürsorglich. Es sei kein Problem, eine Fahrerin zu finden, um sie zu der Klinik in Albuquerque zu bringen. Es entstand eine kurze, kaum merkliche Pause, als Rebecca ihre Adresse nannte. Die Frau würde den Termin für sie vereinbaren und erklärte ihr, was sie mitbringen und worauf sie sich gefasst machen musste. Als sie einhängte, ging sie an die Hausbar, goss sich ein Glas Whisky ein und kippte den Inhalt schaudernd in einem Zug hinunter.

Der Termin war in etwas über einer Woche. Jetzt war es wirklich, es gab kein Zurück mehr.

Rich

Die Theke aus poliertem Messing schimmerte, als Rich mit der Hand darüberstrich. »Ich bin halb Künstler, halb Soldat. Mein Job verlangt ein gewisses Feingefühl, aber man muss auch bereit sein, Blut, Schweiß und Tränen dafür zu geben.« Die Musik – klavierlastiger austauschbarer Jazz, der aus den eingebauten Lautsprechern in den dunkel vertäfelten Wänden drang – war nicht so laut, dass er die Stimme heben musste, aber laut genug, um zu gewährleisten, dass niemand mithörte. Das mochte er an dem Laden. Das und die Tatsache, dass er ihn an seinen Club in Washington erinnerte, auch wenn es nur eine schäbige Imitation war.

Er schob sein leeres Glas mit einem Nicken zum Barkeeper hin, der eine Flasche Whisky aus dem Regal nahm und ihm noch einen Doppelten einschenkte. »Lange Arbeitszeiten und schlaflose Nächte und beschissene Hotels in beschissenen Orten, und letzten Endes mag dein Kandidat gewinnen, aber nicht du bist derjenige, der auf der Bühne von den Anhängern gefeiert wird. Man kann es nicht machen, wenn man selbst auf Ruhm aus ist. Niemand klopft dir auf die Schulter und sagt: Du bist die große Nummer. Die große Nummer ist der Kandidat, dem du zur Wahl verhelfen willst. Das darf man nie vergessen. Keine Sekunde lang.«

Er nahm sein Glas, roch daran und runzelte die Stirn. »Das soll euer bester Tropfen sein? Das ist doch Billigfusel«, murmelte er, setzte das Glas dennoch an die Lippen und kippte den Whisky hinunter.

»Manche Leute sagen: ›Rich, warum stehst *du* nicht auf der Bühne? Du könntest jede Wahl gewinnen.‹ Und ich gebe zu, ich habe dran gedacht. Damals auf dem College – ich war in New Haven – war ich Vizepräsident des Studentenrates. Ich habe die Wahl mit dem höchsten Stimmenanteil gewonnen, den es je gegeben hat – ein absoluter Erdrutschsieg. Also könnte ich es. Ich kenne das Erfolgsrezept. Aber dann ist mir was klar geworden. Ein Regierungsjob ist eine Tretmühle. Ehrlich! Todlangweilig!« Er trank sein Glas aus. Dann fragte er seinen Begleiter: »Wollen Sie noch einen?«

Er wartete die Antwort nicht ab, hob die Hand und gab dem Barkeeper ein Zeichen, ihnen nachzuschenken. Der Barkeeper goss ein.

»Der Spaß ist der Wahlkampf selbst. Die Strategie, die Jagd, das Erlegen der Beute. Wissen Sie, wann die Leute einen Politiker am meisten lieben? An dem Abend, an dem er gewählt wird. Danach geht es nur noch bergab. Sehen Sie mich nicht so an, als wäre ich verrückt. Ich sage Ihnen, so ist es! Die lieben dich nie mehr als an dem Abend, an dem sie deinen Namen rufen.« Er schaute auf das Glas, ließ den Whisky darin kreisen und lächelte. »Für denjenigen, der ihn auf die Bühne gebracht, der ihm zur Wahl verholfen hat, ist dieser Abend der beste aller Zeiten. Besser als Sex, besser als Drogen, besser als dieser beschissene Whisky. Es ist wie …« Er riss die Augen auf. »BOOM! Ein Adrenalinstoß, direkt ins Herz. An diesem Abend bist du unbesiegbar. Und dann geht dein Kandidat auf die Bühne, um seine Dankesrede zu halten, und du hörst deine Worte. Als wäre er ein Bauchredner, nur dass du ihm nicht die

Hand in den Arsch steckst.« Er grinste süffisant. »Ein paar von ihnen haben mich auch darum gebeten, aber das ist eine andere Geschichte. Also ja, es ist harte Arbeit, und du bekommst nie genug Schlaf, und du wirst nie eine Familie haben, und falls doch, verlierst du sie wieder, aber es ist der gottverdammt beste Job auf Erden. Finde ich jedenfalls.«

Er trank noch einen Schluck und dachte nach.

»Mein Kandidat – oder unser Kandidat, wir werden sehen – mein Kandidat hat einfach alles. Es sieht gut aus, ist intelligent, kann reden, kann die Hausfrauen anschauen, dass sie schwach werden, kann den guten alten Cowboyscheiß verzapfen, der die Männer begeistert. Er arbeitet fleißig, geht in die Kirche, jammert nicht und ist verdammt noch mal der charmanteste Hurensohn, dem ich je begegnet bin. Ich mache das seit zehn Jahren und habe noch nie einen Kandidaten wie ihn erlebt. Er hat alles, um ganz nach oben zu kommen, und das meine ich ernst. Klar, es klingt verrückt, dass ich Ihnen das hier in dieser beschissenen Bar in diesem beschissenen Hotel erzähle ...« Seine Augen zuckten zum Barkeeper. »Ist nicht so gemeint. Aber es ist mir todernst. Der Typ kann es bis ganz nach oben schaffen, und ich werde derjenige sein, der ihn dorthin bringt.«

Er wiegte den Kopf. »Das einzige Problem ist seine Frau. Eigentlich perfekt – hübsches Gesicht, blonde Haare, gerade weiße Zähne, äußerlich stimmt alles –, aber sie ist einfach nicht der Typ, der auf Menschen zugeht. Hat ein bisschen was von Hillary. Schlimmer noch, sie ist nicht mit dem Herzen dabei, das merkt man deutlich. Sie hat ein paar Veranstaltungen mitgemacht und einfach nur dagestanden, so« – er verzerrte das Gesicht zu einer Grimasse – »und die Leute kaufen ihr das natürlich nicht ab. Die glauben, sie hält sich für was Besseres, und genauso ist es auch. Herrgott noch mal, wie sie mich anschaut – wie etwas, das unter ihrem Schuh klebt. Sie ist nämlich aus Kalifornien. San Francisco. Hat einen Master in Korbflechten oder so. Hat als Lehrerin gearbeitet, was uns eigentlich hätte in die Hände spielen müssen, aber wenn sie redet, klingt sie wie ein Hippie. Irgendwas von ›integrativen Klassenzimmern‹ und ›emotionaler Intelligenz‹ – dieser ganze Hokuspokus, der bei den Wählern überhaupt nicht ankommt. Die machen sich Sorgen, weil ihre Kinder mit einem Haufen Mexikaner in der Klasse sitzen, die kein Wort Englisch sprechen. *Comprende? No comprende!*«

Er lachte leise vor sich hin, seufzte und wurde wieder ernst.

»Egal, im Moment ist die Kacke am Dampfen. Und wir reden hier von einem atombombenmäßigen Albtraum erster Güte, der das Potenzial hat, die ganze Wahl zu torpedieren. Und alles wegen ihr. Ich habe ihm von Anfang an gesagt, dass sie eine Belastung ist, aber das.« Er schüttelte ungläubig den Kopf. »Das ist eine völlig neue Dimension.«

Er trank aus und sah auf die Uhr. »Ich muss los. Ich treffe den Boss in zwanzig Minuten, um die Strategie für nächste Woche zu besprechen. In den Umfragen liegt er sieben Prozent vorn. Hören Sie, Sie können sich ja denken, dass ich Sie nicht eingeladen habe, damit Sie mir zusehen, wie ich miesen Whisky trinke und rumquatsche. Die Situation, von der ich rede, würde bei einem schlechteren Wahlkampfmanager die politische Karriere des Kandidaten pulverisieren. Aber ich …« Er breitete grinsend die Hände aus. »… kann aus dieser Scheiße Gold spinnen, und ich will Sie dabeihaben. Es ist eine einzigartige Gelegenheit für Sie, um Justizgeschichte zu schreiben.«

Er verlangte die Rechnung und klatschte seine Kreditkarte auf die Theke.

»Was ich vorschlage, klingt vielleicht nach politischem Selbstmord, und sicher, die Frau wird ein Kollateralschaden sein, aber glauben Sie mir: Wenn wir das richtig anpacken, sitzt er nächstes Jahr im Senat, und danach geht es auf direktem Weg ins Weiße Haus. Und was bedeutet das jetzt konkret für Sie? Ich rede hier nicht von einem Posten an irgendeinem mittelwichtigen Gericht. Ich rede von ganz oben, vom Obersten Gerichtshof. Also, wie sieht's aus: Kann ich auf Sie zählen, wenn wir Geschichte schreiben?«

Am Stadtrand von Santa Rosa, New Mexico 133 Kilometer bis Albuquerque

Caits Nervosität stieg wieder, ihr Herz pochte, ihre Finger und Zehen juckten. Sie waren soeben an einem weiteren Straßenschild vorbeigekommen: Albuquerque – 133 Kilometer. In diesem Tempo müssten sie in einer guten Stunde dort sein.

Sie kamen an einem einzelnen Haus am Ende eines langen Feldwegs vorbei. Sie blinzelte in die Dunkelheit. Über der Haustür brannte Licht, davor parkte ein ramponierter alter Cadillac. Jemand war zu Hause.

Sie wartete auf die Scheinwerfer, auf das Grollen eines Motors, aber alles blieb dunkel und still, und die Straße vor ihnen erstreckte sich ins Unendliche.

Doch er war nah. Das spürte sie. Und sie wusste, Rebecca spürte es auch.

Eine Woche zuvor

Cait behielt die Tür im Blick, weil sie beinahe damit rechnete, dass jemand in die Kneipe kommen und sie mit einem gezielten Schuss niederstrecken würde. Sie hatte letzte Nacht beschissen geschlafen, war alle zehn Minuten aufgestanden, um das Türschloss zu überprüfen. Sie hatte aus dem Fenster gespäht, fest davon überzeugt, dass der Typ, der ihr in dem Durango gefolgt war, dort draußen auf sie wartete. Wann immer etwas in dem alten Haus knarrte oder ächzte, sprang sie aus dem Bett, das Messer mit beiden Händen umklammert. Als wenn sie sich tatsächlich damit verteidigen könnte. Als wenn sie nicht auf der Stelle tot wäre, sobald jemand hereinkam.

Als die Sonne aufging, döste sie ein und wurde wenige Stunden später vom Wecker aus dem Schlaf gerissen. Sie hatte die Frühschicht im *Dark Horse*. Der neue Manager hatte den Einsatzplan geändert, um »ein bisschen frischen Wind reinzubringen«, wie er bei der ersten Besprechung gleich am Montagmorgen verkündet hatte, doch alle wussten, dass er nur zeigen wollte, wer der Boss war. Sie hatte die Samstagabendschicht behalten können, aber der restliche Dienstplan war unterste Schublade. Vor noch nicht so langer Zeit wäre sie deshalb ausgerastet, weil sie mit am längsten dabei und eine der besten Barkeeperinnen war, doch so hätte sie wenigstens ihre Ruhe, auch wenn es nächsten Monat nur Ramen-Nudeln zu essen gäbe. Wenn die Kneipe leer war, konnte sie immerhin ein Auge darauf haben, wer hereinkam.

Die Tür schwang auf, das Herz schlug ihr bis zum Hals, aber es war nur Ken. Er winkte ihr zu, doch statt wie üblich seinen Hocker an der Theke anzusteuern, setzte er sich in eine Nische weiter hinten und bedeutete der Kellnerin, ihm die Speisekarte zu bringen. Cait hatte schon angefangen, sein Bier zu zapfen, drückte den Hahn wieder zu und ließ das halbvolle Glas auf der Abtropfmatte stehen.

Es war eine langweilige Schicht, die Flaute mitten in der Woche, und es war ein bisschen schade, dass Ken ihr nicht Gesellschaft leistete (und sie kein Trinkgeld bekam). Andererseits war sie dankbar, dass sie keinen Small Talk über das örtliche Footballteam machen oder über Witze lächeln musste, die sie schon tausendmal gehört hatte. Sie behielt Ken im Auge, der gerade mit der Kellnerin sprach, und war ein bisschen erleichtert, als die Bestellung für das Bier kam. Der neue Manager hielt nichts von Verschwendung. Sie füllte das Glas bis zum Rand und stellte es der Kellnerin auf die Theke.

Wieder ging die Tür auf. Diesen Mann kannte sie nicht: mittleres Alter, dunkle Haare, Chinos und grünes Polohemd mit gesticktem Logo, das sie von hier aus nicht erkennen konnte. Er trug eine Sonnenbrille und hatte die Hände tief in den Hosentaschen vergraben. Hatte Adam nicht gesagt, der Mann vor ihrer Wohnung sei dunkelhaarig gewesen? Sie hätte ihn um eine nähere Beschreibung bitten sollen. Sie hatte den Fahrer des Durango nicht erkennen können. Ob er das war?

Er starrte sie unverhohlen an, den Mund zu einem höhnischen Grinsen verzogen. Er nahm die Hände aus den Taschen. Etwas blitzte auf, und ihre Knie gaben nach. Sie klammerte sich an die Theke und warf einen raschen Blick zum Hintereingang. Würde sie es rechtzeitig schaffen?

Er schaute aufs Handy und steckte es wieder ein. Dann bemerkte er Ken in der Nische, winkte ihm zu und setzte sich zu ihm. Ken schob ihm die Speisekarte hin.

Er war nicht ihretwegen gekommen.

Cait war so erleichtert, dass es sie gar nicht weiter wunderte, Ken mit jemand anderem als Nick zu sehen. Seit drei Jahren war er immer nur mit ihm im *Dark Horse* gewesen. Ken und der Dunkelhaarige kannten sich offenbar, denn nachdem der Typ bestellt hatte, steckten sie die Köpfe zusammen und vertieften sich ins Gespräch.

Cait bemühte sich, ihre Nerven unter Kontrolle zu bringen. Die Schicht blieb ruhig. Ein älteres Paar trank den Haus-Weißwein zum Essen, beklagte sich über die laute Musik und gab zwei Dollar Trinkgeld bei einer Rechnung von dreißig Dollar. Einige rotgesichtige Engländer in Fußballtrikots stolperten herein, kippten drei Bier herunter und stolperten wieder hinaus. Eine Frau im Businesskostüm bestellte einen doppelten Scotch, leerte das Glas in zwei Zügen und ging ohne ein Wort. Am Ende des Abends hatte sie ganze elf Dollar Trinkgeld bekommen. Ken und sein geheimnisvoller Freund waren die letzten Gäste. Die Kellnerin knallte ihnen die Rechnung auf den Tisch und marschierte hinaus, um eine zu rauchen. Beide hatten nur ein paar Bier getrunken und nichts gegessen, darum lohnte es sich nicht, auf Trinkgeld zu warten. Die Kellnerin wusste genauso gut wie Cait, dass der Abend ein Fehlschlag gewesen war.

Ken kam mit der Rechnung an die Theke, gab sie Cait mit einem Zwanzig-Dollar-Schein und sagte, sie solle das Wechselgeld behalten, was die fürstliche Summe von vier Dollar ergab. Großzügig, aber nicht genug, um die Laune der Kellnerin zu heben.

»Heute Abend ohne Nick?«, fragte Cait, als sie das Trinkgeld für die Kollegin beiseitelegte.

Ken nickte. »Heute nicht. Hey, Mike.« Er winkte seinem Begleiter, der noch in der Nische saß. »Ich möchte dir eine Bekannte vorstellen.«

Der Mann stand auf und kam zur Theke herüber. Er war nicht sehr groß und bewegte sich langsam, als wäre seine Kleidung tropfnass und hinderte ihn am Gehen. Er nahm die Sonnenbrille ab und enthüllte Augen von der Farbe der Lupinen, die vor dem Haus ihrer Eltern in Waco wuchsen. Aus ihnen sprach Traurigkeit.

»Freut mich, Sie kennenzulernen«, sagte er, reichte ihr aber nicht die Hand. Er kam ihr irgendwie bekannt vor.

»Sind Sie aus Austin?«, fragte sie, wohl wissend, dass er nicht von hier war.

»Mike stammt aus Columbus«, sagte Ken, als wäre das eine besondere Leistung.

»Ich kenne Columbus. Meine Familie wohnt in Waco, daher fahre ich immer durch, wenn ich sie besuche.«

Mike nickte, sagte aber nichts. Sie schauten einander einige Sekunden schweigend an, und dann schlug Ken mit der flachen Hand so fest auf die Theke, dass alle drei zusammenfuhren. »Na ja, Caity, ich weiß, du möchtest Feierabend machen, also lassen wir dich jetzt in Ruhe.«

»Bis bald, Ken.«

»Aber sicher doch. Halt meinen Platz warm und das Bier kalt, während ich weg bin.«

»Das mache ich. War nett, Sie kennenzulernen, Mike.«

Sie brachte sie zur Tür, damit sie hinter ihnen abschließen konnte. »Ich wünsche euch eine gute Nacht«. Sie hielt die Tür auf.

»Dir auch. Und sieh zu, dass du sicher nach Hause kommst«,

fügte Ken hinzu, wobei ein komisches kleines Lächeln seine Lippen umspielte. »Die Welt da draußen ist ein Dschungel.«

Die beiden Männer sahen einander an und lachten. Cait beobachtete, wie sie den Parkplatz überquerten, machte die Tür zu und schob den Riegel vor.

Auch in dieser Nacht machte sie kein Auge zu.

Vier Tage zuvor

4chan/Caitlyn_Monaghan

TruePatriot368: warum hat noch keiner die bitch kaltgemacht??? ich dachte wir sind soldaten

Cucks_Suck: Viel Gerede nichts dahinter,.

Cucks_Suck: wenn du es unbedingt erledigt haben willst mach es doch selbst. statt hier rumzujammern wie eine arme Sau.

TruePatriot368: wenn mir jemand ein flugticket nach TX spendiert bin ich da.

TruePatriot368: ist doch nicht zu fassen das sie noch atmet nach allem was sie gemacht hat. Schnecken wie die sollten bestrafft werden damit alle anderen wissen was passiert wenn sie aus der Kühhce kommen.

Anonymus: Übernehme Mission, Brüder. Behaltet das Wetter im Auge. Ein Sturm zieht in ihre Richtung.

Stadtrand von Clines Corners, New Mexico 112 Kilometer bis Albuquerque

Rebecca wunderte sich nicht, als die Scheinwerfer wieder auftauchten. Sie hatte schon geahnt, dass etwas passieren würde, noch bevor der Pick-up sie gerammt hatte, noch bevor sie in den Jeep gestiegen und die abgestandene, muffige Luft eingeatmet hatte. Sie hatte es gewusst, seit sie das Ultraschallbild ihres Babys betrachtet und beschlossen hatte, es nicht zur Welt zu bringen. Etwas in ihr hatte damals schon gewusst, dass dies in irgendeiner Weise ihr Ende bedeutete.

Der Pick-up kam schnell näher, die Scheinwerfer rasten auf sie zu, blendend hell und unausweichlich.

»Meinst du, es ist derselbe?«, fragte Cait beim Blick in den Rückspiegel.

»Natürlich«, sagte Rebecca und schloss die Augen.

Das Kreischen von Metall auf Metall war lauter, als sie für möglich gehalten hatte. Als würde das Geräusch direkt in ihrem Schädel entstehen. Er hatte sie gerammt. Der Jeep rutschte aufs Bankett, Schotter spritzte an die Windschutzscheibe, bevor Cait das Steuer herumreißen und die Richtung korrigieren konnte. Sie war leichenblass, Schweißperlen glitzerten auf ihrer Stirn und in den feinen Härchen über ihrem Mund, sie hatte die Zähne fest zusammengepresst.

Sie schlitterten zurück auf den Asphalt. Rebecca schaute

zum Horizont. Niemand zu sehen. Der morgendliche Verkehr hatte sich aufgelöst.

Cait legte eine Hand auf Rebeccas Arm. »Alles gut?«

»Ja. Und bei dir?«

Cait berührte ihren Kopf und nickte. »Glaub schon.«

Der Pick-up fiel einige Wagenlängen zurück. Sie spürten förmlich, wie er hinter ihnen lauerte. Cait gab Gas, der Motor heulte auf.

»Schafft der Wagen das?« Rebecca schaute sie forschend an.

Cait runzelte die Stirn. »Ich glaube, er ist auch so weit in Ordnung.« Überzeugend klang das nicht. Sie verloren an Tempo, der Jeep zog nicht mehr richtig.

»Was machen wir jetzt?« Rebeccas Stimme bebte. *Denk nach.* Sie tastete nach ihrem Handy. KEIN NETZ.

»Und?«

Sie schüttelte den Kopf.

»Ist sowieso egal. Bis die Bullen hier sind …«

Cait brauchte nicht weiterzusprechen. Sie würden in Blut und Glasscherben und verbogenem Metall enden, während die kalte Wüste ungerührt zusah.

»Es ist fast sechs. Bald geht die Sonne auf. Er kann uns doch nicht bei Tageslicht von der Straße drängen.«

Cait schüttelte den Kopf. »Es wird frühestens in einer Stunde hell.«

»Aber der Berufsverkehr geht bald los. Dann haben wir Zeugen. Er kann doch nicht …« Aber noch während sie es aussprach, wusste sie, dass er sehr wohl konnte. Er hatte sie hier in der Wüste aufgespürt. Er konnte alles.

»Er kommt wieder«, sagte Cait, den Blick auf den Rückspiegel geheftet. »Mach dich bereit.«

Rebecca legte die Hände auf den Bauch und kniff die Augen zu. *So sollte es nicht enden, meine Kleine.* Sie würde sterben und Cait und ihr Baby, aber nicht so, wie sie es gewollt hatte. Es würde grausam und schmerzhaft sein. Sie stellte sich vor, wie ihr Kopf gegen das Armaturenbrett knallte, ihr Körper durch die Windschutzscheibe schoss, das Glas ihr tausend Nadelstiche versetzte, ihre Haut über den Asphalt scheuerte, sich Knochen und Blut und Metall miteinander vermischten. Flammen, beißender Benzingeruch, eine Rauchwolke, die in den dunklen Himmel stieg.

Der Mann würde aus dem Pick-up steigen und auf sie hinuntersehen, während sie starb, und seine Augen – seine stumpfen schwarzen Augen – wären das Letzte, was sie auf dieser Welt sah, bevor das Licht erlosch und sie aufhörte zu existieren. Sie würde zu nichts. Und in ihr würde ihr Baby wenige Sekunden oder endlose Minuten weiterleben und trotz seines Zustands wissen, dass seine Mutter nicht mehr lebte. Ihre Tochter wäre ganz allein und verängstigt, triebe ankerlos im Körper ihrer Mutter, und dann würde auch sie sterben, weil Rebeccas Körper ihr nicht mehr gab, was sie zum Überleben brauchte.

Oder, schlimmer noch: Rebecca würde nicht sofort sterben. Ihr Rückgrat wäre verletzt und ihr Gehirn ohne Sauerstoff, aber man würde ihren Körper retten (nicht ihren Verstand, aber der spielte keine Rolle, nicht dafür), sie an Maschinen anschließen, die für sie atmeten und sie ernährten und ihr Herz schlagen ließen, und abwarten, bis das Baby in ihr gewachsen wäre. Dann würde man sie aufschneiden und das Baby in diese grausame Welt holen, und die Kälte würde auf die dünne Haut ihrer Tochter treffen, und sie würde sterben, zitternd und allein, umgeben von Fremden mit Masken und piepsenden Maschinen und kaltem Metall.

Rebecca bereitete sich auf den Aufprall vor, doch der Pick-up ließ nur den Motor aufheulen und fiel weiter zurück.

»Was macht er da?«, keuchte sie. Das Entsetzen verschlug ihr den Atem. »Warum tut er uns das an?«

Cait griff nach Rebeccas Hand. »Alles wird gut.« Sie klang seltsam ruhig. »Wir stehen das durch.« Sie umschlang Rebeccas Finger und drückte sie, und etwas in ihrer Brust löste sich, wenn auch nur ein bisschen und nur für einen Moment.

Der Jeep war solide gebaut. Rebecca berührte mit der freien Hand die Tür und spürte die Festigkeit. Sie fühlte sich wie ein Samenkorn in einer schützenden Hülle.

Dann schloss sie die Augen und wartete.

Man hatte Cait beim Training auf einiges vorbereitet: wie sie Frauen aus dem Haus holte, wenn der gewalttätige Partner dort war; wie sie die Frauen durch die skandierende Menge zur Klinik geleitete; was die Anzeichen eines postoperativen Notfalls waren.

Auf dieses Szenario hatten sie sie bei ihren Sitzungen mit laschem Kaffee und weich gewordenen Keksen allerdings nicht vorbereitet: dass sie am Arsch der Welt landen könnte, eine verängstigte Frau an ihrer Seite und einen Irren hinter sich, der sie von der Straße drängen wollte.

Der Pick-up folgte ihnen in ihrem Tempo. Sie konnte nur die Umrisse des Fahrers sehen, der es förmlich zu genießen schien, sie hinzuhalten.

Cait sah zu Rebecca hinüber. Ihr Gesicht war zum Fenster geneigt, sie konnte nur die Spitzen ihrer getuschten Wimpern und den sanften Schwung der Wange erkennen. Ihre Hand ruhte noch immer schützend auf dem Bauch. Cait hätte ihre am liebsten daraufgelegt und gesagt, dass alles glattginge, dass sie es rechtzeitig nach Albuquerque schaffen würden und sie im Handumdrehen zurück in Lubbock wären, doch die Worte klumpten in ihrem Mund zusammen. Sie konnte

Rebecca nichts versprechen. Sie hatte keine Ahnung, was sie erwartete.

Cait holte tief Luft und atmete langsam aus. »Tut mir leid, falls es wegen mir ist«, sagte sie leise.

Rebecca nickte. »Gleichfalls.«

Die Scheinwerfer kamen wieder näher.

Cait hielt den Blick auf die Straße gerichtet und umklammerte das Lenkrad. Sie hatte die Stimme der Ausbilderin im Kopf, klar wie der Nachthimmel. *Die Sicherheit der Klientin genießt absolute Priorität.* »Ich tue mein Bestes, damit wir hier lebend rauskommen. Also halt dich gut fest.«

Der Pick-up drängte wieder heran, die Scheinwerfer blendeten gleißend im Rückspiegel.

»Ich kann ihn nicht erkennen«, sagte Cait. »Du?«

Rebecca drehte sich um. Sie sah nur den verchromten Kühlergrill und die getönte Windschutzscheibe. »Nein.«

Cait trat das Gaspedal weiter durch, der Wagen schoss nach vorn. Rebecca hörte, wie der Motor kämpfte, spürte, dass er nur zögernd beschleunigte. So konnten sie ihm unmöglich entkommen.

»Was machen wir jetzt?«

»Keine Ahnung.«

Rebecca suchte prüfend die Straße ab. Aus der Gegenrichtung kamen Scheinwerfer auf sie zu. Rebecca deutete hinüber. »Kannst du ihnen nicht irgendein Signal geben? Lichthupe oder so?«

»Die werden glauben, wir warnen sie vor einer Polizeikontrolle.«

»Dann hupe. Wenn du hupst, schaut der Fahrer vielleicht herüber und sieht, was los ist.«

Cait nickte wenig überzeugt. »Schaden kann es nicht.«

Die Hupe zerriss die stille Dunkelheit. Der Pick-up fiel ein Stück zurück, und sie sahen, wie der entgegenkommende Lkw – ein Sattelzug mit landwirtschaftlichem Gerät – das Fenster herunterließ. Das Gesicht eines Mannes tauchte auf, geisterhaft weiß. Cait hupte weiter, und sie hämmerten gegen die Scheiben, doch der Mann schüttelte nur den Kopf. Vermutlich hielt er sie für betrunken oder verrückt.

Die Rücklichter des Sattelzugs verschwanden, und der Pick-up kam sofort wieder näher. Bald war er so nah dran, dass er ihre Stoßstange berührte. Einmal. Zweimal. Ein drittes Mal, diesmal heftiger.

Cait umklammerte fluchend das Lenkrad. »Es gibt keinen Ausweg«, murmelte sie.

Vor ihnen war nichts außer Straße und Wüste. Keine Möglichkeit, sich zu verstecken.

Der Pick-up wechselte auf die linke Spur und fuhr neben ihnen her.

»Was hat er vor?«, fragte Rebecca.

Cait schaute nach links. Das Beifahrerfenster war fast auf gleicher Höhe mit ihrem. Sie drückte ihr Gesicht an die Scheibe, um einen Blick auf den Fahrer zu erhaschen, doch die getönten Scheiben spiegelten nur ihr eigenes entsetztes Gesicht.

Denk nach. Denk nach. Du brauchst einen Plan.

Sie trat das Gaspedal ganz durch, doch der Jeep kam nur mit Mühe auf hundertdreißig. Er war definitiv angeschlagen. Die Gänge knirschten, der Motor vibrierte, das Getriebe ächzte. Es musste beim Auffahrmanöver beschädigt worden sein.

Na los, lockte sie den Wagen. *Lass mich jetzt nicht im Stich.*

Der Pick-up blieb gleichauf. Es war ein neuerer Chevy mit

Allradantrieb, extra breitem Fahrerhaus und einem starken, grollenden Motor. Dem konnten sie unmöglich entkommen.

Also musste sie ihn überlisten.

»Halt dich fest.«

Sie trat abrupt auf die Bremse. Der Wagen brach hinten aus, und Cait hatte Mühe, das Lenkrad gerade zu halten. Die Reifen quietschten auf dem Asphalt, es stank nach verbranntem Gummi. Der Pick-up war zehn Meter vor ihnen, dann zwanzig, fünfzig. Der Gurt schnitt an ihrem Schlüsselbein schmerzhaft ein.

Dann kamen sie mitten auf dem Highway zum Stehen. Nur ihr stoßweiser Atem war zu hören.

»Was zum Teufel machst du da?«

Für Erklärungen blieb keine Zeit. Cait schaltete die Scheinwerfer aus, alles wurde schwarz. Was einmal funktioniert hatte, würde vielleicht auch ein weiteres Mal funktionieren. Sie legte den Rückwärtsgang ein, setzte auf den Standstreifen zurück, wendete und trat das Gaspedal durch.

»Das ist die falsche Richtung.«

Cait blieb ungerührt. »Ich weiß.«

Ihr Herz hämmerte so heftig, dass sie den Pulsschlag bis in ihren Schädel spürte. Sie fuhr ohne Licht hundertzehn, und das auch noch in der falschen Richtung, was eher auf Todessehnsucht als auf einen Rettungsversuch schließen ließ.

Bisher war ihnen niemand entgegengekommen. Immerhin könnte sie rechtzeitig ein Lichtsignal geben, auch wenn sie den Leuten einen furchtbaren Schrecken einjagen würde, wenn sie plötzlich die Scheinwerfer einschaltete. Sie brauchten nur ein bisschen Zeit. Wenn sie es zurück nach Clines Corners schafften, könnten sie Hilfe rufen. Sie durfte sich nicht länger den Kopf zerbrechen, ob sie wegen Rebecca lieber nicht die Polizei rufen sollte. Sie brauchten Hilfe, egal wie und um welchen Preis. Hauptsache, sie blieben am Leben.

Sie sah in den Rückspiegel. Niemand zu sehen, doch so leicht würde er sie nicht davonkommen lassen. Er musste gesehen haben, wie sie gewendet hatte. Warum war er ihnen nicht gefolgt?

Sie fuhren jetzt nach Osten, und Cait bemerkte, dass sich der Horizont golden färbte. Sie sah auf die Uhr. 6:34 Uhr. In einer halben Stunde ging die Sonne auf. Sie wusste nicht, ob das ein Fluch oder ein Segen war.

»Ich sehe was.«

Rebecca hatte sich vorgebeugt und spähte in den Außenspiegel.

»Was denn?«

»Da kommt jemand.«

Cait schaute in den Spiegel. Scheinwerfer. Das Zwielicht brach sich im verchromten Kühlergrill des Pick-ups.

»Ist er das?«

Sie kannte die Antwort, noch bevor Rebecca nickte und zu weinen begann.

Der Pick-up brach durch die Mittelplanke und klemmte sich hinter sie. Der Motor röhrte zornig und drängend. Wer immer den Pick-up fuhr, würde sie erwischen.

Rebecca schloss die Augen. Na schön. Dann mal los.

Der Pick-up war wieder neben ihnen, aber leicht nach hinten versetzt. »Ich sehe nicht, was er dahinten macht.«

Sie blieben nicht lange im Unklaren. Der Pick-up rammte den Jeep von der Seite, sodass sie kreiselnd von der Straße drifteten. Die Räder rutschten vom Asphalt, plötzlich flogen sie durch die Luft. Der Jeep kippte, die Windschutzscheibe wurde zum Zerrspiegel, in dem die ganze Welt auf dem Kopf stand. Der Wagen prallte hart auf die Fahrerseite, die Seitenfenster barsten. Das Dach wurde eingedrückt. Dann drehte er sich erneut und landete auf den Rädern.

Der Motor stieß ein langes, schmerzhaftes Zischen aus und verstummte.

Der Jeep hatte keine Airbags, und Rebeccas Gurt hatte irgendwann nachgegeben. Sie war vornüber aufs Armaturenbrett und dann zurück in den Sitz geschleudert worden, als der Jeep aufsetzte. Sie tastete nach ihrem Mund. Blut.

Wieder drehte sich alles. Sie hatte noch nie gut Blut sehen können.

Sie tastete sich ab, suchte nach weiteren Verletzungen. Ihr Nacken schmerzte bei jeder Bewegung, und ihre rechte Schulter tat weh. Vorsichtig bewegte sie die Beine; einen Knöchel hatte es auch erwischt. Sie musste ihn im Fußraum verdreht haben. Zuletzt berührte sie ihren Bauch. Einen Moment lang blieb alles ruhig, doch dann spürte sie eine ganz zarte Bewegung, wie Schmetterlingsflügel, die über ihr Inneres strichen. Sie ließ sich in den Sitz zurücksacken.

Vielleicht wäre eine Fehlgeburt während des Unfalls ein Segen gewesen, aber sie wollte dem Ungeheuer im Pick-up keine Genugtuung geben. Es sollte zu ihren eigenen Bedingungen geschehen.

Sie sah zu Cait hinüber, die schlaff wie eine Puppe im Fahrersitz hing, die dunklen Locken verfilzt, das Gesicht blutüberströmt. Glassplitter glitzerten wie Diamanten auf ihrer Haut.

Rebecca rüttelte sie. »Cait, kannst du mich hören? Cait?« Nichts. Eine rosa Spuckeblase bildete sich vor Caits Mund und zerplatzte. Rebecca schüttelte sie fester. »Cait, wenn du mich hören kannst, wach auf.« Sie sah aus dem zerbrochenen Fenster. Vom Pick-up keine Spur, aber sie wusste, dass er da draußen war.

Dass er seine Aufgabe zu Ende bringen wollte.

Caits Augen öffneten sich flatternd. Sie schaute auf die gesplitterte Windschutzscheibe, in der sich die Wüste in tausenden Fragmenten brach. Es war still, sie hörte nur das Blut leise in ihren Ohren rauschen. Einen Moment lang schien sich Frieden auf sie zu senken.

Dann kam der Schmerz.

Ihr Gesicht fühlte sich an, als hätte man es in Säure getaucht, jeder Nerv schien in Flammen zu stehen. Ihre Zunge war geschwollen und blutig, und ihr linker Arm hing in einem seltsamen Winkel am Körper herab.

Jemand fasste sie an, schüttelte sie, rief immer wieder ihren Namen. Sie öffnete den Mund, fand aber keine Worte. Sie schloss wieder die Augen. Wollte schlafen. Wollte, dass dieser Albtraum endlich vorbei war.

»Cait!« Sie öffnete die Augen und sah Rebeccas Gesicht über sich. Blut tropfte von ihrem Kinn, ihre Mundpartie war geschwollen. Am meisten erschreckte sie Rebeccas Blick, der sich fiebrig in ihre Augen brannte. Sie war wie von Sinnen vor Angst.

»Wir müssen weiter.« Rebecca tastete nach etwas. »Ich muss dich jetzt ein bisschen bewegen, damit ich ans Lenkrad komme. Ich bringe uns hier raus.«

Der Sicherheitsgurt löste sich, und Cait sackte aufs Lenkrad. Ihr Körper schmerzte. »Cait, kannst du mich hören?« Sie brachte ein Ächzen zustande. »Kannst du die Arme um meinen Hals legen?« Cait versuchte es, konnte sie aber nicht anheben. Sie fiel zurück in den Sitz. »Schon gut«, murmelte Rebecca. »Keine Sorge.« Hände zogen an ihren Schultern. Cait schrie auf, als der Schmerz durch ihren linken Arm zuckte. »Ganz ruhig. Ich glaube, du hast dir den Arm gebrochen. Ich versuche, vorsichtig zu sein, aber wir haben nicht viel Zeit.« Arme schlangen sich um ihre Taille, zogen und zerrten. Ihr Körper verlagerte sich. Der Schmerz schoss wie ein Pfeil durch sie hindurch.

Sie musste ohnmächtig geworden sein, denn als sie die Augen öffnete, saß sie halb auf dem Beifahrersitz, und Rebecca kletterte gerade über sie hinweg. Cait sah zu, wie sie sich hinsetzte und nach dem Zündschlüssel tastete.

Sie drehte den Schlüssel. Der Motor stotterte. Sie versuchte es noch einmal. Er stotterte und hustete. Cait hörte das Todesrasseln in der Kehle des Jeeps. Der Tank war undicht, Benzin war in den Motorraum gedrungen. Sie deutete in Rebeccas Richtung. »Das Gas …«, flüsterte sie. »Gib Gas …«

Ihre Worte ertranken in einem langen, zitternden Schrammen von Metall auf Metall. Die beiden Frauen erstarrten. Leise Schritte draußen, eine Hand, die am Türgriff rüttelte, wieder ein langgezogenes Schrammen an der verbeulten Karosserie.

Rebecca sah sie verängstigt an.

»Das ist er«, flüsterte sie.

Die Tür wurde aufgerissen, und die Silhouette eines Mannes füllte den Türrahmen.

Rebecca schaute hoch zu dem Mann. Sie hatte ihn noch nie gesehen. Sie bemerkte die Verwunderung in seinen dunklen Augen, dann den Zorn. »Scheiße, wer bist du denn?« Er schlug ihr ins Gesicht, bevor sie etwas sagen konnte.

Ihr Kopf flog gegen die Rücklehne. Sterne tanzten vor ihren Augen. Sie legte die Hände vors Gesicht, um den nächsten Schlag abzumildern, der sie seitlich am Kopf traf. Ihr Schädel schien anzuschwellen. Sie schloss die Augen und wimmerte. »Scheiße, steig aus«, sagte der Fremde und wollte sie aus dem Wagen zerren.

Rebecca ruderte mit den Armen, auf der Suche nach Halt und nach Weichteilen. Sie bohrte ihm den Daumen ins Auge, und er wich zurück, griff dann aber nach ihrem Hals und drückte zu, schnürte ihr die Luft ab. Er ließ los, bevor sie ohnmächtig wurde, und sie sackte würgend aufs Lenkrad.

»Steig aus«, wiederholte er und riss an ihrem Arm. Sie rutschte langsam vom Sitz.

Rebecca stieß ihm das unverletzte Bein gegen die Brust, sodass er nach hinten taumelte. »Cait«, rief sie und zog sie am Arm. »Du musst aufwachen! Du musst raus hier!«

Der Mann packte ihren verletzten Knöchel. Seine Handflächen waren kalt und schweißnass. Sie zappelte wie ein Fisch am Haken, doch er zog ihren Körper unerbittlich aus dem Wagen. Rebecca schabte mit dem Hinterkopf am Türrahmen entlang, bevor sie auf den Boden knallte und eine Schmerzwelle einen Schauer über ihren Rücken laufen ließ.

Ihre Fingernägel kratzten über die Erde, als er sie ins Gebüsch zog.

»Wer bist du?«, kreischte sie. Dann trat er ihr in den Bauch, und ihr wurde schwarz vor Augen.

Cait spürte die kalte Luft im Gesicht und versuchte, sich davon wegzudrehen. Ihr war kalt, sie zitterte am ganzen Leib, alle Nerven lagen bloß.

Irgendwo in weiter Ferne hörte sie Kampfgeräusche, gefolgt von einer Reihe dumpfer, schwerer Schläge. Sie hielt die Augen geschlossen. Sie wollte einfach nur schlafen. In ein tiefes Vergessen sinken.

Ein Schrei gellte durch die Dunkelheit. Cait öffnete die Augen. Durch die zersplitterte Windschutzscheibe sah sie den samtig dunklen Himmel mit einzelnen violetten Streifen. Es war das Vollkommenste, was sie je gesehen hatte.

Noch ein Schrei, er riss ab. Stille. Schwere Schritte näherten sich. Ihre Finger zuckten. Ein archaischer Instinkt befahl ihr, sich zu bewegen, doch ihr Körper gehorchte nicht.

Die Tür wurde aufgerissen. Kalte Luft peitschte auf ihre Haut. Eine Stimme murmelte etwas. Hände hoben sie heraus. Ein vertrauter Geruch füllte ihre Lungen. Sie wollte hinsehen, doch vor ihren Augen war nur der gewaltige, bunt bemalte Himmel, der wunderschön und unbarmherzig auf sie herabschaute.

Ihre Absätze schleiften über den Boden.

Eine Tür ging auf. Ein weicher Ledersitz. Eine andere Tür schlug zu. Ein Schlüssel klickte im Zündschloss. Ein Motor erwachte grollend zum Leben.

Am Stadtrand von Moriarty, New Mexico 86 Kilometer bis Albuquerque

Er hatte kein Wort gesprochen, seit er sie in den Wagen gehievt hatte, aber sie konnte ihn riechen: Orange, vermischt mit einem würzig-süßen Eau de Cologne. Ihr Kopf fühlte sich an wie ein mit Klebstoff gefüllter Ballon.

Das Zeitgefühl war ihr völlig abhandengekommen. Sie schloss ein Auge und ließ das andere auf dem Armaturenbrett ruhen. Schließlich konnte sie die grüne Anzeige lesen: 6:46 Uhr. Zahlen kreisten in ihrem Kopf. Ihr Verstand zog etwas an die Oberfläche: Rebecca. Sie kämpfte gegen die aufsteigende Panik. *Rebecca. Wo ist Rebecca?*

Sie hatte ihn seit zwei Jahren fast jeden Tag gesehen, doch in diesem Licht wirkte er ganz anders. Jünger vielleicht. Das Mondlicht betonte die kleinen Narben auf seiner Wange, ein Andenken an die Akne seiner Teenagerzeit.

»Wie hast du uns gefunden?«

Er kratzte sich im Nacken. Sie hörte, wie seine Fingernägel etwas zu fest über die Haut schabten. »Du musst still sein.«

Schweigen, jetzt dichter.

Cait schaute ihn an. Sein Profil schimmerte geisterhaft weiß in der Dunkelheit, und sie konnte die schlaffe Haut unter dem Kinn erkennen. Er wirkte sanft und unschuldig.

Nur musste sie ihn ganz neu kennenlernen. Dieser Mann

war ihr Hunderte Kilometer gefolgt. Dieser Mann hatte sie absichtlich von der Straße gedrängt und fast umgebracht. Dieser Mann hatte Rebecca aus dem Jeep gezerrt und verprügelt, vielleicht sogar totgeprügelt. Er hielt ihr Leben in den Händen.

Ihr wurde flau.

Rebecca. Wo ist Rebecca?

Das Zittern kehrte zurück, stärker als zuvor, und sie drückte den unverletzten Arm fest an die Brust. Wie lange folgte er ihr schon? Erst seit heute Abend? Oder schon seit Monaten?

Manchmal war sie von der Spätschicht gekommen und hatte gespürt, dass jemand sie beobachtete. Sie hatte die Schlüssel fest umklammert, kampfbereit, bis sie die Haustür abgeschlossen und sich selbst für ihre Hysterie ausgelacht hatte. Da waren die langen Nächte, in denen sie in die Dunkelheit gestarrt und auf Schritte vor dem Fenster gehorcht hatte. Sie hatte gewusst, dass sie nirgends sicher war, nicht einmal in ihrem eigenen Zuhause.

Und er hatte vor seinem Haus gestanden, ihr zugewinkt, gelächelt und ihr einen schönen Tag gewünscht. Wie ein guter Nachbar es tun sollte.

Ein Schauer überlief sie. Er steckte also dahinter, die ganze Zeit schon.

Adam

Wie lange war er nun schon außen vor geblieben? Endlose Jahre, in denen er nichts als ein Wurm gewesen war, der sich im Dreck wand, verabscheut und verachtet. In der Schule hatten sie ihn vom ersten Tag an gehasst, als er sich in der Pause Milch aufs Hemd gekleckert und ein anderer Junge ihn ausgelacht hatte, weil er angeblich nach saurer Milch roch. Heute wusste er, dass Milch nicht so schnell sauer wurde. Der Junge hatte etwas anderes an ihm wahrgenommen, etwas Verfaultes tief in seinem Mark, das in Haut und Knochen und Seele haftete.

Als er acht wurde, hatte seine Mutter darauf bestanden, dass er eine Geburtstagsparty feierte, und seine ganze Klasse eingeladen. Sie hatte eine Rollschuhbahn reserviert und war mit ihm zu einem Partyspezialisten gefahren, wo er die Dekoration und kleine Geschenke aussuchen durfte. Er hatte die Einladungen selbst verteilt – rot-blau, mit Superman drauf – und zugesehen, wie die Kinder sie wortlos in ihre Rucksäcke stopften. Niemand kam zu der Party. Kein einziges Kind. Er wusste noch, wie er Viertel-Dollar-Münzen in den Greifautomaten geworfen hatte, während seine Mutter hinter ihm stand und mit den Tränen kämpfte.

Danach war er für sich geblieben, an den Spielplätzen und

der Cafeteria vorbeigeschlichen, hatte sich jeden Nachmittag nach der Schule in sein Zimmer gestohlen.

Sie spürten ihn überall auf. Sosehr er sich bemühte, unsichtbar zu bleiben, sie spürten ihn auf. Es reichte ihnen nicht, ihn zu hassen. Sie wollten ihm wehtun.

In der Pubertät war es besonders grausam. Er las den Abscheu in den Augen aller angesagten Mädchen, und auch die unbeliebten mochten ihn nicht. Die dämlichen Muskelprotze machten sich über ihn lustig, schubsten ihn gegen die Spinde, spuckten in sein Mittagessen. Nach der Schule schloss er sich in seinem Zimmer ein und stellte sich taub, wenn ihn seine Mutter zum Abendessen rief. Er füllte ganze Notizbücher mit Gedichten für Mädchen, die ihn niemals lieben würden, und verfasste gequälte Tagebucheinträge, in denen er die Zurückweisungen in allen unerträglichen Details schilderte.

Er betrachtete sich stundenlang im Spiegel, um herauszufinden, was genau ihn so abstoßend machte. Na schön, er war mager. Wenn er das T-Shirt auszog, was er nur zum Duschen tat, konnte er seine Rippen wie Klaviertasten zählen. Als Kind hatte seine Mutter ihm ein Mittel gegeben, von dem er zunehmen sollte – dicke, schwabblige Shakes, die wie gesüßte Kreide schmeckten, aber er war einfach mager geblieben. Auch sein Gesicht war dünn und lang, und seine Augen schienen zu groß für seinen Schädel. Einer der Muskeltypen hatte ihn mal Auschwitz genannt, und der Name war hängengeblieben.

Im College wurde es ein bisschen leichter. Die Leute schienen ihm mit weniger Abscheu zu begegnen. Er fand sogar ein paar Freunde. Doch sosehr er sich auch bemühte, kein Mädchen wollte sich mit ihm verabreden. Dabei wollte er nur im Kino ihre Hand halten, ihr einen Gute-Nacht-Kuss geben, sich um sie kümmern. Er war ein netter Typ. Warum gaben sie ihm keine Chance?

Vor ein paar Jahren hatte ihn ein Mädchen in einer Kneipe ausgelacht, als er ihr einen ausgeben wollte. An jenem Abend hatte er an Selbstmord gedacht – hatte sogar schon Badewasser eingelassen und einen Rasierer bereitgelegt –, letztlich aber gekniffen.

Stattdessen hatte er »Warum wollen Mädchen nicht mit mir schlafen?« in eine Suchmaschine getippt und war in einem Forum namens BrainCels gelandet. Zuerst fand er das Zeug, das die Leute dort über Frauen posteten, ziemlich abstoßend, doch als er weiterlas, musste er ihnen mehr und mehr zustimmen. Wie oft schon hatte ein Mädchen ihn zurückgewiesen und war stattdessen mit einem blöden, muskelbepackten Arschloch nach Hause gegangen? Er verbrachte Stunden in dem Forum, und als die Sonne aufging, fand er endlich den Mut, selbst etwas zu posten. Er beschrieb, was an jenem Abend passiert war und dass es ihm seit der Highschool immer wieder so gegangen war.

»Herzlich willkommen«, schrieb einer. »Schluck die schwarze Pille.«

Im Internet fand er mehr Informationen zu den Incels: »Die Vorstellung, dass der Erfolg in Liebesdingen mehr von genetisch bedingten äußerlichen Merkmalen wie Gesundheit, Attraktivität und Intelligenz bestimmt ist als von persönlichen Eigenschaften wie Freundlichkeit oder Charakterstärke.«

Da fiel es ihm wie Schuppen von den Augen. Auf einmal ergab alles einen Sinn: die Zurückweisungen, die Einsamkeit, die Hilflosigkeit. Sie waren so auf die Welt gekommen, jeder Einzelne von ihnen. Kein Mädchen würde sie je mögen, weil sie genetisch minderwertig und somit abstoßend waren. Die einzigen Typen, die Sex hatten, waren durchtrainierte Kerle, die Mädchen mies behandelten, oder Beta-Männchen, die Mädchen finanziell etwas zu bieten hatten und sie damit köderten.

Nun hatte er eine Gruppe von Menschen gefunden, die diese Ungerechtigkeit durchschauten und sich darüber austauschten. Endlich fühlte er sich zugehörig.

Und als er herausgefunden hatte, dass gleich neben ihm eine aggressive Feministenschlampe wohnte, bekam sein Leben doch noch einen Sinn.

Er würde derjenige sein, der sie tötete.

Clines Corners, New Mexico
93 Kilometer bis Albuquerque

Cait schloss die Augen und stellte sich schlafend. Sie musste nachdenken. Einen Plan schmieden.

Was wollte er von ihr?

Rebecca, die blutüberströmt am Boden lag. O Gott, o Gott, sie war tot. Und es war allein ihre Schuld.

Sie hätte sie nie in den Jeep steigen lassen dürfen. Sie hätte umkehren müssen, nachdem der Pick-up sie zum ersten Mal gerammt hatte, hätte darauf bestehen müssen, die Polizei zu rufen. Sie hätte besser auf Rebecca aufpassen müssen. Jetzt war sie tot.

Und sie bald auch.

Ruhig. Ganz ruhig.

Die Wüste rauschte an ihr vorbei, die endlose Straße war leer. Es gab keine anderen Autos, aber wie hätte sie sich auch bemerkbar machen sollen? Eine Reklametafel, die für einen Schrottplatz warb. WIR MACHEN IHREN MÜLL PLATT. Eine stillgelegte Raststätte.

Sie konnte nicht sagen, ob sie nach Osten oder nach Westen fuhren. War sie hier schon vorbeigekommen? Sie versuchte, sich an Orientierungspunkte zu erinnern, aber es gab natürlich keine. In dieser gottverlassenen Gegend gab es einfach gar nichts.

Wohin brachte er sie?

Sie riskierte einen vorsichtigen Seitenblick. Adam starrte unverwandt geradeaus, die Augen auf die Straße gerichtet. Seine Miene war unergründlich. Wie oft hatte sie ihn angeschaut, ohne ihn richtig wahrzunehmen? Sie erinnerte sich noch an den Tag ihres Einzugs. Er war winkend über den Rasen gelaufen und hatte gefragt, ob sie Hilfe brauche. Gemeinsam hatten sie ihre Matratze in die Wohnung geschleppt, und sie hatte ihm als Dank ein Bier angeboten. An jenem Abend war sie froh gewesen, einen netten Nachbarn zu haben, dem sie vertrauen konnte.

Wer war er eigentlich?

Wichtiger noch: Was wollte er von ihr, und wie sollte sie es ihm geben, ohne ihr Leben zu verlieren?

Adam

Zuerst war es wie im Film. Er fühlte sich stark hinter dem Lenkrad des Pick-ups, groß und kräftig. Er hätte sie schon drüben in Texas erwischen können, aber er hatte abgewartet, sich Zeit gelassen. Er genoss es, sie zu jagen, zu sehen, wie sich der kleine grüne Punkt des Senders über den Monitor bewegte, ihn lockte und vorwärtstrieb. Er genoss es, ihnen etwas vorauszuhaben und eine unsichtbare Schlinge um ihren Hals zu legen, die er jeden Augenblick zuziehen konnte.

Er hatte es gleich beim ersten Mal zu Ende bringen wollen, nach dem Restaurant. Es war genauso, wie er es sich vorgestellt hatte: das blinde Entsetzen in ihrem Gesicht, der Adrenalinschub, als er ihren Wagen rammte, das wunderbare Kreischen von Metall auf Metall. Es war berauschend wie eine Droge. Sollte niemals aufhören. Also hatte er es so lange wie möglich hinausgezögert, hatte sich zurückfallen lassen, sie glauben lassen, sie hätte ihn abgehängt, sie sei in Sicherheit. Bei dem Trick mit den Scheinwerfern hatte er gelacht. Er gönnte ihr den kleinen Sieg. Sie spielten ein Spiel, das letztlich er gewinnen würde. Aber nach der Jagd schmeckte der Sieg umso süßer.

Nach einer Weile war ihm die Jagd nicht mehr genug. Er wollte wieder das metallische Kreischen hören, ihre Angst aus der Nähe sehen, die Macht in seinem Körper spüren. Wollte sehen, wie sich seine Macht in ihren Augen spiegelte.

Also schlug er zu.

Der Augenblick, in dem sich der Jeep überschlagen hatte … so etwas hatte er noch nie erlebt. Es war wie die Szene in *Pulp Fiction*, in der Travolta dem Mädchen die Adrenalinspritze ins Herz rammt, nur fühlte er sich wie Travolta und das Mädchen zugleich. Reine, unverfälschte Macht.

Er hatte bloß nicht damit gerechnet, dass noch eine dabei war. Er begriff nicht, wie er sie hatte übersehen können – vielleicht war er so sehr auf Cait fixiert gewesen, dass er alles andere ausgeblendet hatte. Als er die Tür aufgerissen und die Blondine ihn vom Beifahrersitz aus angestarrt hatte, konnte er nur daran denken, dass sie genau wie Jenny aus der Highschool aussah, die ihn ausgelacht hatte, als er sie ein einziges Mal im Flur gegrüßt hatte, und dann … Himmel, er hatte gar nicht gewusst, dass er so stark war. Wie hatte er das nicht wissen können? Er hatte gehört, wie Soldaten von einem Schleier des Zorns sprachen, der sich über sie legte, und genauso hatte er sich in dem Moment gefühlt. Überwältigt.

Er starrte auf seine Hände, die das Lenkrad umklammerten, sah seine blutigen, zerschrammten Knöchel, spürte aber noch immer keinen Schmerz. Fühlte es sich so an, lebendig zu sein? War es das, was ihm all die Jahre gefehlt hatte?

Nun, da er auf den Geschmack gekommen war, wollte er mehr.

Am Stadtrand von Moriarty, New Mexico 78 Kilometer bis Albuquerque

Rebecca wusste, dass ihre Augen offen waren, doch die Welt blieb hartnäckig dunkel. Sie tastete nach ihrem Gesicht. Ihre Augen waren zu schmalen Schlitzen zugeschwollen und ihre Wimpern mit getrocknetem Blut verkrustet. Sie rieb und kratzte mit den Fingernägeln daran, bis sie im dunkelvioletten Dämmerlicht die narbige Ödnis der Wüste sehen konnte.

Der Jeep stand neben ihr. Der Pick-up war verschwunden. Am Horizont bemerkte sie gerade noch das schwache Leuchten von Rücklichtern, die sich nach Osten bewegten und dann verschwanden.

Mühsam kam sie auf alle viere und würgte über der kalten Erde. Ihre Knöchel war verschrammt, sie konnte den rechten Arm kaum belasten. Schmerz strahlte bis in die letzte Zelle ihres Körpers. Eine sanfte Brise fuhr durch die Härchen in ihrem Nacken. Sie erschauerte. Ihr war kalt, das merkte sie jetzt. Eiskalt. Sie musste ins Warme, und zwar schnell. Sie brauchte Wasser und Verbände und Medikamente.

Sie musste herausfinden, was passiert war.

»Cait?« Ihre Stimme war ein heiseres Flüstern. Ihre Kehle tat weh, weil der Mann sie gewürgt hatte. Als sie zu schlucken versuchte, fühlte es sich an, als bohrte sich ein Messer in ihren Hals. »Cait?« Diesmal lauter. Immer noch keine Antwort.

Sie atmete tief durch, roch Motoröl und Caits Shampoo und den seltsam süßlichen Geruch, den der Mann hinterlassen hatte. Sie lauschte, doch die Stille hatte sich wie eine Decke aus Neuschnee über alles gelegt.

Sie wusste nicht, wie lange sie so verharrte, alle Sinne geschärft, ihr Atem in der Kehle gefangen wie ein kleiner Vogel, nur darauf wartend, dass etwas geschah.

Eine Rennechse huschte vorbei. Sie bemerkte Rebecca und erstarrte, ein schwarzes Auge unverwandt auf sie gerichtet. Rebecca spürte förmlich, wie das Tier nachdachte, wie sein Herz nervös unter der Haut pochte. Dann blinzelte sie, und der Bann war gebrochen. Die Echse schwand im Gestrüpp.

Sie rappelte sich auf und hinkte langsam zum Jeep. Sie wusste, was sie dort finden würde, und auch, dass sie es nicht sehen wollte: Caits blutigen, zermalmten Körper, die dunklen Locken blutverschmiert, die Augen tot und stumpf.

Sie krümmte sich, würgte wieder.

»Bitte nicht, bitte nicht.«

Die Furcht wuchs in ihr wie eine Wand, jeder Schritt fügte einen Stein hinzu. Sie griff nach der Beifahrertür, legte die Hand behutsam auf die schartige Kante der Fensterscheibe, beugte sich vor.

Der Jeep war leer.

Rebecca suchte erneut den Horizont nach einer Spur ab. Die Straße gähnte ihr entgegen, leer und verlassen. Sie trat an die Fahrerseite. Die Tür stand offen, man sah Schleifspuren auf der Erde, die zu den Reifenabdrücken des Pick-ups führten. Sie folgte ihnen bis auf die Straße. Der Wagen war nach Osten gefahren.

Er hatte Cait mitgenommen.

Lebte sie noch?

Und warum hatte er Rebecca zurückgelassen?

Sie war doch eine Zeugin. Sie hatte sein Gesicht gesehen.

Vielleicht hatte er sie für tot gehalten.

Sie erinnerte sich an seinen Gesichtsausdruck, als er die Tür geöffnet und sie auf dem Fahrersitz entdeckt hatte. Zorn, das ja, aber auch Verwunderung. Er hatte nicht damit gerechnet, sie dort vorzufinden.

Hätte sie sich nur stärker gewehrt.

Sie umfing ihren Bauch mit den Händen. Unter seinen Tritten hatte sie sich instinktiv eingerollt, um das Baby zu schützen, aber sie wusste noch, dass sein Fuß mindestens einmal getroffen hatte. Sie schob ihr T-Shirt hoch und sah den blauen Fleck. Ihr Baby.

Wer war dieses Ungeheuer?

Und jetzt hatte er Cait in seiner Gewalt.

Würde er zurückkommen, um Rebecca zu erledigen?

Dann fielen ihr die Rücklichter ein, die Richtung Osten verschwunden waren. Sie wandte sich wieder zum Jeep. Ein Scheinwerfer war kaputt und hing nur noch an einem Kabel, an der Fahrerseite zog sich ein langer, übler Kratzer entlang. Das zerbrochene Fenster gähnte wie eine Zahnlücke. Sie spähte hinein. Der Schlüssel steckte.

Sie sah nach Osten, rechnete fast damit, die Scheinwerfer des Pick-ups zu sehen, doch da war nichts. Sie wusste nicht, wie lange sie bewusstlos gewesen war – vielleicht nur Sekunden, möglicherweise auch eine Stunde. Selbst wenn er auf dieser Straße blieb, hieß das noch lange nicht, dass Rebecca ihn einholen konnte. Und selbst wenn – was dann? Was sollte sie unternehmen?

Er hatte es die ganze Zeit auf Cait abgesehen – nicht auf sie. Sie war nicht dafür verantwortlich. Eigentlich hätte Cait sie gar nicht fahren sollen – das hatte sie selbst zugegeben. Sie hatte getrickst, um Rebecca in ihr Auto zu bekommen, hatte sie über ihre Motive getäuscht und die ganze Zeit geplant, sie zu hintergehen. Sicher, Cait hatte es irgendwann eingestanden, aber reichte das? Sie hatte Rebeccas Leben zerstören wollen und sie beide in Gefahr gebracht. Rebecca schuldete ihr gar nichts.

Das hier war ihre einzige Chance. Sie war in der 18. Woche schwanger. Das Zeitfenster schloss sich. Sie berührte ihren Bauch mit den Fingerspitzen.

Sie erinnerte sich, wie es an die Tür geklopft und der Mann ihr mit einem schmalen Lächeln die Vorladung gereicht hatte. Die Anhörung war für 11:00 Uhr im Gerichtsgebäude von Lubbock County angesetzt, und sie würde nicht dort sein. Man machte sich strafbar, wenn man einer gerichtlichen Vorladung nicht nachkam. Sie war ein Risiko eingegangen, als sie in Caits Jeep gestiegen war, und musste nun dafür sorgen, dass nicht alles umsonst gewesen war.

Sie war schon so weit gekommen. Wenn sie es nicht bis Albuquerque schaffte, wäre alles sinnlos gewesen.

Sie war dem Mädchen nichts schuldig. Cait hatte Entscheidungen getroffen, die sie in diese Situation gebracht hatten, genau wie Rebecca auch. Cait kannte den Mann im Pick-up, er hatte es auf sie abgesehen. Also war es ihre Schuld, nicht Rebeccas.

Doch noch während sie das dachte, wurde ihr klar, dass sie im Unrecht war. Cait trug nicht mehr Schuld als sie. War man als Frau nicht ständig in Gefahr? Man klemmte die Schlüssel zwischen die Finger, nahm die Ohrhörer heraus, wenn man abends nach Hause ging, rechnete immer damit, dass eine Hand einen packte, dass plötzlich alles vorbei wäre. Man fragte sich immer, wer er sein würde: ein Mann, den man kannte, oder ein Unbekannter. Bis zu dem Augenblick, in dem der Mann die Tür aufgerissen hatte, war Rebecca sicher gewesen, dass er gekommen war, um sie zu töten. Sie war überzeugt gewesen, dass alles ihre Schuld war und sie es irgendwie verdient hatte.

Aber wer hatte schon ein solches Leben verdient?

Keine Ausreden mehr. Keine Schuldzuweisungen. Von jetzt an nur noch Taten.

Sie musste sich beeilen.

Die blutbefleckten Sitze waren mit Glassplittern übersät. Sie fegte vorsichtig das Glas weg und breitete ihren Schal über den Sitz. Trotzdem knirschten Scherben unter ihr, als sie sich auf den Fahrersitz setzte.

Rebecca drehte den Zündschlüssel. Wieder nur Husten und Stottern.

»Scheiße.«

Was hatte Cait ihr sagen wollen? Irgendetwas mit dem Sprit. Ihr Blick wanderte zur Tankanzeige. Beinahe voll, das war also nicht das Problem. Natürlich bestand die Möglichkeit, dass der Jeep einfach kaputt war. Er hatte sich zweimal überschlagen, daher grenzte es an ein Wunder, wenn er noch fuhr. Vermutlich hatte er einfach den Geist aufgegeben.

Sie trat vorsichtig aufs Gaspedal und versuchte es noch einmal. Der Motor stotterte, klang aber etwas kräftiger. Sie trat das Gaspedal ganz durch und drehte den Schlüssel, und nach einem zögernden Stottern erwachte der Motor dröhnend zum Leben.

Rebecca bog auf den Highway 40. Sie fuhr nach Osten, auf der Suche nach den Rücklichtern, die vorhin aus ihrem Blickfeld verschwunden waren.

Clines Corners, New Mexico
93 Kilometer bis Albuquerque

Zuerst versuchte Cait, mit ihm zu handeln.

»Du brauchst das nicht zu tun. Wenn du jetzt anhältst und mich aussteigen lässt, werde ich niemandem sagen, was passiert ist. Versprochen.«

Sein Gesicht verzerrte sich vor Zorn. »Sag du mir nicht, was ich zu tun habe.«

Falscher Ansatz. Zurückrudern. »Tut mir leid. Ich wollte nicht …«

»Doch, wolltest du. Du glaubst, du kannst mich kontrollieren. Das glaubt ihr Frauen doch alle, oder?«

Cait änderte die Taktik. Sie dachte daran, wie Rebecca mit Scott im Sattelzug umgegangen war, wie sie seinem Ego geschmeichelt und ihn hatte reden lassen, um ihn milde zu stimmen.

»Ich würde dir niemals sagen, was du zu tun hast«, sagte sie und ließ ihre Stimme weich und sanft klingen. »Ich will dich nicht beeinflussen. Ich will dir nur helfen.«

»Ich brauche deine Hilfe nicht.«

Mist. Schon wieder falsch. »Ich weiß, dass du meine Hilfe nicht brauchst. Ich möchte nur, dass wir uns vertragen. Ich dachte, wir sind Freunde.«

Er lachte bitter. »Das waren wir nie.«

»Na schön, dann möchte ich jetzt deine Freundin sein. Sag mir einfach, was ich falsch gemacht habe, und ich versuche, es wiedergutzumachen. Geht es um Geld? Viel habe ich nicht, aber …«

»*Natürlich* denkst *du* sofort an Geld. An was anderes könnt ihr Frauen gar nicht denken, was? Nun, *Cait*, manche Dinge kann man nicht kaufen. Dinge wie Respekt und Würde und Ehre. Weißt du, was ihr Frauen seid? Ihr seid Blutegel. Ihr saugt allen um euch herum das Blut aus.«

»Adam, bitte, wenn du mir nur sagen wolltest …«

»Hör auf, mir zu sagen, was ich zu tun habe!« Er kniff die Augen zu. Der Pick-up driftete schräg über die Straße. »Ich habe dir gesagt«, sagte er mit zusammengebissenen Zähnen, »du sollst den Mund halten.« Er nahm die Hand vom Lenkrad und schlug ihr kräftig mit dem Handrücken ins Gesicht. Ihr Kopf prallte gegen den Sitz, der Schmerz war so heftig, dass es in ihren Ohren klingelte. Cait umfasste behutsam ihren Kiefer und versuchte, nicht in Tränen auszubrechen.

Er würde sie töten, das war klar, und sie konnte nichts tun, um das zu verhindern.

Sie brauchte einen neuen Plan.

Adam

Er hatte nicht vorgehabt, sie zu schlagen, aber wann immer sie den Mund aufmachte, glitt eine weitere Lüge heraus wie eine schwarze Schlange, aufgerichtet und kampfbereit. Er konnte nicht denken, wenn sie so redete. Dann war sein Kopf voller Wolken, alles war neblig und verlangsamt und verwirrend.

Sie verströmte einen Geruch – nach Blut und Schweiß und etwas anderem, etwas Animalischem. Es gefiel ihm nicht, dass er ihren Geruch einatmen musste, dass er über seine Lungen bis in jede Zelle seines Körpers drang.

Er mochte es auch nicht, dass sie ständig redete. Er hatte ihr gesagt, sie solle den Mund halten, aber sie hörte einfach nicht auf ihn. Natürlich hörte sie nicht auf ihn. Er musste ihr eine Lektion erteilen.

Als er sie schlug, sangen alle Nerven in seinem Körper.

Zuerst hatte er vorgehabt, sie einfach umzubringen. Ihr zwischen die Augen zu schießen, sie abzuknallen wie einen räudigen Hund. Jetzt aber wollte er es hinauszögern, es richtig genießen, dass sie neben ihm saß, so dicht, dass er sie anfassen, das warme Blut unter ihrer Haut spüren, die weichen dunklen Locken auf ihrem Kopf betasten konnte …

Er hatte so lange in seinem eigenen Kerker gesessen. Und

nun, da er frei war, wollte er die Freiheit auskosten. Er wollte ihr in die Augen sehen und seine Macht in ihnen lesen. In ihnen lesen, dass er ein Gott war und sie ein Nichts.

Dies ist deine Bestimmung auf dieser Erde, und du erfüllst sie.

Clines Corners, New Mexico
96 Kilometer bis Albuquerque

Die Sonne kroch über den Horizont, ein blendender Punkt aus weißem Licht, der Himmel und Wüstenboden in ein schimmerndes Orange tauchte, als wäre die ganze Welt in Flammen aufgegangen und sie führe mitten hinein in das Inferno. Die Art von Sonnenaufgang, bei dem man Ehrfurcht empfand angesichts der außerordentlichen Schönheit dieser Welt.

Rebecca klappte die Sonnenblende herunter und blinzelte durch die geborstene Windschutzscheibe. Der Jeep quälte sich ziemlich, aber sie trieb ihn voran, so schnell es ging. Der Motor rumpelte, der Tacho war jetzt bei hundertdreißig, sie blickte unverwandt auf den Highway, hielt Ausschau nach den Rücklichtern des Pick-ups.

Dann bemerkte sie das Logo der Raststätte an der Kreuzung der Highways 40 und 285. Vier Richtungen, vier Wahlmöglichkeiten. Sie trat das Gaspedal wieder durch, der Motor röhrte. Er würde nicht ewig durchhalten. Sie musste die beiden finden, bevor der Wagen endgültig liegen blieb. Es war kurz vor sieben. Inzwischen waren einige große Sattelzüge unterwegs, und Rebecca musste bei jedem Überholvorgang die aufsteigende Angst aufs Neue unterdrücken.

Sie erreichte die Kreuzung und wurde langsamer. Vor ihr war ein Sattelzug, der zwei Traktoren beförderte. Rechts erstreckte sich die 285 nach Süden. Sie war leer, man sah nur einen Funkturm weit in der Ferne.

Dann bemerkte sie Rücklichter, die sich auf der 285 nach Norden bewegten. Rebecca konnte nicht sicher sein, dass er es war, aber eine andere Chance hatte sie nicht. Also blinkte sie links und bog ab.

Ich komme und hole dich, dachte sie, konzentrierte sich ganz auf die Rücklichter und gab Gas. *Ich komme.*

Am Stadtrand von Clines Corners, New Mexico
117 Kilometer bis Albuquerque

Er war an der Kreuzung links abgebogen, und sie fuhren jetzt auf einer ihr unbekannten Straße nach Norden. Cait rutschte das Herz in die Hose. Selbst wenn wie durch ein Wunder jemand nach ihr suchte, sanken die Aussichten, sie hier zu finden, mit jedem Kilometer. Man würde sicher versuchen, ihre Bewegungen nachzuvollziehen, doch wie, das war ihr nicht klar. Sie versuchte, sich an die Leute zu erinnern, die sie unterwegs gesehen hatten und als Zeugen dienen konnten. Die Kellnerin im Restaurant. Der Fernfahrer Scott, obwohl der längst über alle Berge sein dürfte. Der Tankwart. Hier allerdings war sie auf unbekanntem Terrain.

Sie dachte an ihre Eltern und was sie wohl empfinden mochten, wenn die Polizei ihnen mitteilte, dass ihre einzige Tochter tot war. Ihr Vater würde völlig zusammenbrechen – er war immer der Sensiblere der beiden gewesen –, und ihre Mutter würde blass und mit versteinerter Miene dastehen, als wäre ihr dieses Schicksal vorherbestimmt gewesen.

Cait war seit Monaten nicht in Waco gewesen und hatte auch nicht angerufen, selbst dann nicht, als ihr Name in den Nachrichten aufgetaucht war. Ihre Mutter hatte gleich am nächsten Tag versucht, sie zu erreichen. Cait hatte den verpassten Anruf bemerkt, als sie von der Arbeit kam, sich aber nicht bei ihr gemeldet. Was hätte sie auch sagen sollen? Ihre Eltern waren brave Leute, die schwer gearbeitet hatten, um die Familie durchzubringen. Sie hatten ihr und ihren Brüdern beigebracht, richtig und falsch zu unterscheiden, hatten sie anständig erzogen, und wie hatte sie es ihnen gedankt? Sie war in die Großstadt gezogen, hatte sich kaum noch blicken lassen und dann den Namen der Familie in den Dreck gezogen. Sie konnte sich vorstellen, wie die Leute in der Kirche ihre Eltern angesehen, wie sie geflüstert und ihnen mitleidige Blicke zugeworfen hatten. Während Cait zu feige gewesen war, um sich der Enttäuschung ihrer Mutter zu stellen.

Cait hatte ihre Eltern enttäuscht und würde ihnen jetzt auch noch das Herz brechen. Die Polizisten würden auf der Schwelle des kleinen Hauses in der Pine Street stehen, die Mützen respektvoll in den Händen. Ihr Vater würde weinen, und ihre Mutter würde nicken und sich bedanken, dass sie sich die Zeit genommen hatten, und dann würde sie ihre Brüder anrufen und ihnen mitteilen, dass ihre Schwester getötet worden war.

Vorausgesetzt, man fand überhaupt ihre Leiche. Sie waren mitten im Nirgendwo, und Adam machte keine Anstalten anzuhalten. In der Ferne bemerkte sie die schwachen Umrisse eines Tafelbergs. In seinem Canyon könnte man gut eine Leiche verstecken. War das sein Plan?

Sie musste fliehen. Sie war eine gute Läuferin, wie Rebecca festgestellt hatte, als sie dem Jungen von der Tankstelle nachgerannt war. Irgendwann musste er anhalten. Dann würde sie aussteigen und wegrennen. Ihre Beine kribbelten erwartungsvoll bei dem Gedanken. Sie würde laufen und laufen, bis ihre Lungen brannten, laufen, bis sie ihn nicht mehr sehen konnte, und selbst dann würde sie noch weiterlaufen. Sowie ihre Füße den Boden berührten, würde sie nie wieder aufhören zu laufen.

Aber da war noch der Arm. Sie hatte ihn sich beim Unfall ziemlich schlimm verletzt, womöglich gebrochen. Auch die Rippen taten weh – vielleicht war eine angebrochen. Sie würde erst beim Aussteigen merken, wie es um sie stand, und dann könnte es zu spät sein. Wenn sie zu schwach oder zu langsam wäre, würde er sie einholen. Und töten. Das stand fest.

Wem wollte sie etwas vormachen? Sie war eine tote Frau, seit der Pick-up zum ersten Mal hinter ihnen aufgetaucht war. Es war nur noch eine Frage der Zeit.

Caits Blick wanderte zum Rückspiegel. In der Ferne, etwa ein Kilometer hinter ihnen, meinte sie in einer Staubwolke eine eckige Form zu erkennen. Zuerst glaubte sie an eine optische Täuschung – eine Fata Morgana in der Wüste, wie passend! –, doch dann schimmerte das Metall des Kühlergrills auf, und sie wusste, der Wagen war echt.

Diesen Jeep hätte sie überall erkannt.

Adam

Warum lächelte sie? Vermutlich wollte sie ihn einfach nur demütigen, genau wie die anderen. Er spürte, wie sie sich in seinen Kopf schlängelte, sich ins weiche Gewebe seines Gehirns bohrte. Sie lachte ihn aus. Nach allem, was er getan hatte, lachte sie ihn immer noch aus.

Er war wieder der kleine Junge auf der Rollschuhbahn, der zusah, wie seine Mutter die Tränen verbarg, nachdem sie erkannt hatte, dass ihr Sohn ein Loser war. Er war der picklige Teenager, der von einem Haufen Muskeltypen über den Parkplatz gejagt wurde. Er war der Kerl in der Kneipe, dem Frauen den Rücken zukehrten, sobald er sich näherte. Er war der Ausschuss des Lebens. Jämmerlich. Eine Made.

Dann bemerkte er den Jeep im Rückspiegel, und die Macht durchströmte ihn aufs Neue.

Denk an den Auftrag, sagte er sich. Sie trugen einen Krieg aus, und er gehörte zur Truppe.

Er und seine Brüder hatten sich ihr Leben lang anhören müssen, sie seien nicht gut genug, nicht groß genug, nicht reich genug, nicht attraktiv genug. Wieder und wieder hatte die Gesellschaft, die Frauen immer vorzog, ihn zurückgewiesen.

Damit war jetzt Schluss. Jetzt erhoben sie sich, und er führte den Angriff.

Er erinnerte sich an die Worte, die einer seiner Brüder gepostet hatte: »Widersetzt euch. Steht aufrecht da. Lebt für euch. Geht euren Weg.«

Gebt niemals auf, dachte er und gab Gas. *Gebt euch niemals geschlagen.*

Lasst sie bluten.

Am Stadtrand von Young Place, New Mexico 131 Kilometer bis Albuquerque

Der Pick-up bog nach rechts auf eine einspurige Landstraße ab, die als Sackgasse markiert war, und Rebecca folgte ihm tiefer in die Wüste hinein. Der Jeep wirbelte eine Staubwolke auf, und sie konnte durch die geborstene Windschutzscheibe kaum die Fahrbahn erkennen, wohl aber einen Teil des Kennzeichens an der hinteren Stoßstange. Er war es, kein Zweifel.

Sie verließ nur ungern die Hauptstraße. Hier draußen gab es keine Autos oder Plakatwände oder Straßenschilder mehr, sondern nur Tiere, die sie aus den Augenwinkeln wahrnahm, Feldhasen und Eidechsen, die über den Wüstenboden huschten.

Dies war die Wildnis.

Wohin wollte er? Was hatte er vor?

Sie brauchte einen Plan.

Noch war das Land flach, doch in der Ferne erhoben sich die bläulichen Grate einiger Tafelberge.

Früher oder später würde er merken, dass sie ihm folgte, hatte es vermutlich schon gemerkt. Hier draußen konnte sie sich nicht verstecken.

Sie musste den ersten Schritt machen.

Die asphaltierte Fahrbahn wurde zu einem Feldweg, der durch die Wüste zu den Bergen führte. Die Landschaft veränderte sich rasch, der Sand verschwand nach und nach, das Gestrüpp wurde grüner und ging schließlich in einen Wald über. Sie sah sich aufmerksam um und registrierte jede Veränderung, damit sie sich auf der Flucht orientieren und verstecken konnten.

Die Tafelberge zeichneten sich schroff und unbarmherzig gegen den Himmel ab.

Der Motor heulte jetzt ununterbrochen, ein schrilles Summen, das wie ein Tinnitus klang. Der Wagen war beschädigt, doch sie durfte keine Zeit verlieren. Sie musste handeln.

Rebecca wartete, bis der Pick-up hinter einer Kurve verschwand, und gab Gas. Der Jeep schoss nach vorn, das Getriebe knirschte empört. Sie war nur noch wenige Wagenlängen hinter dem Pick-up. Durch die geborstene Windschutzscheibe konnte sie den Hinterkopf des Mannes sehen.

Ihr Plan war einfach: Sie würde das Gleiche tun, was er getan hatte. Hoffentlich war der Jeep einer letzten Herausforderung gewachsen.

Zuerst aber musste Rebecca sich vergewissern, dass Cait wirklich im Wagen saß.

Sie gab Gas. Die Räder rutschten über den Schotter.

Sie fuhren jetzt bergauf, zuerst eine sanfte Steigung, der Feldweg wurde immer unwegsamer.

Der Tacho zeigte jetzt hundertzehn. Der Jeep rutschte in die nächste Kurve. Äste schabten an der Karosserie entlang.

Der Fahrer sah in den Rückspiegel, sein wilder, düsterer Blick suchte den ihren.

Dann, für den Bruchteil einer Sekunde, zuckten seine Augen nach rechts. Also saß jemand neben ihm.

Der Motor stotterte. Sie konnte das Tempo nicht mehr lange halten.

Cait durfte nichts passieren. Sie musste vorgewarnt werden.

Rebecca drückte entschlossen auf die Hupe. Ein Schwarm Fliegenschnäpper stob aus den Bäumen auf und flog davon.

An der Kopfstütze des Beifahrersitzes tauchte eine Hand auf. Schlanke Finger krümmten sich. Ein Daumen ging hoch.

Rebecca trat das Gaspedal durch, brachte den Jeep auf eine Höhe mit dem Heck des Pick-ups und riss das Steuer herum.

Im Außenspiegel konnte Cait Rebeccas Gesicht erkennen. Da war keine Spur mehr von Weichheit. Sie war wie eine Waffe, die auf den Pick-up zielte.

Als die Hupe ertönte, prüfte sie den Sicherheitsgurt und hob die Hand an die Kopfstütze. Rebecca sollte alles tun, um ihn zu stoppen. Sie sollte wissen, dass es nicht ihre Schuld war, wenn Cait dabei starb. Dass Cait dankbar war, weil Rebecca ihnen nachgefahren war, obwohl sie sich hätte retten können. Sie sollte wissen, dass sie etwas Besseres im Leben verdient hatte und es finden würde, wenn alles vorbei war.

Die Schnauze des Jeeps stieß gegen das Hinterrad des Pick-ups, der von der Fahrbahn schlitterte. Doch der Fahrer gewann die Kontrolle über den Wagen zurück und lenkte ihn wieder auf den Weg. An der linken Seite war ein langer Kratzer zu sehen, der allerdings nicht tief ging. Sie hatte ihn nicht fest genug gerammt.

Rebecca bemerkte sein Gesicht im Rückspiegel, er grinste höhnisch. Der Pick-up zog an. Sie trat das Gaspedal ganz durch.

Sie donnerten über den Feldweg, Rebeccas Stoßstange nur Zentimeter von seiner entfernt, ohne sie zu erreichen. Der Jeep hatte Mühe, das Tempo zu halten. Die Straße wurde nun fast unpassierbar, nur Schotter und loses Gestein. Die Stoßdämpfer waren der Herausforderung auf Dauer nicht gewachsen.

Ihr blieb keine Zeit mehr.

Vor ihnen lag eine Böschung, die von robusten Zäunen begrenzt wurde. Wenn sie ihn weit genug an den Rand drängen könnte, würde sich der Pick-up womöglich überschlagen. Sie musste den Fahrer ablenken, damit er das Tempo drosselte, und sei es nur für einen winzigen Moment.

Cait klammerte sich an den Sitz und stellte sich auf den Aufprall ein, spürte ihn aber kaum. Der Pick-up war solide gebaut und Adam ein erstaunlich guter Fahrer, der ruhig blieb und den Wagen wieder auf die Straße lenkte. In seinen Augen las sie eine neue, eisige Ruhe, die ihr Angst machte.

Der Jeep fiel zurück. Der Motor klang gar nicht gut, vermutlich war das Getriebe kaputt, und sie hörte auch ein schrilles Heulen. Rebecca blieb wenig Zeit für einen weiteren Versuch. Cait auch nicht.

Sie sah hinüber zu Adam. Er hatte die Augen auf die Straße gerichtet, die Lippen zusammengepresst. Ihr Kiefer tat noch weh von dem Schlag, den er ihr versetzt hatte, doch der Schmerz spielte keine Rolle, nicht im Angesicht des sicheren Todes. Sie musste Rebecca helfen.

Ihr suchender Blick blieb an dem Kugelschreiber hängen, der zwischen ihnen in der Getränkehalterung steckte. Ihre Finger zuckten. Konnte sie ihn schnell genug schnappen? Wenn er es mitbekam, würde sie nichts zu lachen haben.

Scheiß drauf. Sie hatte nichts zu verlieren.

Sie griff nach dem Kugelschreiber und rammte ihn so fest sie konnte in seinen Oberschenkel.

Der Pick-up scherte abrupt aus, und Rebecca wäre beinahe ungebremst aufgefahren, konnte aber in letzter Sekunde das Steuer herumreißen und einen Zusammenstoß vermeiden. Sie fuhr neben den Pick-up, klemmte ihn zwischen dem Jeep und der steilen Böschung ein. Sie schaute Cait durchs Fenster an und nickte knapp, sah das Lächeln auf Caits Lippen. Dann riss sie das Steuer herum und rammte den Pick-up von der Seite.

Metall kreischte auf. Der Pick-up rutschte die Böschung hinunter, prallte gegen den Zaun, riss mehrere Zaunpfähle mit sich, das Heck schleuderte wild hin und her, während der Fahrer versuchte, den Wagen wieder unter Kontrolle zu bringen. Caits Kopf flog gegen den Sitz, sie stemmte die Hände gegen das Armaturenbrett, die dunklen Haare fielen ihr ins Gesicht.

Rebecca dachte schon, der Wagen würde umkippen, aber er fing sich und fuhr weiter. An dem Baum allerdings kam er nicht mehr vorbei.

Der Pick-up traf frontal auf die Kiefer, das Metall wölbte sich um den Stamm, die Hinterräder drehten sich einen Moment in der Luft, bevor sie mit einem widerwärtigen Knall auf die Erde prallten.

Rebecca hatte gebremst, als der Pick-up ins Schleudern geraten war, und war in einiger Entfernung auf dem Feldweg stehen geblieben. Sie stellte den Motor ab und stieg aus.

Als Erstes bemerkte sie die Stille. Nach dem Dröhnen der Motoren und dem Blut, das in ihren Ohren rauschte, war die plötzliche Stille geradezu ohrenbetäubend. Sie hörte das leise Zischen des Pick-up-Motors, das sanfte Rascheln in den Wipfeln der Kiefern, den fernen Ruf eines kreisenden Falken. Sie spürte den stechenden Geruch von Benzin in der Kehle, den beißenden Rauch.

Caits Seite war völlig verschrammt, die Fensterscheibe beim Aufprall herausgebrochen, ein böser, gähnender Schlund. Im Pick-up regte sich nichts.

Bitte nicht, bitte nicht.

Sie schaute durchs Fenster. Der Fahrer lehnte an der Tür, den Airbag an der Brust, der Kopf war gegen die Tür gesunken.

Auf seiner Stirn klaffte eine scheußliche Wunde, und sein Gesicht war blass und reglos.

Cait hing zusammengesackt über dem Airbag. Sie hatte die Augen geschlossen, wirkte beinahe friedlich, als schliefe sie. Rebecca streckte die Hand aus und berührte sie sanft. »Cait? Kannst du mich hören?«

Sei bitte nicht tot.

Cait öffnete die Augen und schaute Rebecca an. Ein Stöhnen drang aus ihrem Mund.

Rebecca bekam weiche Knie. »Gott sei Dank. Bist du verletzt?«

Cait schüttelte vorsichtig den Kopf. »Ich glaube nicht.« Sie hustete, zuckte zusammen. »Jedenfalls nicht sehr.« Die Chemikalien aus dem Airbag hafteten als feiner Staub an Kleidung und Haut.

»Glaubst du, er …« Rebecca unterbrach sich, wollte es nicht beschreien.

Cait sah zu Adam und nickte. »Glaub schon.«

»Komm, wir holen dich da raus.« Rebecca zog an der verzogenen Tür, doch sie klemmte. »Sie geht nicht auf.« Sie zerrte wieder daran. »Du musst durchs Fenster klettern.«

Cait nickte und begann, sich langsam und mühsam herauszuarbeiten, Adams reglosen Körper immer im Blick. Als sie sich von Airbag und Gurt befreit hatte, half Rebecca ihr durch das zerbrochene Fenster.

»Na los.« Sie legte sich Caits Arm über die Schulter, die Augen auf den dunklen Rauch gerichtet, der immer dichter aus der Motorhaube quoll. »Wir müssen hier weg.«

Die beiden Frauen hinkten zum Jeep. Rebecca streckte schon die Hand nach dem Türgriff aus, als sie noch einmal zum Pickup schaute. Die Fahrertür schwang auf, zwei Stiefel pflanzten sich auf den Boden.

Die Wunde an Adams Stirn blutete stark, ein Hosenbein war blutdurchtränkt, und er zuckte zusammen, als er das Bein belastete, hob aber trotzdem die Waffe und zielte geradewegs auf ihre Brust, und in dem Sekundenbruchteil, bevor er abdrückte, sah sie, dass er lächelte.

Cait hörte, wie sich die Tür quietschend öffnete, drehte sich um und sah Adam aussteigen. Sie bemerkte seinen Blick, das metallische Schimmern der Waffe in seiner Hand und riss Rebecca gerade noch rechtzeitig zu Boden. Die Kugel bohrte sich in den Jeep, genau da, wo Rebecca gerade noch gestanden hatte.

Ein weiteres Mal würde er sie nicht verfehlen.

Sie krochen über die Erde, eine weitere Kugel prallte von der Hintertür ab, sie tauchten hinter die Stoßstange. »Ich wusste nicht, dass er eine Waffe hat«, flüsterte Rebecca.

»Ich auch nicht«, sagte Cait.

Schritte. Er hinkte, das war deutlich zu hören. Cait war froh, dass sie die Chance genutzt und ihm den Kugelschreiber ins Bein gerammt hatte.

Er war verletzt. Sie beide auch, aber es war immerhin ein kleiner Vorteil, vielleicht. Zunächst aber mussten sie weg hier. Sie saßen wie auf dem Präsentierteller. Und die Schritte kamen näher.

Cait war bereit. Rebecca hatte ihr Leben aufs Spiel gesetzt, um sie zu retten – nun war es an ihr, sich zu revanchieren. Außerdem hatte sie schon immer einen Sinn für Dramatik gehabt. »Hör zu«, flüsterte sie, »ich stürze mich auf seine Beine. Du rennst, so schnell du kannst. Egal, was passiert, du rennst weiter.«

Rebecca schüttelte den Kopf. »Wir stürzen uns beide auf seine Beine, und dann rennen wir beide.«

»Lass mich das für dich tun. Bitte.« Cait klang verzweifelt. »Das ist deine Chance.«

Rebecca sah sie eindringlich an. »Unsere Chancen stehen besser, wenn wir zusammenbleiben.«

Schritt, Zögern. Schritt, Zögern. Cait sah den Rand seiner Stiefel und seinen Schatten im Staub. Er war so nah, dass sie ihn fast riechen konnte.

Rebecca hatte recht. Wenn Cait ihn angriff und verfehlte, hatten sie beide keine Chance. Zusammen jedoch …

Sie nickte, hob die Faust. Zählte mit den Fingern. Eins. Zwei. Drei. Auf fünf ging es los.

BUMM.

Eine ohrenbetäubende Explosion erschütterte die Umgebung. Hitze breitete sich in Wellen aus, versengte ihre Haut. Trümmerteile des Pick-ups wurden durch die Luft gewirbelt.

Rebecca brauchte einen Moment, um zu begreifen, was passiert war, doch Cait zerrte sie schon am Arm. Sie mussten weg hier.

Das Feuer hatte den Tank erreicht und ihn wie eine Bombe gesprengt.

Sie konnten nur hoffen, dass es Adam erwischt hatte.

Sie rannten durchs Gebüsch, schlängelten sich zwischen Bäumen hindurch, stolperten über Felsbrocken. Dornenranken hakten sich in ihr Fleisch, der Sand rutschte unter ihren Füßen weg, das einzige Geräusch war ihr keuchender Atem. Die Luft war von beißendem schwarzem Rauch erfüllt, und sie wagten nicht zurückzuschauen.

Adams Haare waren versengt, seine Lippen aufgesprungen, er spürte, wie die geschmolzenen Fasern seines Hemdes auf der Haut klebten, fühlte aber keinen Schmerz. Er fühlte nichts als reinen, wunderbaren Zorn, der wie Eiswasser durch seine Adern strömte.

Er sah den beiden Frauen nach.

Er würde nichts überstürzen. Sie würden nicht weit kommen.

Es gab keinen Plan. Es gab nur ihre hämmernden Herzen und das Rauschen des Blutes und ihren fiebrigen Überlebenswillen.

Er folgte ihnen durchs Gebüsch, zog das verletzte Bein nach. Nicht zu fassen, dass die Schlampe ihn mit dem Stift gestochen hatte.

Dafür würde sie bezahlen. Beide würden sie bezahlen. Er war ein Soldat. Ein Krieger. Er würde marschieren und kämpfen, bis die Schlacht gewonnen war.

Sie hatten etwa fünfzehn Meter Vorsprung, waren aber ebenfalls verletzt, und der Schmerz würde sie bald einholen. Seine eigenen Schmerzen spürte er nicht. Er war von einer immensen Kraft erfüllt, fühlte sich unbesiegbar. Er umfasste die Waffe fester. Er sah Cait stolpern und fallen, die andere zog sie hoch und trieb sie weiter.

Er hob die Waffe und schaute durch das Visier. Da war sie. Ihr hübsches kleines Gesicht war mit Blut und Dreck verschmiert, ihr hübscher kleiner Mund schmerzverzerrt.

Er senkte den Arm. Er war zu weit entfernt. Er wollte ihr in die Augen sehen, wenn er abdrückte. Sie sollte spüren, wie mächtig er war, wie erbarmungslos.

Cait drehte sich um, bemerkte eine Bewegung zwischen den Bäumen.

Er kam näher.

Sie kletterten jetzt, ihre Knie und Hände schabten über

scharfkantiges Gestein. Dort oben gab es Einbuchtungen im Fels, in denen sie sich verstecken konnten. Von dort würden sie ihn besser im Blick haben. Sie brauchten einen Vorteil. Etwas Besseres fiel ihr nicht ein.

»Da«, sie nickte zu einer Spalte in dem Felsen über ihnen.

Sie kletterten weiter.

Er sah ihnen beim Klettern zu und lächelte. Dumme, dumme Mädchen. Wussten sie denn nicht, dass es kein Entrinnen gab?

Sie erreichten die Unterseite des überhängenden Felsens. Hier kamen sie nicht weiter, es war zu steil.

Rebecca sah Cait an: »Wir sitzen in der Falle.«

Er ließ sich Zeit. Er konnte sehen, wie sie ihn beobachteten. Er holte die Waffe heraus und zielte. Sah, wie sie zusammenzuckten.

Rebecca presste den Rücken gegen den Fels. Es roch nach verbranntem Gummi und Benzin. »Was machen wir jetzt?«

Cait zuckte mit den Schultern. »Keine Ahnung.« Sie hatte die Idee gehabt, hier hochzugehen. Es war ihre Schuld. Jetzt musste sie sich etwas einfallen lassen. Er kam näher.

Schritt, Zögern. Schritt, Zögern.

Sie konnte sein Gesicht erkennen, er lächelte. Was war er für einer? Sie hatte ihn für den Typen von nebenan gehalten. Nett. Harmlos. Aber nein. Er war ein Ungeheuer.

Sie schaute zu Rebecca, die sich an den Felsen klammerte. Eine Hand lag auf dem Bauch, ihre Lippen bewegten sich lautlos.

Acht Stunden zuvor war sie eine Fremde gewesen, und doch hatte sie ihr Leben für Cait riskiert.

Sie konnte Rebecca nicht sterben lassen. Nicht hier. Nicht so.

Sie hatte keinen Plan.

Doch manchmal brauchte man auch keinen.

Manchmal musste man einfach handeln.

Sie wandte sich zu Rebecca um. »Was auch immer geschieht, renn los.«

Cait stürzte sich den Abhang hinunter, wurde immer schneller. Sie stellte sich vor, sie wäre eine Kugel, die die Luft durchschnitt, undurchdringlich und unaufhaltsam.

Sie war noch sechs Meter entfernt, als er die Waffe hob.

Drei, als sein Finger zuckte.

Sie wartete auf den Schuss, wohl wissend, dass sie ihn nicht mehr hören würde.

Sie wartete auf heißes Metall, das sich in ihre Brust oder ihren Schädel oder ihren Bauch bohrte, Fleisch und Knorpel und Knochen zerfetzte.

Sie sah ihn unverwandt an.

Sah seinen Finger am Abzug.

Wartete auf das Vergessen.

Die Kugel streifte ihre linke Schläfe. Ein geflüstertes Versprechen.

Dann lud er wieder durch.

Cait stürzte sich auf ihn, die Luft rauschte in ihren Ohren. Sie traf ihn mit voller Wucht an der Brust und riss ihn zu Boden. Die Waffe flog ins Gebüsch.

Ihre Körper umschlangen sich, Finger wie Krallen, stoßende Ellbogen, Knie, die gegeneinanderdrückten. Sie schlug die Zähne ins weiche Fleisch an seinem Unterarm, er schrie auf. Griff in ihre Haare und zog daran, als wollte er sie mitsamt den Wurzeln ausreißen. Ihre Daumen tasteten nach seinen Augenhöhlen. Sie wollte ihm maximal wehtun. Er sollte leiden.

Doch er war stark. Stärker, als er aussah. Seine Hände schlangen sich um ihren Hals und drückten zu. Als sie seine Finger wegziehen wollte, schlug er ihren Kopf hart auf den Boden. Der blaue Himmel wurde dunkler. Sie hörte ihren Atem, zu laut, keuchend. Er drückte fester zu.

»Wie fühlt es sich an, wenn man leidet?«, zischte er, den brennenden Blick auf sie gerichtet. »Wie fühlt es sich an, wenn man stirbt?«

Ihre Hände und Füße wurden taub. Der Kampfgeist verließ sie, und sie lag schlaff da, während er sie niederdrückte. Die Welt wich zurück. Sie schloss die Augen, während sich eine merkwürdige Wärme in ihrem Körper ausbreitete. Es gab einen Ort jenseits des Schmerzes.

Sie hörte den Schuss nicht. Sie spürte nur, wie Adam mit seinem ganzen Gewicht schwer auf ihr zusammenbrach, wie warme Flüssigkeit auf sie sickerte, und hörte, wie er seinen letzten röchelnden Atemzug ausstieß.

Sie öffnete die Augen. Rebecca stand über ihr, das Sonnenlicht wie ein Heiligenschein um ihr Gesicht.

Es war Morgen, und sie waren am Leben.

Moriarty, New Mexico
432 Kilometer bis Lubbock

Sie ließen Adams Leiche für die Geier zurück. In wenigen Wochen würden nur noch ausgebleichte Knochen von ihm übrig sein. Die Wüste war ein hungriges Raubtier, das keine Zeit verschwendete.

Sie warfen noch einen letzten Blick auf den Pick-up, dessen verkohlter Rumpf um die verbrannten Reste der Kiefer gewickelt war. Cait hatte Adam nie mit einem Pick-up gesehen – er fuhr einen alten Corolla mit einem Longhorns-Aufkleber am Rückfenster. Vermutlich war es ein Mietwagen, den man irgendwann vermissen würde. Aber dann wären sie und Rebecca längst weg. Wenn die Polizei an ihre Tür klopfte und nach dem vermissten Nachbarn fragte, würde sie sagen, sie wisse nichts über ihn. Was in gewisser Weise auch stimmte. Er war rätselhafter denn je.

Der Motor des Jeeps brauchte einige Anläufe, bis er startete, doch schließlich rollten sie den Feldweg hinunter zur Hauptstraße.

Cait wollte nur noch nach vorn schauen. Ihr Arm und ihre Rippen waren geprellt, ihr Gesicht war blutig und geschwollen, doch was in der Wüste geschehen war, kam ihr schon jetzt vor wie ein Traum. Sie wusste, dass sie einen Teil ihrer selbst dort oben auf dem Tafelberg gelassen hatte, zusammen mit der

Leiche und dem ausgebrannten Pick-up. Einen Teil, den sie nicht vermissen würde.

Kurz vor Moriarty entdeckten sie eine Tankstelle mit Autowerkstatt. Gerade rechtzeitig, denn der Jeep war kurz davor, den Geist aufzugeben. Cait parkte hinter der Tankstelle, und sie gingen erst auf die Toilette, um sich einigermaßen zurechtzumachen. Caits Lippen waren angeschwollen und taten weh, Rebecca hatte eine üble Platzwunde über dem Auge, aber die übrigen Verletzungen konnten sie verbergen. Cait hatte Leggings und ausgeleierte Sweatshirts dabei. Sie stopften die blutige Kleidung unter den Sitz. Cait würde sie entsorgen, sobald sie wieder in Texas waren.

Unterwegs hatten sie sich eine Story zurechtgelegt. Der Mechaniker würde natürlich Fragen stellen, wenn er den Jeep sah. Sie würden behaupten, sie seien mit einem Fuchs kollidiert und dabei von der Straße abgekommen. Die besten Geschichten waren immer die, in denen ein Körnchen Wahrheit steckte, und tatsächlich klebte noch ein Büschel Haare am Kühlergrill, umrahmt von Blutspritzern. Der Mechaniker gab sich damit zufrieden und begann, die nötigen Reparaturen aufzuzählen.

»Er ist ziemlich hinüber. Vermutlich brauchen Sie eine neue Vorderachse, vielleicht hat er auch einen Motorschaden. Das wird dauern und ist nicht billig.«

Rebecca kramte schon nach ihrem Portemonnaie. »Kein Problem. Ich zahle jeden Preis, wenn Sie uns wieder flottkriegen.«

Cait trat vor. »Tun Sie mir einen Gefallen. Fahren Sie ihn auf die Hebebühne, dann können wir gemeinsam nachschauen.«

Der Mechaniker war unschlüssig: »Ich weiß nicht recht …«

»Bitte.« Sie lächelte gewinnend. »Für mich.«

Der Mechaniker fuhr den Jeep auf die Hebebühne, und sie krochen darunter. Nach einigen Minuten rutschte Cait heraus.

»Für mich sieht das nach einem Riss in der Ölwannendichtung aus«, sagte sie und wischte sich mit einem Lappen die Hände ab.

»Für mich auch«, knurrte der Mechaniker. »Ist wohl solider, als ich gedacht hatte. Das dürfte in einer Stunde erledigt sein.«

Cait kaufte ein paar Snacks – Donuts mit Puderzucker, Tortillachips mit Käsesauce, XL-Kaffee mit Milch und Zucker – und breitete alles auf dem Picknicktisch vor der Tankstelle aus, doch sie bekamen beide praktisch nichts hinunter. Die Sonne stand hoch am Himmel und wärmte die Plastiktischplatte.

Es war neun Uhr, und sie waren immer noch eine Stunde von Albuquerque entfernt.

»Tut mir leid, dass wir es nicht zum Termin geschafft haben«, sagte Cait leise. »Ich könnte sie bitten, ihn zu verschieben.«

Rebecca schüttelte den Kopf. »Es ist zu spät.«

Das verstand Cait nicht so ganz. Laut den Unterlagen war Rebecca in der 18. Woche, womit ihr ausreichend Zeit blieb, und die Klinik in Albuquerque würde ihnen sicher entgegenkommen. »Soll ich wirklich nicht anrufen?«

Rebecca lächelte traurig und hob das Kinn zur Sonne. Nach einigen Minuten tat Cait es ihr nach, spürte die Wärme auf der Haut, atmete die frische Luft ein. Ihre Anspannung löste sich.

Bald war Weihnachten. Diesmal würde sie auf ihre Schichten in der Kneipe verzichten, obwohl es an Heiligabend das meiste Trinkgeld gab, und nach Waco fahren. Vielleicht würde sie sogar einige Wochen bei ihrer Familie bleiben, in ihrem alten Kinderzimmer, in dem noch die Poster hingen, die sie als Teenager an die Wände gepinnt hatte, Fotos von New York, London und Paris, von all den Orten, von denen sie immer geträumt hatte, und von all den Menschen, denen sie hatte nacheifern wollen.

Grenze zu Texas
138 Kilometer bis Lubbock

Auf dem Rückweg fuhren sie einen kleinen Umweg, über die 25 nach Süden und dann über die 380 durch Roswell, wo Autos mit »I Believe«-Aufklebern vor dem UFO-Museum und dem Alien-Zone-Andenkenladen parkten, weil sie es nicht ertragen hätten, dieselbe Strecke wie zuvor zu nehmen.

Auf der Rückfahrt hatten sie viel Zeit zum Reden. Cait konnte Rebecca erklären, woher sie Adam kannte, nicht aber, weshalb er beschlossen hatte, sie zu töten. Sie habe immer gespürt, dass er einsam war, aber das rechtfertigte nicht sein Tun. Rebecca hätte ihr gern die Schuldgefühle genommen. Was geschehen war, konnte man nicht erklären oder wegdiskutieren. Schuld ließ sich nicht aufteilen. Wer immer Adam gewesen war, warum auch immer er sie hatte töten wollen ... Verstehen würden sie es nie, denn das Böse konnte man nicht verstehen. Man konnte ihm widerstehen und überleben. Ein Verstehen war unmöglich.

Sicher, Cait hatte den Artikel über Jake geschrieben, aber das rechtfertigte nicht, was danach geschehen war. Und es war auch nicht Rebeccas Schuld, dass Patrick diese blöde Rede gehalten hatte. Man war nur für seine eigenen Handlungen verantwortlich.

Sie kamen an einem Straßenschild vorbei. WILLKOMMEN

IN TEXAS. FAHREN SIE FREUNDLICH, WIE TEXANER ES TUN.

Es hatte Augenblicke gegeben, in denen Rebecca nicht daran geglaubt hatte, je wieder nach Texas zurückzukehren. Nach Hause.

War es denn ihr Zuhause? Diese weite, leere Gegend, wo der Himmel größer und blauer war, als sie es sich je erträumt hatte, wo sie an einem Frühlingsmorgen im April die Türen weit öffnen und die lieblichste Luft hereinlassen konnte, die sie je gerochen hatte. Sie versuchte, sich das Haus vorzustellen, das sie vor nicht einmal vierundzwanzig Stunden verlassen hatte. War es noch ihr Heim? Konnte sie durch die Tür gehen und sich an den Küchentisch setzen und in das Bett mit der weichen Bettwäsche legen und spüren, dass sie dorthin gehörte?

Plötzlich merkte sie, dass Cait sie beobachtete. »Was hast du jetzt vor?«

Es war beunruhigend, wie diese junge Frau manchmal ihre Gedanken zu lesen schien. »Das weiß ich nicht.«

»Wir könnten auch weiterfahren. Nach Austin. Dort gibt es eine Klinik, ich kenne die Frauen, die dort arbeiten. Du könntest solange bei mir wohnen.«

Rebecca ließ die Möglichkeit wie eine schimmernde Fata Morgana vor sich in der Luft schweben. »Das ist ein sehr liebes Angebot«, sagte sie schließlich, obwohl es keine Antwort war. Es war kurz vor fünf am Nachmittag. Laut der Vorladung in ihrer Tasche hätte sie um elf Uhr morgens im Gericht erscheinen müssen. Inzwischen hatte die Anhörung in ihrer Abwesenheit stattgefunden, und sie ahnte, wie der Richter entschieden hatte. Es war schon so, wie Cait gesagt hatte: Patrick war ein Siegertyp. Als sie die Anklagepunkte gelesen hatte, war ihr klar gewesen, dass sie verlieren würde. Darum hatte sie ja nach New Mexico gemusst. Die Uhr hatte getickt, seit sie die Vorladung erhalten hatte, und sie konnte es sich nicht leisten, die in Texas vorgeschriebenen vierundzwanzig Stunden Bedenkzeit abzuwarten. Sie hatte das Risiko eingehen müssen, in einen anderen Bundesstaat zu fahren, und zwar noch vor der Anhörung. Danach würde sie unter Polizeibeobachtung stehen. Vermutlich war das auch vorher schon der Fall gewesen, eingreifen konnten sie aber erst nach Verkündung der richterlichen Entscheidung. Also jetzt.

Sie hatte es nach New Mexico geschafft, aber nicht nach Albuquerque. Und nun, da sie wieder in Texas war, würde man sie suchen. Vielleicht hätte sie Caits Angebot annehmen sollen. Aber sie wollte sie nicht noch tiefer mit reinziehen. Man würde Cait als ihre Komplizin betrachten, wenn sie Rebecca nach der Anhörung zu einer Abtreibung verhalf. So, wie die Sache jetzt stand, riskierte sie nur ihren eigenen Hals.

Cait lenkte den Jeep auf den Parkplatz einer Tankstelle. »Letzter Tankstopp. Möchtest du was?«

»Nein, danke.« Bei dem Gedanken an die Snacks in fluoreszierendem Orange, die Cait zu bevorzugen schien, drehte sich Rebecca der Magen um.

Sie schaute Cait nach, als sie den Laden betrat. Der wolkenlose Himmel hatte sich tiefblau gefärbt. Bald würde es dunkel sein.

Sie rutschte auf dem Sitz herum, ein vergeblicher Versuch, es sich bequemer zu machen. Im Wagen war es dämmrig wegen der Plane, die der Mechaniker provisorisch vor den Seitenfenstern befestigt hatte. Die Windschutzscheibe mit dem spinnenartigen Sprung würde auch ausgetauscht werden müssen. An den Kosten würde sie sich beteiligen. Sie hatte so lange nichts gegessen, dass ihr Magen wehtat, brachte es aber nicht über sich, an Essen auch nur zu denken. Sie fragte sich, ob sie je wieder Appetit haben würde. Oder ob ihr für den Rest ihres Lebens übel sein würde.

Rebecca legte eine Hand auf ihren Bauch. Ich habe es versucht, meine Kleine. Ich habe alles getan, was ich konnte, aber es hat nicht gereicht, und ich habe dich im Stich gelassen. Sie schloss die Augen.

Jemand klopfte fordernd an den Fahrzeugrahmen.

Ein Mann in blauer Uniform stand neben dem Jeep. Kantiger Kiefer. Schirmmütze tief in die Stirn gezogen. Taschenlampe in der Hand. Eine Marke blitzte auf. Seine Hand ruhte auf dem Pistolenholster.

Sie öffnete die Tür einen Spaltbreit.

»Was gibt es?«

»Rebecca McRae?«

Sie blinzelte geblendet und nickte.

»Steigen Sie bitte aus, Ma'am.«

Sechs Stunden zuvor

Gerichtsgebäude von Lubbock County, Lubbock, Texas

Richter Proctor rauschte in den Raum und hockte sich hinter seinen Tisch wie eine Krähe, die nach der nächsten Mahlzeit schielt. Er rückte seine Unterlagen zurecht und bat die Anwesenden, sich zu setzen.

Rich bemerkte den Kratzer an Proctors linker Hand, eine Erinnerung an ihr Squash-Spiel am Morgen. Vielleicht sollte er dem Richter als Entschuldigung eine Flasche Champagner schicken. Aber er hatte fair gespielt, und es war ja nicht seine Schuld, dass der Richter an diesem Morgen nicht ganz sicher auf den Beinen gewesen war. Eigentlich müsste Proctor *ihm* den Champagner schicken, und das nicht nur, weil Rich ihn hatte gewinnen lassen. Dieser Fall war ein Geschenk des Himmels, mit dem er sich einen Namen machen und der ihn auf die Kandidatenliste für die nächste Karrierestufe bringen konnte. Er hörte schon die feierlichen Worte des Nachrichtensprechers. »Heute gab es einen bemerkenswerten Durchbruch für die Abtreibungsgegner in Texas, als Richter Anthony Proctor vom Lubbock County Court entschied, dass ein Fötus über die gleichen Rechte und den gleichen juristischen Schutz verfügt wie jede andere Person.«

Natürlich hatte er die Entscheidung noch nicht getroffen, aber Rich wusste, wie sie ausfallen würde. Er hatte seinen Anwalt aus gutem Grund angewiesen, sich um Richter Proctor zu bemühen. Der wusste nämlich, was gut für ihn war. Dafür hatte Rich gesorgt.

Patrick begann mit dem Knie zu wippen, und Rich stieß ihn an. Er sollte nicht zeigen, dass er nervös war. Draußen warteten Kameras auf ihn. Sein Kandidat musste ruhig und gelassen wirken, wenn das Blitzlichtgewitter losging.

Der Richter räusperte sich. »Danke, dass Sie heute Morgen hergekommen sind. Ich habe die Argumente beider Seiten gründlich studiert und bin zu einer Entscheidung gelangt. In der Sache McRae gegen McRae, wobei die Beklagte Rebecca McRae abwesend ist, folgt das Gericht den Einlassungen der Staatsanwaltschaft und verhängt hiermit eine einstweilige Verfügung, um die Beklagte daran zu hindern, ihr ungeborenes Kind, nachstehend ›Baby McRae‹ genannt, über eine Staatsgrenze zu bringen und einen Schwangerschaftsabbruch vornehmen zu lassen.«

Der Richter wartete, bis sich das Gemurmel im Saal gelegt hatte. Er warf sich stolz in die Brust, schien geradezu Spaß an der Sache zu haben. *Der Champagner ist gestrichen*, dachte Rich. Der alte Knacker hatte genügend Geschenke bekommen.

»Ich habe mir diese Entscheidung nicht leicht gemacht. Sie folgt den Fällen Griswold gegen den Staat Connecticut und Maynard gegen Hill, was die Bedeutung der ehelichen Beziehungen für unsere Gesellschaft betrifft. Das Gericht ist davon überzeugt, dass die Institution der Ehe nur dann gedeihen kann, wenn beide Partner mit gleichen Rechten versehen sind. Dieses Gericht vertritt die Ansicht, dass das Recht des Vaters, das Leben seines Kindes zu schützen, über dem Recht der Mutter stehen sollte, es zu zerstören. Wir sind der Ansicht, dass eine Frau, die eine Schwangerschaft ohne die Zustimmung des Kindsvaters abbricht, nicht nur gegen die Rechte des Vaters, sondern auch gegen die des ungeborenen Kindes verstößt, für dessen Belange sich der Vater einsetzt. Ich bin davon überzeugt, dass der Staat die Aufgabe hat, das Leben seiner Bürger um jeden Preis zu schützen, und dass Texas den großen Bundesstaaten Alabama, Kansas und Missouri darin folgen sollte, die Rechte unserer verletzlichsten Bürger zu schützen, nämlich der ungeborenen Kinder. Da Baby McRae nicht für sich selbst sprechen kann, gilt Mr. McRae als Interessenvertreter seines Kindes. Sollte Mrs. McRae dem zuwiderhandeln und das Baby ohne die ausdrückliche Zustimmung von Mr. McRae und diesem Gericht über eine Staatsgrenze bringen und einen Schwangerschaftsabbruch vornehmen lassen, verstößt sie gegen die Anordnung des Gerichts und macht sich damit strafbar.«

Weiteres Gemurmel im Saal. Er sah, wie Patricks Schultern bebten, und wollte ihn schon bremsen, überlegte es sich dann aber anders. Schön, sollte er doch weinen. Die Öffentlichkeit liebte Politiker, die Gefühle zeigten, vorausgesetzt, es waren Männer. Die Hausfrauen im ganzen Staat würden dahinschmelzen, wenn sie sein gut aussehendes, tränenüberströmtes Gesicht erblickten. Was für ein Vater, würden sie sagen. Was für ein Mann!

Ja, es war noch besser, als er sich erhofft hatte. Rebecca hatte geglaubt, sie könne ihn austricksen, müsse nicht auf ihn hören, könne tun, was immer sie wollte, und damit durchkommen.

Er lächelte in sich hinein.

Niemand trickste Rich Cadogan aus. Das würde sie jetzt einsehen müssen.

An der Grenze zu Texas
138 Kilometer bis Lubbock

Sie haben herausgefunden, was mit Adam passiert ist.

Das war Caits erster Gedanke, als sie bemerkte, wie der Polizist am Jeep lehnte und mit der Taschenlampe in Rebeccas verängstigtes Gesicht leuchtete. Cait warf dem Tankwart einen Zwanziger zu und stürzte zum Wagen, als der Polizist gerade Rebecca am Ellbogen vom Beifahrersitz zog.

»Verdammt, was machen Sie da?«

Der Beamte, ein hochgewachsener Mann mit versteinerter Miene, hob die Hand. »Ma'am, bitte treten Sie einen Schritt zurück.«

Stattdessen trat Cait einen Schritt nach vorn. »Erst erklären Sie mir, was Sie hier tun. Das ist mein Auto. Ich habe Rechte.«

Er blieb unbeeindruckt. »Ma'am, Sie stören gerade eine Festnahme, was einen Verstoß darstellt, der zu einer Verhaftung führen kann. Falls Sie also nicht mit ihr die Zelle teilen wollen, treten Sie bitte zurück.« Er grinste, und sie musste die Hände hinter dem Rücken halten, um ihn nicht zu ohrfeigen.

»Dann sagen Sie mir wenigstens, wohin Sie sie bringen.«

»Nach Plains, ins Gefängnis von Yoakum County. Sie können uns gerne hinterherfahren.«

Cait schaute zu Rebecca. »Alles okay?«

Zu ihrer Verblüffung wirkte Rebecca keineswegs ängstlich,

sondern geradezu unheimlich ruhig. Als hätte sie damit gerechnet. »Mir geht es gut. Alles in Ordnung.«

Cait nickte. »Wir kriegen das in den Griff, versprochen. Ich fahre direkt hinter euch her.«

Sie sah zu, wie der Beamte Rebecca auf den Rücksitz des Streifenwagens verfrachtete und dabei eine Hand auf ihren Kopf legte. Am liebsten hätte sie ihn angeschrien, sie loszulassen, beherrschte sich aber. Vorerst musste sie sich an seine Regeln halten, wie immer die auch aussehen mochten. Wenn sie eine Szene machte, würde es für Rebecca nur noch schwerer.

Cait setzte sich rasch in den Jeep, stopfte die Plastiktüte mit den Snacks unter den Beifahrersitz und ließ den Motor an. Der Streifenwagen schaltete das Blaulicht ein, verließ den Parkplatz, und Cait folgte ihm.

Sie dachte fieberhaft nach. Die Verhaftung musste etwas mit den Ereignissen am Berg zu tun haben. Hatte man Adams Leiche gefunden? Die verkohlten Überreste des Pick-ups? Aber wie hatte man Rebecca so schnell damit in Verbindung gebracht? Sie hatten die Waffe sorgfältig abgewischt und neben die Leiche gelegt. Cait hatte gehofft, dass man von einem Selbstmord ausgehen würde, was ihr jetzt ziemlich naiv vorkam. Geradezu absurd. Sie hätten den Tatort sorgfältiger aufräumen sollen. Die Fingerabdrücke mochten verschwunden sein, aber ihr Blut war ja noch überall.

Blut. Mist, sie hatte die blutige Kleidung noch im Wagen. Die hätte sie schon längst entsorgen müssen. Die zertrümmerten Scheiben, die Verletzungen im Gesicht – das ließ sich alles mit einem Unfall erklären. Aber das Blut eines Fremden auf ihrer Kleidung? Falls man sie und Rebecca untersuchte, würde man an ihnen zweifellos Spuren von Adams Blut finden. Wie sollten sie sich da herausreden?

Es war Notwehr gewesen. Er hatte sie töten wollen.

Wie aber wollten sie das beweisen?

Stopp. Ruhig. Nicht so voreilig. Adam war erst seit wenigen Stunden tot. Selbst wenn man seine Leiche sofort gefunden hatte, was unwahrscheinlich war, wäre die Polizei niemals so schnell auf sie gestoßen. Auch konnte sie sich nicht vorstellen, weshalb Rebeccas Fingerabdrücke im System sein sollten. Wie also hatte man sie aufgespürt?

Ihre eigenen Abdrücke hingegen … Früher, zu Highschool-Zeiten, hatte sie öfter mal geklaut, und einmal hatte man sie erwischt, als sie einen Lockenstab mitgehen lassen wollte. Der Polizist hatte sie mit auf die Wache genommen, ihre Fingerabdrücke genommen und sie für ein paar Stunden in eine Zelle gesperrt, bis ihre Mutter von der Arbeit kam und sie abholte. Es hatte keine Anzeige gegeben, weil der Beamte ihr vor allem Angst einjagen wollte. Aber wenn sie die Abdrücke nun doch behalten hatten?

Wenn sie genügend Beweise hatten, um Rebecca zu verhaften, galt das auch für sie. Sie waren im selben Auto gefahren, waren zusammen gesehen worden.

Es ergab keinen Sinn.

Warum also hatten sie Rebecca verhaftet, während sie selbst auf freiem Fuß war?

Gefängnis von Yoakum County, Plains, Texas 115 Kilometer bis Lubbock

Rebecca starrte durch die Trennscheibe auf den Hinterkopf des Mannes. Sie war noch nie in einem Streifenwagen mitgefahren, und als Erstes fiel ihr der Geruch auf: Reinigungsmittel und Schweiß.

Eigentlich hätte sie Angst haben müssen, aber alles erschien ihr so unausweichlich. Genau davor hatte Rich sie an jenem Morgen gewarnt. Auch Patrick hatte es angedeutet, obwohl er nicht den Mumm gehabt hatte, es offen auszusprechen. Sowie der Bote ihr die Vorladung übergeben hatte, hatte die Uhr zu ticken begonnen, und nun war ihre Zeit abgelaufen. Hätte sie Freude an Ironie gehabt, wäre ihr die Tatsache, dass sie für ein legales Vorhaben verhaftet wurde, während sie vor nicht einmal zwölf Stunden einen Mann erschossen hatte, amüsant erschienen. So aber spürte sie nur dumpfen Zorn.

Die lange Fahrt mit Cait, die Todesgefahr, die Pläne für ihr Baby – alles sinnlos. Letzten Endes reduzierte es sich auf das hier: einen Mann in Uniform, der sie durch ein ödes Kaff ins Bezirksgefängnis kutschierte. Ihr Baby lebte immer noch in ihr und rückte seinem unausweichlichen Leiden entgegen.

Das Gefängnis war ein zweistöckiger Kasten aus Backstein mit winzigen dunklen Fenstern, der unmenschlich und karg aussah. Angst durchzuckte sie, als der Beamte die Tür des Streifenwagens öffnete. Er streckte die Hand aus. Rebecca ergriff sie und lächelte ihn an. Er sollte sie mögen. Sie konnte jeden Freund gebrauchen.

Er umfasste ihren Ellbogen, als sie am Bordstein ins Stolpern geriet. »Sachte«, sagte er und führte sie behutsam durch die gläserne Doppeltür des Gefängnisses.

»Hey, Bill«, sagte er zu einem Mann, der hinter einem großen Schreibtisch saß. »Kannst du sie für mich aufnehmen?«

Bill musterte sie kühl. Ihn würde sie nicht auf ihre Seite ziehen können, so nett sie auch lächeln mochte. »Bring sie nach hinten«, knurrte er.

Der Beamte führte sie durch einen langen Korridor in ein fensterloses Zimmer, in dem es nur einen alten Tisch mit Resopalplatte und einige Klappstühle gab. »Möchten Sie ein Glas Wasser?«, fragte er, doch sie lehnte ab. Sie würde einen größeren Gefallen von ihm brauchen.

Rebecca setzte sich auf einen Stuhl und schaute zur flackernden Neonleuchte hinauf. Sie fragte sich, ob Cait schon hier war. Falls ja, würde sie vermutlich den mürrischen Typen am Empfang gehörig ins Gebet nehmen. Der Gedanke entlockte ihr ein flüchtiges Lächeln.

Der Beamte kam mit einem Kollegen zurück, der sich als Lieutenant Walker vorstellte. »Meinen Kollegen Sergeant Bakerson kennen Sie ja schon.«

Sie lächelte beiden zu. Der Lieutenant war älter als Sergeant Bakerson – sie schätzte ihn auf Mitte fünfzig – und hatte kurze graue Haare. Er erwiderte ihr Lächeln nicht.

»Mrs. McRae …«

»Bitte nennen Sie mich Rebecca.«

»Mrs. McRae, ist Ihnen klar, weshalb Sie festgenommen wurden?«

»Nein, das ist es nicht.« Sie sah ihn mit großen Augen an.

»Sie hatten eine Vorladung ins Bezirksgericht von Lubbock. Ist das richtig?«

Sie schwieg.

»Ist Ihnen klar, dass die Anhörung heute Morgen um elf Uhr in Ihrer Abwesenheit stattgefunden hat?«

Schweigen.

»Ma'am, ist Ihnen bewusst, dass ein Nichterscheinen vor Gericht nach einer offiziellen Vorladung eine Straftat darstellt?« Sie schwieg. Der Ermittler verlagerte das Gewicht auf den anderen Fuß. »Mrs. McRae, können Sie uns sagen, was Sie in New Mexico gemacht haben?«

»Ich war mit einer Freundin unterwegs.«

»Ja, wir hatten das Vergnügen.« Die beiden Männer wechselten einen Blick. Also war Cait hier. »Wusste Ihr Mann von diesem Ausflug?«

Sie schüttelte den Kopf. »Es war eine spontane Entscheidung. Er war beruflich unterwegs, ich wollte ihn nicht damit behelligen.«

»Mrs. McRae, meines Wissens erwarten Sie ein Kind. Ist das korrekt?«

»Ja, ich bin schwanger.«

»Mrs. McRae.« Sie wünschte, er würde nicht ständig ihren Namen wiederholen. »Ihr Ehemann hat eine einstweilige Verfügung beantragt, die Sie daran hindern soll, mit seinem ungeborenen Kind den Staat zu verlassen. Dies war Gegenstand der Anhörung heute Morgen. Der Richter hat die einstweilige Verfügung erlassen, gegen die Sie hiermit verstoßen haben. Darum haben wir Sie hergebracht.« Er sah sie eindringlich an. »Sind Sie nach New Mexico gefahren, um die Schwangerschaft abzubrechen?«

Sie wurde plötzlich zornig. »Ich wüsste nicht, was Sie das angeht. Abtreibung ist in diesem Land legal.«

»Ma'am, der Richter hat auch eine einstweilige Verfügung erlassen, die es Ihnen untersagt, eine Abtreibung vorzunehmen. Folglich stellt jeder diesbezügliche Versuch einen Verstoß gegen die einstweilige Verfügung dar und ist damit eine Straftat.«

Sie umklammerte mit beiden Händen die Tischplatte. Sie wusste, dass Patrick verzweifelt war, hatte aber nicht erwartet, dass er so tief sinken würde. »Ich habe nichts Falsches getan.«

»Heißt das, Sie haben die Schwangerschaft beendet?«

Sie schwieg. Sie würde ihm nicht die Genugtuung verschaffen, Zeuge ihres Scheiterns zu sein.

Er zuckte mit den Schultern. »Ich bin nicht hier, um über die moralischen Aspekte Ihres Handelns zu diskutieren«, sagte er, obwohl seine Miene deutlich verriet, wie er darüber dachte. »Ich bin als Vertreter des Gesetzes hier, und in dieser Eigenschaft teile ich Ihnen mit, dass Sie gegen mindestens einen Punkt der einstweiligen Verfügung verstoßen haben und deshalb festgenommen wurden. Sie werden die Nacht hier verbringen, bevor man Sie morgen nach Lubbock überstellt, wo Sie am Vormittag vor Gericht erscheinen sollen. Haben Sie Fragen?«

»Kann ich meine Freundin sehen?«

Er schüttelte den Kopf. »Bis morgen früh sind keine Besucher erlaubt.«

»Was ist mit einem Anruf? Ein Anruf steht mir doch zu, oder?«

Der Lieutenant fuhr sich mit der Hand über die Bartstoppeln. »Das Telefon ist im Flur. Aber schnell. In einer Stunde ist Nachtruhe.«

Sergeant Bakerson führte sie in eine Nische mit einem Münzfernsprecher, die sich ganz am Ende des Flurs befand. Durch eine Doppeltür hörte sie die gedämpften Geräusche der anderen Gefangenen. »Abendessen«, sagte er. »Keine Sorge, Sie bekommen auch was.«

»Ich habe keinen Hunger.«

Er neigte sich zu ihr. »Sie werden Ihre Kräfte brauchen«, sagte er sanfter als erwartet. »Hier, bitte.« Er deutete auf das Telefon. »Ich lasse Ihnen ein bisschen Privatsphäre.«

Sie streckte die Hand aus. »Ich – ich will meine Freundin anrufen, die uns hierher gefolgt ist.«

Er musste ein Lächeln unterdrücken. »Die mit dem losen Mundwerk?«

Rebecca nickte. »Ich habe ihre Nummer nicht im Kopf. Es ist eine große Bitte, das weiß ich, aber könnten Sie mir die Nummer des Telefons in der Eingangshalle geben?«

Es schaute sie an und seufzte. »Einen Moment.«

»Danke!«

»Verraten Sie das bloß nicht meinem Boss«, knurrte er noch.

Kurz darauf kam er mit einem Zettel zurück. »Aber schnell. Sie haben gehört, was Walker gesagt hat von wegen Nachtruhe.«

»Wird gemacht.« Sie faltete das Papier auseinander und tippte die Nummer ein. »Danke noch mal. Ich weiß es wirklich zu schätzen.« Diese kleine freundliche Geste trieb ihr fast die Tränen in die Augen.

Bakerson zuckte mit den Schultern. »Wenn Sie mich fragen, ich finde das, was die mit Ihnen machen, kriminell. Ich hoffe, Ihr Mann bekommt, was er verdient.«

»Ja«, sagte sie und umklammerte den Telefonhörer. »Ich auch.«

Gefängnis von Yoakum County, Plains, Texas 115 Kilometer bis Lubbock

Cait achtete nicht auf das Telefon, das neben ihr klingelte, bis der Polizeibeamte, der Rebecca vorhin festgenommen hatte, den Kopf durch die Tür steckte und darauf deutete. »Das ist für Sie.«

Sie sprang von der Plastikbank und nahm den Hörer ab. »Geht's dir gut?«

»Klar.« Rebecca bemühte sich, gefasst zu klingen, doch in ihrer Stimme schwang Angst mit. »Sie bringen mich morgen früh nach Lubbock.«

»Ist es« – sie senkte die Stimme und flüsterte – »wegen Adam?«

»Nein, es hat nichts mit ihm zu tun. Es geht um meinen Mann und diese Schlange von Wahlkampfmanager.«

Cait war einerseits erleichtert, andererseits verwirrt. »Wovon redest du? Wie hat Patrick es geschafft, dich festnehmen zu lassen? Du hast doch nichts Schlimmes getan.«

»Sag das dem Richter in Lubbock.« Im Hintergrund rief jemand einen Befehl. »Hör zu«, sagte Rebecca hastig. »Ich habe nicht viel Zeit. Du musst mir einen Gefallen tun.«

Cait richtete sich kerzengerade auf. »Jeden.«

»Ich brauche eine Anwältin, und zwar eine gute. Bis morgen früh.«

»Überlass das mir. Kommst du über Nacht da drinnen klar?«

»Schlimmer als letzte Nacht kann es kaum werden.« Cait hörte die Belustigung in Rebeccas Stimme und fühlte sich ein bisschen besser. Vielleicht ging es ihr wirklich halbwegs gut. »Ja, das wird schon gehen. Wo bleibst du so lange?«

»In der Nähe gibt es ein Motel.« Sie hatte es im Vorbeifahren gesehen. »Da nehme ich mir ein Zimmer. Weißt du, wann sie dich morgen nach Lubbock bringen?«

»Das haben sie nicht gesagt.«

»Na schön, sobald die Sonne aufgeht, bin ich hier. Pass gut auf dich auf.«

»Das mache ich. Und, Cait?«

»Ja?«

»Danke, dass du das mit mir durchstehst.«

Cait gestattete sich ein Lächeln. »Dafür bin ich doch da.«

Sie hängte ein und suchte in der Tasche nach ihrem Handy. Das Display blitzte auf: dreizehn verpasste Anrufe, alle von derselben Nummer. Es gab nur einen Menschen, der ihr helfen konnte, aber zuerst musste sie sich einer Gardinenpredigt stellen.

Lisa nahm beim zweiten Klingeln ab. »Scheiße noch mal, Cait, wo steckst du?« Sie klang so wütend, dass Cait zusammenzuckte.

»An der texanischen Grenze. In einem Ort namens Plains.«

»Ist Rebecca bei dir? Geht es ihr gut?«

»Sie ist hier, und es geht ihr gut. Hör zu, Lisa, was ich getan habe, war ...«

»Dumm? Gefährlich? Verantwortungslos? Illegal?«

»Ja, das alles, und es tut mir leid. Es war beschissen.«

»Ich will das gar nicht hören. Kannst du dir auch nur ansatzweise vorstellen, welche Konsequenzen das haben könnte? Du hast die ganze Organisation gefährdet. Ich hatte ausdrücklich gesagt, du sollst dich von Rebecca fernhalten, aber das hast du natürlich nicht hinbekommen. Stattdessen hast du die arme Pat ausgetrickst, die sich übrigens ganz schrecklich fühlt, nur dass du's weißt. Sie ist nämlich keine Psychopathin wie du.«

»Wenn ich wieder in Austin bin, kannst du mich anschreien, so viel du willst. Ich weiß, dass ich es verdient habe. Aber jetzt brauche ich deine Hilfe. Besser gesagt, Rebecca.«

»Du hast gesagt, es ginge ihr gut.«

»Tut es auch, zumindest körperlich.« Sie holte tief Luft. Jetzt kam der schwierige Teil. »Aber sie wurde festgenommen.«

»Scheiße. Ich dachte, wir hätten noch Zeit.«

»Du weißt davon?«, fragte Cait ungläubig.

»Die Nachrichten sind voll davon. Rebeccas Mann hat eine einstweilige Verfügung gegen sie erwirkt, um die Abtreibung zu verhindern. Er hat die Masche mit Beginn des Menschseins angewendet, und der Richter war dumm – oder karrieregeil – genug, um darauf einzugehen. Ich habe nur nicht damit gerechnet, dass man sie so schnell finden würde.«

Plötzlich fiel jedes Puzzleteil an seinen Platz. Rebecca musste gewusst haben, was sie erwartete – darum war sie auch so ungeduldig gewesen, als der Jeep repariert werden musste. Ihr drohte die Zeit davonzulaufen. »Hat sie das erwähnt, als sie den Termin vereinbart hat?«

»Nein. Aber sie muss es gewusst haben – in der Presse heißt es, sie habe eine Vorladung ignoriert.« Lisa holte hörbar Luft. »Sie könnte richtig tief in der Scheiße sitzen.«

»Darum müssen wir ihr eine gute Anwältin besorgen. Sie wird morgen früh nach Lubbock gebracht, vor Gericht.«

»Wie schnell das geht, wenn Politiker die Strippen ziehen.« Lisa machte keine Anstalten, ihren Abscheu zu verbergen. »Ich kümmere mich drum. Ich rufe Cathy Rebuck an und frage, ob sie verfügbar ist. Die behalten sie über Nacht da?«

»Ja, im Bezirksgefängnis in Plains. Ich fahre ihnen morgen nach Lubbock hinterher.«

»Gut. Wir treffen uns am Gerichtsgebäude, dann sage ich dir, wie's weitergeht. Es war richtig, dass du mich angerufen hast. Wir bekommen das hin, okay?«

Cait fuhr zum Motel, einem niedrigen verputzten Gebäude mit einem Schild an der Tür, das freie Zimmer verhieß. Sie parkte und klingelte an der Rezeption. Ein großer, drahtiger Mann in Hemd und Jeans öffnete ihr. »Kann ich Ihnen helfen?«

»Ein Zimmer für eine Nacht, bitte«, sagte sie, wohlwissend, dass sie aussah, als hätte man sie rückwärts durch eine Hecke gezogen. Wenn der Mann sie wegschickte, hätte sie ein Problem. Sie tastete nach ihrem Portemonnaie. »Ich zahle sofort und in bar.«

Er machte eine wegwerfende Handbewegung. »Nicht nötig. Sie können morgen früh bezahlen. Ich glaube nicht, dass Sie mitten in der Nacht die Biege machen. Die Zimmer sind einfach, keine Extras, aber es gibt eine heiße Dusche und ein warmes Bett.«

Sie lächelte. »Mehr brauche ich nicht.«

Das Motel bestand nur aus einigen Zimmern im hinteren Teil des Gebäudes. Er führte sie durch Wohnzimmer und Küche, wo seine Frau gerade Abendessen machte, in ein kleines, sauberes Schlafzimmer. »Das Bad ist den Flur runter. Haben Sie Hunger?«

Sie schüttelte den Kopf. »Ich will mich nicht aufdrängen ...«

»Ich würde nicht fragen, wenn Sie nicht willkommen wären. Terry kocht immer viel zu viel. Das Essen ist in etwa zwanzig Minuten fertig. Machen Sie es sich bequem, und rufen Sie, wenn Sie was brauchen.«

Cait duschte in dem rosa-grün gefliesten Badezimmer und

sah zu, wie Dreck und Blut von ihrem Körper in den Abfluss rannen. Danach wischte sie Wanne und Boden so sauber, wie sie sie vorgefunden hatte, und zog wieder Leggings und Sweatshirt an, bevor sie in die Küche ging.

Der Duft von gebratenen Zwiebeln, Knoblauch und Gewürzen schlug ihr entgegen, und plötzlich bemerkte sie, wie hungrig sie war. Sie dachte an Rebecca in ihrer Gefängniszelle und bekam ein schlechtes Gewissen, als man sie an den Tisch bat. Würde Rebecca heute Abend etwas zu essen bekommen? Würde man sie mit einem Haufen Krimineller zusammensperren, oder wäre sie ganz allein? Würde sie schlafen können? Hatte sie Angst?

Der Mann riss sie aus ihren Gedanken. »Sie sind doch nicht etwa so eine Vegetarierin, oder?« Er griff nach ihrem Teller und trat an den Herd.

Sie musste lachen. »Nein. Ich esse fast alles.«

»Gut. Ich bin übrigens Jim, und das ist meine Frau Terry.«

Die Frau am Herd winkte ihr zu. »Schön, dass Sie hier sind. Heute gibt es Chili – ich hoffe, Sie haben Hunger mitgebracht.«

»Cait. Und ja, Chili klingt toll.«

Sie setzten sich und aßen in ungezwungenem Schweigen. Die beiden stellten ab und zu ein paar Fragen – woher sie kam, was sie hier draußen machte –, und Cait antwortete ebenso höflich wie vage. Das Chili war gut, würzig und wärmend, und nach dem Essen fühlte sie sich ein bisschen gestärkt. Sie bestand darauf, zu spülen. Terry und Jim luden sie ein, danach mit ihnen fernzusehen, aber sie sagte, sie sei müde, und ging in ihr Zimmer.

Sie legte sich aufs Bett und lauschte auf das leise Murmeln des Fernsehers nebenan. Über ihr an der Decke drehte sich ein Ventilator. Sie war eigentlich todmüde, aber nun, da sie endlich hätte schlafen können, war sie plötzlich hellwach und unruhig. Sie musste ständig an Rebecca denken, die am anderen Ende der Stadt in ihrer Zelle saß, und an das, was ihr am nächsten Tag bevorstand.

Sie holte das Handy aus der Tasche. Lisa hatte die Nachrichten erwähnt. Dann musste ja etwas zu finden sein. Sie öffnete den Browser – endlich guter Empfang – und tippte Rebeccas Namen in die Suchmaschine ein.

Es gab über dreißig Meldungen allein aus den letzten zwölf Stunden.

»Senatskandidat verklagt Ehefrau und wird als Pro-Life-Held gefeiert.«

»Rebecca McRae nach einstweiliger Verfügung gegen Abtreibung verhaftet.«

»Abtreibungsgegner gewinnen in Texas.«

»Das Ende von Roe vs. Wade?«

»Umfragewerte für McRae steigen nach dem Gang vors Gericht.«

»Zehn Dinge, die Sie über Rebecca McRae wissen müssen.«

Beim Scrollen durch die Schlagzeilen wurde ihr übel. Rebecca würde morgen nicht nur vor dem Richter, sondern auch vor der Öffentlichkeit stehen. Cait wusste nur zu gut, dass die Öffentlichkeit die Macht besaß, Richter, Geschworener und Henker gleichzeitig zu sein.

Sie musste alles tun, was in ihrer Macht stand, um Rebecca darauf vorzubereiten.

Sie sprang aus dem Bett und rannte durch den Flur ins Wohnzimmer, wo Jim und Terry eine Wiederholung von *Law & Order* schauten. »Brauchen Sie was, meine Liebe?«, fragte Terry und stellte den Ton ab.

»Es klingt sicher seltsam, aber wo kann ich morgen früh was zum Anziehen kaufen?«

»Am Cowboy Way ist ein Family-Dollar-Laden, da gibt es auch Kleidung. Haben Sie plötzlich Lust auf Shopping?«

Cait lächelte. »So in etwa. Wissen Sie, wann die aufmachen?«

Gerichtsgebäude von Lubbock County, Lubbock, Texas

Die Kameras liefen, als der Streifenwagen vor dem Gerichtsgebäude hielt. Rebecca wusste, dass sie schrecklich aussah – der Kratzer an ihrer Stirn war verschorft, die fettigen Haare hatte sie nach hinten gekämmt –, doch sie trug immerhin die Kleidung, die Cait ihr morgens vorbeigebracht hatte, und hatte damit ein bisschen Selbstbewusstsein zurückgewonnen.

Sie war allein in der Zelle gewesen, konnte aber ihre Mitgefangenen murmeln und schlurfen und stöhnen und schnarchen hören, unterbrochen vom Scheppern und Schaben der Metalltüren, die geöffnet und geschlossen wurden. Sie hatte die Nacht damit verbracht, die fleckige Zellendecke anzustarren und sich zu fragen, wie es möglich sein konnte, dass sie erst vor vierundzwanzig Stunden in Caits Wagen gestiegen war, total verängstigt, aber fest davon überzeugt, das Schlimmste hinter sich zu haben, und dass der Plan, den sie so sorgfältig geschmiedet hatte, funktionieren würde. Wie dumm und naiv sie gewesen war. Als Rich bei ihr aufgekreuzt war, hätte sie wissen müssen, dass er sie aufhalten würde. Selbst nach der Vorladung hatte sie nicht glauben können, dass Patrick es wirklich durchziehen würde. Seine eigene Frau zu verklagen musste doch politischer Selbstmord sein. Nun aber erkannte sie die Welt nicht wieder. Alles Vertraute war hinweggespült. Jetzt war sie allein hier draußen, wie in einem unbekannten Gewässer, und drohte unterzugehen.

Nein, das stimmte nicht. Sie hatte Cait. Sie hatten heute Morgen nicht miteinander sprechen können, die Kleidung war am Empfang hinterlegt. Doch als man Rebecca in den Streifenwagen verfrachtete, wartete der Jeep schon auf dem Parkplatz und fuhr ihnen die ganze Strecke bis Lubbock hinterher. Sie war also nicht allein. Sie kannte diese Frau erst seit gestern, aber sie wusste, sie würde an ihrer Seite bleiben.

Sie richtete sich auf, als der Polizeibeamte um den Streifenwagen herumging und ihr die Tür öffnete. Es ging los.

Blitzlichter flammten auf, als er ihr beim Aussteigen half und sie durch die Menge eskortierte. Das Gerichtsgebäude sah imposant aus, es sollte einschüchtern und kleinmachen. Eine Frau im dunklen Kostüm erwartete sie am Eingang und gab ihr lächelnd die Hand.

»Ich bin Cathy und vertrete Sie heute vor Gericht«, sagte sie in ruhigem, zuversichtlichem Ton. »Cait hat uns auf Ihre Lage aufmerksam gemacht. Ich habe mir die Akte angeschaut und bin sicher, dass man die einstweilige Verfügung aufheben wird. Richter Duley hat heute den Vorsitz, und er ist gut: hart, aber fair, und er hält sich streng an den Wortlaut des Gesetzes. Die Klage Ihres Mannes entbehrt in Texas jeder juristischen Grundlage, und ich bin offen gesagt schockiert, dass die einstweilige Verfügung überhaupt erlassen wurde.« Sie beugte sich verschwörerisch vor. »Im Übrigen kenne ich Richter Proctor schon lange und bezweifle nicht, dass er glaubt, seine Karriere damit auf die Überholspur gebracht zu haben.« Dann legte sie Rebecca beruhigend die Hand auf den Arm. »Haben Sie Fragen?«

Rebecca unterdrückte die aufsteigende Übelkeit und schüttelte den Kopf. »Danke«, sagte sie schwach. »Dass Sie das hier übernehmen.«

Die Anwältin lächelte. »Es ist mir ein Vergnügen. Ich kenne nichts Besseres, als solche Leute fertigzumachen.« Sie drückte ihren Arm. »Ich finde, Sie sind sehr tapfer.«

Rebecca schüttelte den Kopf. »Ich fühle mich nicht sonderlich tapfer.«

»Das sind Sie aber. Und müssen es sein. Wie wir alle.« Sie deutete zum Eingang. »Sind Sie bereit?«

Rebecca schaute in die mit Marmor ausgekleidete Eingangshalle, wo ein Bronzerelief der Justitia an der Wand prangte. Sie atmete tief durch. »Ich denke schon.«

Gerichtsgebäude von Lubbock County, Lubbock, Texas

Der Gerichtsdiener räusperte sich, und es wurde still im Saal. »Erheben Sie sich für den Ehrenwerten Richter Jonathan Duley.«

Cait beobachtete, wie Rebecca sich straffte, als der Richter den Raum betrat. Cait stand hinten – die vorderen Plätze waren für Familie und Presse reserviert –, und schwitzte in der Polyesterbluse, die sie bei Family Dollar gekauft hatte. Für Rebecca hatte sie eine schwarze Strickjacke und eine Hose besorgt, die ihr perfekt passte, wie sie befriedigt feststellte. In den Sachen wirkte Rebecca elegant und selbstbewusst, auch wenn Cait deutlich erkennen konnte, wie ihre Schultern bebten.

Ihr Mann stand auf der anderen Seite des Gangs und erinnerte mit dem dunklen Anzug und der bestürzten Miene an einen sitzengelassenen Bräutigam. Gut so. Hoffentlich fühlte er sich so beschissen, wie er es verdiente.

Neben ihm stand ein schmieriger Typ in einem zu engen Anzug, der seine Selbstzufriedenheit nicht verbergen konnte. *Das muss der Wahlkampfmanager sein, den Rebecca erwähnt hat. Arschloch.*

Richter Duley bat die Anwesenden, sich zu setzen, und eröffnete die Verhandlung. Cait versuchte, dem Hin und Her zwischen den Anwälten zu folgen, doch das meiste war zu hoch für sie. Allerdings merkte sie schnell, dass die Anwältin, die von den Sisters of Service beauftragt worden war, richtig gut war. Sie mähte die Argumente ihrer Gegner wie mit einer Sense nieder, eins nach dem anderen. Nachdem sie Patricks Anwalt besonders heftig angegangen war, musste Cait sich auf ihre Hände setzen, um nicht Beifall zu klatschen.

»Euer Ehren«, sagte Cathy Rebuck mit einer energischen Handbewegung, »es gibt in der Verfassung keine Grundlage für die einstweilige Verfügung, und sie stellt einen unmittelbaren Verstoß gegen die Grundsatzentscheidung im Fall Roe vs. Wade dar. Richter Proctors Verfügung ist, offen gesagt, das Werk eines verantwortungslosen Justizvertreters, der nur an seiner eigenen politischen Agenda und seinen Ambitionen interessiert ist. Meine Mandantin« – sie deutete auf Rebecca, die aufrecht und reglos auf ihrem Platz saß – »ist das Opfer einer unerträglichen Kampagne von Seiten ihres Ehemannes. Der Fötus, den sie in sich trägt, leidet an einer seltenen genetischen Veranlagung und ist darum nicht lebensfähig. Meine Mandantin war gezwungen, sich der Tatsache zu stellen, dass ihr innig ersehntes Baby nur wenige Stunden außerhalb des Mutterleibs überleben kann, falls es die Geburt überhaupt überlebt. Eine Geburt, die zudem ihr eigenes Leben ernsthaft gefährden würde. Sie hat die überaus schwierige Entscheidung getroffen, die Schwangerschaft zu beenden – eine Entscheidung, die ihr von der Verfassung zugestanden wird –, und dennoch behandelt man sie wie eine Kriminelle. Ich fordere Sie daher auf, dieses Unrecht wiedergutzumachen und Richter Proctors beispiellose und grob fahrlässige Verfügung aufzuheben.«

Richter Duley schaute sich im Saal um. »Bevor ich meine Entscheidung verkünde, möchte ich beide Parteien bitten, sich anschließend außerhalb des Gerichtssaals zu treffen und offen und ehrlich miteinander zu sprechen. Es macht mich immer traurig, wenn eine so persönliche und hochemotionale Angelegenheit wie diese von einem Richter entschieden werden soll. Sie beide sind verheiratet, also lieben Sie einander wohl. Ich hoffe, dass Sie sich künftig auf diese Liebe besinnen werden.«

Er trank einen Schluck Wasser.

»Sosehr ich Mr. McRaes Sorgen als Vater auch verstehen kann – die einstweilige Verfügung durch Richter Proctor hat keine verfassungsmäßige Grundlage im Bundesstaat Texas und kann daher von diesem Gericht nicht aufrechterhalten werden. Ich wünsche Mr. und Mrs. McRae das Beste und werde in dieser schwierigen Zeit an sie denken.« Richter Duley griff zum Hammer. »Das Verfahren ist eingestellt.«

Cait sprang auf. Am liebsten hätte sie Beifall geklatscht und vor Freude gejubelt, sah dann aber, wie Rebecca mit tränenüberströmtem Gesicht zu Patrick ging, ihn fest umarmte und ihm etwas ins Ohr flüsterte. Seine Miene verzog sich, und er begann zu schluchzen. Rebecca wandte sich ab und verließ, das schöne Gesicht von Kummer gezeichnet, hocherhobenen Hauptes den Saal.

Gerichtsgebäude von Lubbock County, Lubbock, Texas

Kaum hatte sie den Saal verlassen, rannte Rebecca los. Das vertraute Gefühl der Panik stieg in ihr auf, und sie musste weg von allen – von der Anwältin, den Gaffern, der Presse, sogar von Cait –, bevor es sich Bahn brach.

Sie stieß gegen die Metalltür mit der Aufschrift Notausgang und stürzte eine Treppe hinauf. Noch eine Tür, dahinter ein verlassener Korridor, an dessen Ende sich eine Toilette befand. Sie eilte hinein und schloss die Tür hinter sich ab.

Es roch nach Lufterfrischer und Bleichmittel. Sie drehte den Wasserhahn auf, ließ kühles Wasser über ihre Handgelenke laufen und spritzte es sich in Gesicht und Nacken. Die Panik legte sich allmählich und wich etwas, das schwerer und von bleibender Dauer war. Furcht. Erleichterung. Bedauern. Was es war, konnte sie noch nicht genau sagen. Sie wusste nur, dass sie von nun an damit würde leben müssen.

Sie betrachtete ihr Spiegelbild. Im Neonlicht wirkte ihre Haut gelblich und wächsern, ihre Augen lagen tief in den Höhlen. Sie starrte die Frau im Spiegel an und versuchte, sie zu verstehen. Was wusste sie über sie?

Sie war beinahe von einem Irren getötet worden.

Sie hatte eine Nacht im Gefängnis verbracht.

Sie hatte das Leben ihres Mannes zerstört.

Sie hatte ihre Ehe zerstört.

Ihr Baby war noch am Leben.

Ihr Baby war noch immer todgeweiht.

Die eine Frage, die sie sich immer wieder aufs Neue würde stellen müssen, wenn sich die Aufregung gelegt hatte und sie – vielleicht – wieder klar denken konnte, lautete: War es das wert?

Sie berührte ihren Bauch und spürte das zarte Flattern wie von Schmetterlingsflügeln. Das Adrenalin, das sie in den vergangenen vierundzwanzig Stunden vorangetrieben hatte, war abgebaut, und sie fühlte sich entsetzlich leer. Der Kummer war noch da und der Schmerz und der Zorn, weil alles so schrecklich ungerecht war. Ihre Tochter würde nie die tröstliche Berührung ihrer Mutter spüren oder die schützenden Arme ihres Vaters. Die Tatsachen änderten sich nicht, auch wenn ihre Welt auf den Kopf gestellt worden war.

Würde sie es wieder tun? Natürlich, für ihr Baby, ohne auch nur eine Sekunde zu zögern. Sie würde alles tun, um ihre Tochter vor einem Leben zu retten, das nicht einmal der grausamste Mensch einem anderen wünschen würde.

Rebecca stützte sich auf den Rand des Waschbeckens und beugte sich zum Spiegel. Sie starrte sich an und sah einen Moment lang nur Schmerz und Erschöpfung. Doch dann entdeckte sie noch etwas anderes. Da war eine bisher ungekannte Kraft in ihr, und sie wusste, dass sie stark genug war, das Notwendige zu tun. Diese Kraft hatte ihre Tochter ihr verliehen, und sie durfte sie jetzt nicht enttäuschen.

Es gab noch einen Kampf, den sie gewinnen musste. Es war noch nicht vorbei.

Auf der Treppe des Gerichtsgebäudes von Lubbock County, Lubbock, Texas

Ein Schwarm Reporter drängte sich um Rebecca, sobald sie in die frische frühwinterliche Luft hinausgetreten war. Sie taumelte zurück, doch dann ergriffen kräftige Hände ihre Arme, und sie fing sich wieder. Links von ihr stand Cathy Rebuck, unbeugsam und selbstsicher, und rechts von ihr Cait, furchterregend und beschützend.

»Geht es dir gut?«, schrie Cait über den Lärm hinweg, und Rebecca nickte. Es stimmte, dachte sie staunend. Es ging ihr wirklich gut. Sie hatte bewiesen, dass sie stark war und überleben konnte.

»Meine Damen und Herren«, sagte die Anwältin, »meine Mandantin wird jetzt keine Erklärung abgeben, aber wir sind froh, dass …«

Rebecca legte ihr die Hand auf den Arm und trat vor. Ihre Stimme klang erstaunlich fest. »Eigentlich möchte ich etwas sagen.«

Cathy beugte sich zu ihr. »Sind Sie sicher? Sie müssen nicht.«

Sie nickte. »Ich weiß. Ich will es aber.«

Die Anwältin trat beiseite, und Rebecca stellte sich der Menge. Die Reporter drängten sich um sie, reckten ihr Handys und Kameras entgegen. Sie schaute nach oben zur Sonne, in den klaren Morgenhimmel.

»Die vergangenen Wochen waren die schwersten meines Lebens. Mein Mann und ich haben uns verzweifelt ein Kind gewünscht, und als wir herausfanden, dass unser Baby krank ist und nicht überleben wird, war das der schwerste Schlag meines Lebens. Ich mache meinem Mann keine Vorwürfe, dass er diesen Schritt unternommen hat – sein Kummer ist ebenso echt wie meiner, und ich weiß, dass er aus Liebe gehandelt hat –, aber ich bin froh, dass die Gesetze dieses Landes meine Rechte als Frau und Mutter schützen. Dass ich entscheiden kann, was das Beste für meinen Körper und mein Kind ist. Keine Frau sollte das durchmachen, was ich durchgemacht habe. Niemand sollte infrage stellen, dass eine Frau diese ganz und gar intime und emotionale Entscheidung selbst treffen kann. Heute stehe ich vor Ihnen als eine von Millionen Frauen, die mit dieser Entscheidung konfrontiert wurden. Die Gründe sind vielfältig, die Entscheidung ist nie leicht und erfolgt nie ohne Gewissensbisse oder Schmerz. Aber etwas ist uns allen gemeinsam: Wir sind überzeugt, dass diese Entscheidung die beste für unseren Körper, unser Leben und unsere Zukunft ist. Und das ist etwas, das nur wir selbst wissen können.«

Die Reporter brüllten Fragen. »Mrs. McRae, was haben Sie nach der Entscheidung zu Ihrem Mann gesagt?«

»Ich habe ihm die Wahrheit gesagt: dass ich ihn und unser Kind liebe.«

Ein anderes Mikrofon wurde ihr vors Gesicht gehalten. »Werden Sie sich scheiden lassen?«

Sie bemühte sich um eine neutrale Miene. Sie hatten es nicht verdient, das alles von ihr zu erfahren, zumal sie sich selbst noch gar nicht sicher war. »Ich bitte Sie, unsere Privatsphäre zu respektieren.«

Ein Reporter weiter hinten presste ein Handy ans Ohr und hob die Hand. »In Dallas ist was passiert«, schrie er. Ein Raunen ging durch die Menge, die Reporter begannen, hektisch zu telefonieren und Twitter zu aktualisieren. Rebeccas Augenblick war vorüber.

Cathy trat neben sie. »Ich glaube, die Pressekonferenz ist damit beendet. Das war eine sehr schöne Rede. Sie sollten überlegen, in die Politik zu gehen – Sie haben ein Talent dafür, zu Menschen zu sprechen.«

Rebecca winkte ab. »Das glaube ich nicht.«

Cathy zuckte mit den Schultern. »Man soll niemals nie sagen. Ich muss jetzt los. Ich habe noch eine Anhörung in Amarillo.« Sie gab ihr die Hand. »Es war mir ein Vergnügen.«

»Ich kann Ihnen gar nicht genug danken. Ehrlich, Sie haben mir im Gerichtssaal das Leben gerettet.«

»Dafür sind Frauen doch da, oder? Um einander das Leben zu retten.« Sie drückte Rebeccas Schulter. »Vergessen Sie nicht, was ich über die Politik gesagt habe. Falls Sie Interesse haben, können die Sisters of Service entsprechende Kontakte herstellen.« Sie winkte und ging die Stufen hinunter.

Cait legte Rebecca den Arm um die Taille und strahlte sie an. »Du warst super!«

»Danke. Und danke, dass du mir die Anwältin besorgt hast, und … überhaupt. Ohne dich hätte ich das nicht geschafft.«

Cait verdrehte die Augen. »Das ist so was von gelogen. Du bist stärker, als du glaubst. Du bist eine knallharte Frau. Und jetzt weg hier. Der Jeep steht hinter dem Gericht und wartet darauf, dich hinzubringen, wohin du willst.«

Rebecca atmete tief durch. »Dann mal los.«

Sie wollten gerade die Stufen hinuntergehen, als eine Reporterin ihnen den Weg vertrat. »Verzeihung, Mrs McRae, wir haben soeben erfahren, dass es einen Bombenanschlag auf eine Abtreibungsklinik in Dallas gegeben hat. Möchten Sie das kommentieren?«

Columbus, Texas
Ein Tag zuvor

Mike lud den letzten Karton in seinen Pick-up und spannte die Plane fest über die Ladung. Er sah auf die Uhr. 12:10 Uhr. Er war zu früh dran, weil er es nicht erwarten konnte.

Als Ken den Vorschlag gemacht hatte, war er skeptisch gewesen. Natürlich musste etwas Radikales unternommen werden, das war ihm klar – er hatte ja das Material gelesen und sich die Doku angeschaut, die Ken ihm geliehen hatte. Doch dieser Plan erschien selbst ihm extrem. Aber Ken hatte ihn schließlich überzeugt. Die ganzen Broschüren und Demonstrationen reichten nicht aus, um das Böse zu verhindern, das vor ihren Augen geschah. Die Gerichte bewirkten ja allmählich etwas, aber es ging nur langsam voran, und währenddessen würden noch Tausende Leben verloren gehen. Wollte Mike nicht etwas tun, um das zu verhindern? Musste ein Mann in einem solchen Augenblick nicht einfach handeln?

Das hatte ihm wirklich zu denken gegeben. Wie oft schon hatte er sich gewünscht, er hätte den Mann getötet, der seine Bonnie auf dem Gewissen hatte? Er erinnerte sich noch, wie der Kerl damals im Gerichtssaal gesessen hatte, schniefend, in einem billigen Anzug, wie er Reue geheuchelt hatte, um den Richter gnädig zu stimmen. Der Richter war darauf reingefallen, Mike aber nicht. Dem Mann hatte nur leidgetan, dass er erwischt worden war und ins Gefängnis musste. Wäre es nach Mike gegangen, hätte er die Todesstrafe verdient, und er hätte sie am liebsten eigenhändig vollstreckt. Stattdessen hatte der Mann drei Jahre in einem Bundesgefängnis bekommen, mit einem Bett und drei Mahlzeiten am Tag. Sollte das etwa Gerechtigkeit sein?

Es brauchte nicht viel Überzeugungsarbeit, bis er Kens Plan zustimmte. Er hatte nicht mehr viel, wofür es sich zu leben lohnte, und wenn er seine Zeit auf Erden dafür nutzte, um etwas zu bewegen ... Wie konnte er da Nein sagen?

Nach der Logistik hatte er nicht gefragt. Ken hatte gesagt, er solle es ihm überlassen, er habe ein Netzwerk, was immer das bedeutete. Und tatsächlich war er vor einigen Wochen mit einer Kiste Sprengstoff, einem Zünder und einem detaillierten Plan bei Mike aufgetaucht. Mike hatte ihn nach einem Bier zu viel gefragt, ob er nicht dabei sein und sich die Action selbst ansehen wolle, aber Ken hatte den Kopf geschüttelt und gesagt, er habe Familie. Das verstand Mike natürlich. Eine Familie, die von einem abhing, war der beste Grund der Welt, um kein Risiko einzugehen.

Letztlich war Mike froh, dass er es allein durchziehen würde. So hatte er die Chance, den Plan, den Ken für ihn ausgearbeitet hatte, kreativ abzuändern. Er sollte den Pick-up vor dem Eingang abstellen und weglaufen. Aber er würde einfach auf dem Fahrersitz bleiben, wenn die Bombe explodierte, und in dem Wissen sterben, dass er dabei geholfen hatte, das Böse von dieser Erde zu tilgen. Und dann wäre er wieder mit Bonnie vereint.

Morgen wäre alles vorbei. Der Gedanke tröstete ihn. Morgen um diese Zeit wäre er frei.

Austin, Texas
Fünf Tage später

Die Zeitungen waren voll von dem Bombenattentat. Zwei Krankenschwestern und ein Hausmeister waren getötet worden. Keine Patientinnen – die Bombe war detoniert, bevor die Klinik öffnete –, aber der Mann, der den Pick-up mit dem Sprengstoff gefahren hatte, war ebenfalls tot. Cait hatte sein Foto lange angeschaut, weil er ihr irgendwie bekannt vorkam, doch der Name Michael Chambers sagte ihr nichts. Politiker – darunter auch Patrick McRae – hatten seine Tat schnell verurteilt. In den dunklen Ecken des Internets jedoch wurde er als Held und Märtyrer gefeiert. Cait schaltete das Autoradio aus und stellte ihr Handy in die Halterung. Sie scrollte durch ihre Musikliste, bis sie ein Lied gefunden hatte, das sie hören wollte. Sie sah auf die Uhr. Genügend Zeit, um rechtzeitig in die Klinik zu kommen. Rebecca war noch drinnen und machte sich in Ruhe fertig. Cait wollte sie nicht hetzen.

Der Jeep war in der Werkstatt – die Reparaturen in New Mexico waren nur provisorisch gewesen –, und sie fuhr zurzeit einen Mietwagen, dessen Automatikschaltung mehr als lahm war. Sie vermisste den Jeep.

Sie schaute zu Adams Wohnung hinüber. Sein Corolla stand vor dem Haus. Seit ihrer Rückkehr hatte sie niemanden hineingehen sehen, auch die Polizei war nicht hier gewesen, soweit sie wusste. Niemand hatte bei ihr geklingelt, um Fragen zu stellen. Es war, als hätte er nie existiert. Irgendwann würde der Vermieter merken, dass die Wohnung leer stand, aber wenn die Miete auf das Konto einer Hausverwaltungsgesellschaft floss wie bei ihr, konnte es lange dauern, bis jemand merkte, dass er nicht mehr dort lebte. Dass er überhaupt nicht mehr lebte. Sie fragte sich, ob die Vögel seine Knochen schon sauber gepickt hatten.

Cait schaute wieder auf die Uhr. Allmählich wurde es Zeit. Noch fünf Minuten, dann würde sie Rebecca holen.

Nach dem Gerichtstermin war Cait mit ihr nach Hause gefahren und hatte im Auto gewartet, während Rebecca eine Tasche packte. Seitdem wohnte sie bei Cait, die ihr das Bett überlassen hatte, während sie selbst auf der Couch im Wohnzimmer nächtigte. Darauf hatte Cait bestanden. Rebecca sollte es so bequem wie möglich haben, und sie selbst schlief gerade ohnehin nicht viel.

Das lag an ihren Schuldgefühlen. Sie wusste, es war nicht ihre Schuld, dass Adam sie verfolgt hatte. Aber tief in ihr war eine Stimme, die darauf beharrte, dass es eine Strafe für das gewesen war, was sie ursprünglich geplant hatte. Rebecca beteuerte, sie habe ihr verziehen. Cait glaubte ihr das, führte es aber allein auf Rebeccas guten Charakter zurück. In dieser Hinsicht hatte sie noch einen langen Weg vor sich.

Aber dies war immerhin ein Anfang. Sie ließ Rebecca bei sich wohnen, fuhr sie in die Klinik, würde sich danach um sie kümmern. Sie hatte schon einen Stapel Zeitschriften bereitgelegt und den Kühlschrank aufgefüllt. Sie fand Gefallen daran, sich um Rebecca zu kümmern. War vielleicht sogar gut darin.

Die Haustür ging auf, und Rebecca kam heraus. Auf den ersten Blick sah sie genauso aus wie an dem Abend vor einer Woche, an dem Cait sie abgeholt hatte, blonde Haare, eine patrizische Schönheit. Bis auf den Schnitt über der Augenbraue, der allmählich verheilte, verriet nichts, was sie durchgemacht hatte. Was sie immer noch durchmachte. Doch Cait bemerkte den Unterschied. In der vergangenen Woche war Rebecca härter geworden. Das machte Cait traurig, aber auch stolz.

Rebecca setzte sich wortlos neben sie.

»Bist du bereit?«, fragte Cait und fuhr los. Die Frage war rein rhetorisch.

Sie schwiegen eine Weile, getröstet von der Gegenwart der anderen.

Schließlich sagte Rebecca: »Ich habe nachgedacht. Hast du noch die Notizen für die Story, die du über mich schreiben wolltest?«

Die vertraute Scham überkam sie. »Nein! Ich meine, ja, schon, aber ich werde sie verbrennen. Ich bin nur noch nicht dazu gekommen. Ich verspreche dir aber, dass ich es mache. Es tut mir immer noch so leid …«

Rebecca hob die Hand. »Ich will nicht, dass du sie vernichtest. Du sollst sie verwenden. Du sollst meine Geschichte aufschreiben. Die ganze Geschichte.«

Cait zog die Augenbrauen hoch. »Die ganze Geschichte?«

Sie dachten beide an Adams Leiche, die draußen in der Wüste lag.

Rebeccas Mundwinkel zuckten. »Vielleicht nicht die *ganze*. Aber ich will, dass die Leute erfahren, was mir zugestoßen ist. Vielleicht kann es anderen Frauen helfen. Ihnen zeigen, dass sie nicht allein sind. Würdest du das für mich tun?«

»Es wäre mir eine Ehre.«

Am Eingang zur Klinik standen bewaffnete Polizisten, die Alarmstufe war immer noch hoch. Lisa hatte gesagt, nächste Woche wäre alles beim Alten, dann wäre es wieder an den freiwilligen Helferinnen, die Patientinnen an den Demonstranten vorbeizugeleiten und abzuschirmen.

Rebecca setzte eine Baseballkappe auf, dann gingen sie gemeinsam durch die Menge. Cait hielt die Luft an, weil sie damit rechnete, dass jemand Rebecca erkennen und etwas besonders Persönliches und Grausames sagen würde, aber sie schrien nur die üblichen Slogans und schwenkten die üblichen Schilder.

Als sie die Tür erreichten, blieb Rebecca stehen.

»Alles in Ordnung? Falls du noch einen Moment brauchst …«

Rebecca schüttelte den Kopf und legte eine Hand auf ihren Bauch. Da waren sie wieder, die winzigen Schmetterlingsflügel. Sie schloss die Augen.

Ich hoffe, du weißt, dass ich dich liebe. Ich hoffe, du weißt, dass ich tue, was ich für richtig halte, und dass es mir dennoch das Herz bricht.

Sie öffnete die Augen und nickte. »Ich bin bereit.«

Cait ergriff ihre Hand, und sie gingen zusammen durch die Automatiktür. »Ich warte auf dich. Wir stehen das gemeinsam durch.«

Rebecca drückte Caits Hand und lächelte. »Das weiß ich.«

Danksagung

Wie immer Dank an meine großartige Agentin und Freundin Felicity Blunt, für ihre nie nachlassende Unterstützung und ihren Rat, und dafür, dass sie mich nicht gefeuert hat, als ich mich weigerte, meine Voicemail zu aktivieren. Dank auch an die wunderbare Alexandra Machinist von ICM, und an Katie McGowan, Cal Mollison, Rosie Pierce, Luke Speed und alle bei Curtis Brown.

Vielen Dank an meine amerikanische Lektorin, Sara Nelson bei HarperCollins, die nicht mit der Wimper zuckte, als ich ihr von der Idee zu diesem Buch erzählte, und deren Begeisterung und Vertrauen in mich mir stets eine große Hilfe waren. Danke an Heather Drucker, Katie O'Callaghan, Mary Gaule und Lisa Erickson. Und an meine englische Lektorin Jade Chandler bei Harvill Secker für ihr unschätzbares Feedback sowie an Sara Adams, Sophie Painter und Jasmine Marsh. Danke an KM für die Entdeckung dessen, was im Herzen dieser Geschichte liegt, und für den kleinen Schubs, den ich brauchte, um es freizulegen.

Dieses Buch wäre nicht weit gekommen ohne die stetige, kluge Ermutigung durch zwei Menschen: Simon Robertson und Katie Cunningham. Ich liebe euch beide sehr.

Für dieses Buch habe ich in einigen dunklen Ecken des Internets recherchiert. Vieles von dem, was ich dabei fand, war zum Verrücktwerden, ernüchternd, zornig machend und erschreckend. Aber ich stieß auch auf unzählige Beispiele für Opferbereitschaft, Solidarität, Mut und Tapferkeit, von Frauen, die einander stützten und schützten, online und in der wirklichen Welt da draußen. Diese Momente werde ich immer in mir tragen.